転生した大聖女は、聖女であることをひた隠す 5

十夜

Illustration chibi

あらすじ

伝説の大聖女であった前世と、聖女の力を隠しながら、
騎士として奮闘するフィーア。

しかしながら、隠そうとしても隠しきれない聖女の能力の片鱗や、
その言動により、騎士や騎士団長たちに影響を与え、
気付けば彼らはフィーアのもとに集まってくるのであった。

シリル団長とともに彼の領地であり、大聖女信仰の地である
サザランドを訪問したフィーアだが、ひょんなことから
大聖女の生まれ変わりだと認定されてしまう。

さらに、ある誤解により傷を負ったサザランドの地の騎士団長
カーティスは、300年前に大聖女の護衛騎士であったことを思い出す。
前世で大聖女を守り切れなかったと悔いが残るカーティスは、
サザランドから王都までフィーアに付いていくと言い……

長年の問題であった住民と騎士との間にあった確執を解消させたフィーアは
皆に見送られながら、シリル、カーティス達とともに
王都へと帰還するのであった。

登場人物紹介

フィーア・ルード

ルード騎士家の末子。
前世は王女で大聖女。
聖女の力を隠して騎士になるが…。

ザビリア

フィーアの従魔。
世界で一頭の黒竜。
大陸における
三大魔獣の一角。

サヴィス・ナーヴ

ナーヴ王国
黒竜騎士団総長。
王弟で
王位継承権第一位。

シリル・サザランド

第一騎士団長。
筆頭公爵家の当主で
王位継承権第二位。
「王国の竜」の二つ名を
持つ。剣の腕は騎士団一。

カーティス・バニスター

第十三騎士団長。
元第一騎士団所属。
前世は“青騎士”カノープス。

レッド、グリーン、ブルー

アルテアガ帝国皇帝及び
皇弟。

300年前

セラフィーナ・ナーヴ

フィーアの前世。
ナーヴ王国の第二王女。
世界で唯一の“大聖女”。

シリウス・ユリシーズ

300年前に王国最強と
言われていた騎士。
近衛騎士団長を務める、
銀髪白銀眼の美丈夫。

アルテアガ帝国
300年前
帝国
王国
290年前（カストル大帝国時代）
帝国
王国

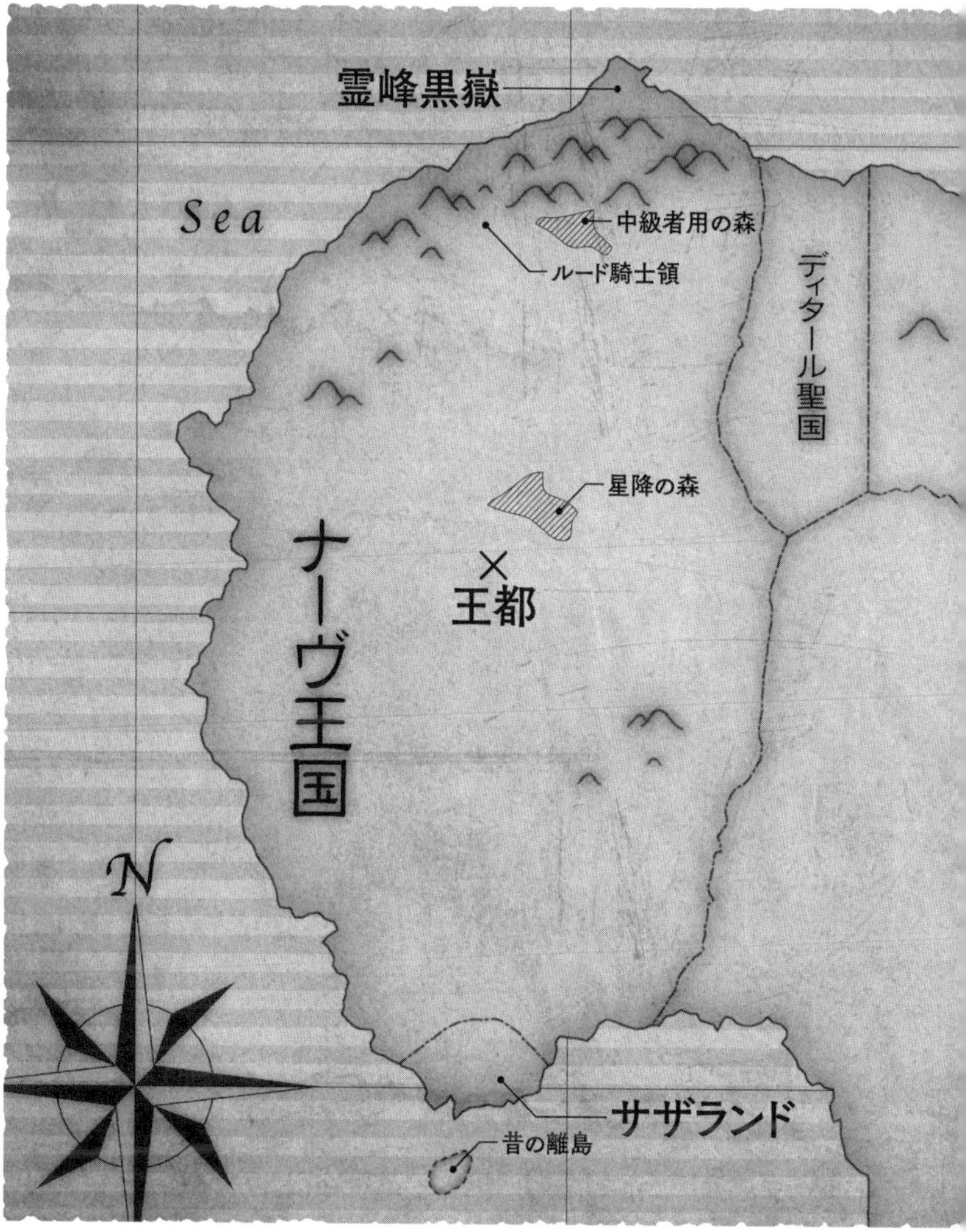
霊峰黒嶽
Sea
中級者用の森
ルード騎士領
ディタール聖国
星降の森
ナーヴ王国
王都
N
サザランド
昔の離島

ナーヴ王国黒竜騎士団

総長 サヴィス・ナーヴ

	騎士団長	副団長	団員
第一騎士団(王族警護)	シリル・サザランド		フィーア・ルード、ファビアン・ワイナー
第二騎士団(王城警備)	デズモンド・ローナン		
第三魔導騎士団(魔導士集団)	イーノック		
第四魔物騎士団(魔物使い集団)	クェンティン・アガター	ギディオン・オークス	
第五騎士団(王都警備)	クラリッサ・アバネシー		
第六騎士団(魔物討伐、王都付近)	ザカリー・タウンゼント		
第七騎士団(魔物討伐、北方)			
第八騎士団(魔物討伐、東方)			
第九騎士団(魔物討伐、南方)			
第十騎士団(魔物討伐、西方)			
第十一騎士団(国境警備、北端)	ガイ・オズバーン		オリア・ルード
第十二騎士団(国境警備、東端)			
第十三騎士団(国境警備、南端)	カーティス・バニスター	コーディ	
第十四騎士団(国境警備、西端)		ドルフ・ルード	
第十五騎士団(国境警備)			
第十六騎士団(国境警備)			
第十七騎士団(国境警備)			
第十八騎士団(国境警備)			
第十九騎士団(国境警備)			
第二十騎士団(国境警備)			

CONTENTS

The Great Saint who was
incarnated hides being a holy girl

32 特別休暇 1

サザランドから戻ってきて、早くも2か月が経過した。

季節は夏真っ盛りだ。

じりじりとした日差しに肌を焼かれながら、私は机にかじりついたまま、窓越しにカーティス団長を恨めし気に見つめていた。

サザランドの住民から私の護衛役にと押し出される形で王都に戻ってきたカーティス団長だったけれど、そのまま第一騎士団の業務に就くこととなった。

とは言っても、私は新規配属者としての訓練が続行中だったため、カーティス団長と一緒に業務に就くことは一度もなかった。

今のように訓練を受けながら、サヴィス総長の護衛をしているカーティス団長を羨ましい気持ちで見つめているだけだ。

サヴィス総長の後ろをきびきびと歩くカーティス団長を見ながら、私も早く訓練を終えて業務に就きたいなと心の中で呟く。

けれど、一方では、カーティス団長が立派に仕事をしてくれて良かったなと、ほっと安心していた。

サザランドでのカーティス団長の様子があまりに度を越していたので、王都に戻った後は、前世で護衛騎士だった時のように、ぴたりと私に張り付くのではないかと心配していたのだ。

けれど、どうやら杞憂だったようで、私に何かあった時に駆け付けられる距離にいれば、カーティス団長は安心していられるようだった。

あるいは、実際に前世のようにぴたりと護衛されたならば、カーティス団長も私も騎士としての業務が成り立たなくなるので、我慢しているだけかもしれない。

いずれにせよ、カーティス団長が何くれとなく私を気に掛け、できるだけ側にいることは間違いなかった。

おかげで、カーティス団長は「フィーア担当団長」などと意味不明な呼び方をされる時があるらしいけれど……デズモンド団長あたりによる、嫌がらせ混じりのからかいだろうと放置することにする。

「フィーア、カーティス団長がいらっしゃったよ」

無事に一日の訓練が終わり、最大の楽しみである夕食を取っていると、食堂の入り口に立っているカーティス団長に気付いたファビアンが教えてくれた。

ここ数か月は、訓練者同士で食事を取ることが習慣になっていたので、ファビアンと食事を取ることが増えていた。

どういう訳か、最近はそこにシャーロットが交じることがあり、更にはカーティス団長が加わることもあれば、デズモンド団長やクェンティン団長、あるいはザカリー団長が加わることもあった。

色々と交じり過ぎていて、一言では説明できないような集団よね、と考えながら額に片手を当てる。

……以前、クェンティン団長とランチをした時には知らなかったけれど、この食堂とは別に騎士団長専用の食堂があるらしい。

だとしたら、カーティス団長を始めとした団長たちは、そちらで食事をするべきじゃあないかしらと思うのだけれど、そのように促してみても、団長たちは全員曖昧《あいまい》な表情を浮かべるだけで返事をしなかった。

けれど、団長たちは構わなくても、騎士団長が一般騎士用の食堂に来ると、他の騎士たちが居心地悪いのじゃあないかしらと思い至る。

そのため、それとなく周りの騎士たちを観察してみたけれど、少なくともカーティス団長に限っては、そんな心配は無用と思われた。

なぜなら今日も今日とて、カーティス団長は私たちの下までまっすぐ歩いてくることができず、途中途中で騎士たちから声を掛けられていたからだ。

以前は第一騎士団に所属しており、その前10年程もどこかの団に所属していたはずなので、顔見知りが多いのかもしれないが、そもそもカーティス団長は人に好かれる性格をしているようだった。

見ていると、騎士の誰もが騎士団長だからと一歩引くでもなく、気安い様子でカーティス団長に声を掛けている。

皆に好かれるなんて、さすがカーティス団長だわね、と嬉しく思いながら、私の横に立った団長を見上げた。

「お疲れ様、カーティス。何時になるか分からなかったから、ファビアンと先に食事を始めていたけど良かったかしら？」

「もちろんです、フィー様。ご一緒してもよろしいでしょうか？」

生真面目な騎士団長が同席の許可を取った上で料理を取りに行く姿を見て、ファビアンが不思議そうに首をひねる。

「この状態に慣れつつあるというのも恐ろしい話だけれど、騎士団にたった20名しかいない騎士団長のうち、3名もの方がフィーアに敬語を使うなんて異常だよね」

「まあ、ファビアン。その3名の騎士団長の中にシリル団長を加えるところが、ファビアンの狡猾《こうかつ》なところだわ。シリル団長は誰に対しても、丁寧な言葉遣いじゃあないの」

騙されないわよ、とばかりに反論したけれど、ファビアンは口元を緩めると、面白そうに言葉を返してきた。

「物事を正確に表現しただけだよ。それならば言わせてもらうけれど、カーティス団長とクェンテイン団長が敬語を使われる相手は、騎士団の中では総長とフィーアのみだよね」

「ぐふっ！」

思わぬ反論を受けた私は、むせてしまう。

「こんなことを申し上げるのは憚《はばか》られるけれど、お一人ずつの時はいいけれど、カーティス団長とクェンティン団長のお2人が揃うと酷いよね。この間はお2人で、フィーアに似合う花は何かだなんて、お忙しい騎士団長が話題にすべきではないようなことを延々と話していただろう？　その前は、フィーアを天気にたとえたら何だろうという話で、結論はお2人とも揃って『嵐』だった。……お2人は張り合っているようで、気が合っているよね？」

「ファ、ファビアン、見逃して……」

私は両手で顔を覆うと、ファビアンの情けに縋った。

……ええ、もちろん気付いていたわよ。

あの2人が揃うと、私に関するどうでもいいような話を、なぜか真剣にどこまでも話し合ってしまうって。

そのうち飽きるだろうと放置していたけど、2か月経っても飽きないなんて、どれだけ娯楽のない生活を送っているのかしら。

そう困った気持ちになっていると、料理を手に戻って来たカーティス団長と目が合った。

「フィー様、いよいよ明日で訓練が修了ですね」

カーティス団長はファビアンの横の椅子に座ると、誇らしげに口を開いた。

「これでやっと、フィー様とご一緒に警護業務に就くことができます」

カーティス団長の口調が喜びに満ちたものだったので、私の訓練修了を指折り数えて待っていてくれたように思えて嬉しくなる。

「そうね！　私もやっと、騎士としてお役に立てるのだわ」

返事をしながら、私が配属された第一騎士団というのは、実はすごく私に向いているのではないかという気持ちになる。

なぜなら、前世の私は王女だったので、常に騎士たちから護衛されていた。

つまり、警護される側の気持ちが理解できるということで、これはすごいアドバンテージじゃないだろうか。

ええ、本当に、誰よりも国王とサヴィス総長の気持ちが分かるなんて、すごいことに違いない。

そう思ってにまにましていると、カーティス団長が言い難《にく》そうな様子で口を開いた。

「……フィー様、３００年前の大聖女様の護衛と現在の護衛は大きく異なるところがあると思われます。あまり参考にされない方がよろしいかもしれません」

「え？」

心の中の考えを読み取られたような発言をされ、思わず聞き返すと、カーティス団長から真面目な表情で見つめられた。

「何にせよ、まずは休暇の過ごし方を考えられるのが先かと思われます。いえ、それよりも、何を食したいのかが先ですね。明日の夜は、訓練修了をお祝いする祝宴を開きましょう」

「わあ！」

そうだった。明日から3週間の休暇なのよねと思ったけれど、それよりもお祝いというワードに気を取られてしまう。

カーティス団長ったら、私の訓練修了日を覚えているだけではなく、お祝いまでしてくれるだなんてありがたいことだわ。

ええ、ええ、確かにこの4か月、私は自分でも十分頑張ったと思うわよ。

詩歌をいくつもいくつも作ったし、（色んな騎士の足を踏みつけながら）ダンスを練習したし、大陸共通語だって寝言で言えるくらいにまで上達したわ。

これだけ頑張ったんだもの。お祝いをしても、いいわよね？


そんな風に浮かれた気持ちで臨んだ翌日の午前中、――――実際に全ての訓練が無事に終了した。

訓練終了後、全ての訓練生が集められ、修了式が執り行われる。

私の場合、訓練の途中で第四魔物騎士団に出向したり、サザランドを訪問したりして、一部の訓練は未受講のような気がしたけれど、それはそれとして、神妙な顔を作ると同じく新規配属の騎士たちとともに列に並ぶ。

すると、シリル団長が皆の前に立ち、感慨深そうな表情で騎士たちを見回した。

「今日、私の言葉の後に一歩踏み出せば、あなた方は訓練生ではなくなります」

　そんな風に始まった団長の挨拶は、いつものように静かな声でつむがれたのだけれど、誰もが真剣な表情で耳を傾ける力を持っていた。

　続けて、団長は私たちが重ねてきた訓練について、1つ1つウイットを交えながら労《ねぎら》っていくと、最後に希望と感謝の言葉で締めくくった。

「訓練修了おめでとう。そして、そのために頑張ってくれてありがとう。新たなる『王国の盾』の誕生を、仲間として歓迎します」

　団長の言葉の後に、列席していた騎士たちからの大きな拍手が鳴り響き、それにて修了式は終了となった。

　短いけれど感動的な式だったわ、と思いながら部屋に戻ろうとしていると、後ろから声が掛けられる。

「フィーア」

「はい、何でしょうか?」

　振り返ると、シリル団長がちょいちょいと手招きをしていたので、走って行く。

「訓練の修了、おめでとうございます。今夜は訓練修了のお祝いとして、カーティスと食事に行くと聞いています。私も誘われたのですが、どうしても外せない用がありまして、残念ながらご一緒できません。代わりに、ここでお祝いを述べておこうと思いまして」

「まあ、それはご丁寧にありがとうございます」

シリル団長を誘っていたのは知らなかったけれど、そもそも所属の騎士団長が宴席のメンバーってどうなのかしらと、カーティス団長の人選に問題があるように思いながら返事をする。

「ところで、本日の午後から3週間の休暇に入りますけれど、どのように過ごすか決めましたか？」

「ああ、そのことですけれど……」

この4か月、ほとんど休みなく訓練を行ってきた第一騎士団の新規配属者は、午後から3週間の特別休暇を与えられることになっていた。

この後はいよいよ、国王陛下もしくはサヴィス総長の警護にあたるので、その前に実家などに戻ってリフレッシュしてこいという心遣いらしい。

ただ、私の場合は、ルード領に戻っても家族全員が不在の状態だ。

父と兄姉3人の全員が騎士になっていて、それぞれの勤務地に散らばっているからだ。

「私の場合、家族の全員が騎士で、それぞれの任地にいて家には誰もいませんので、ルード領には戻らないつもりです。代わりに、姉を訪ねようと思いまして」

「あなたの姉と言えば、北方警備の第十一騎士団に所属していましたよね？　王都から見るとルード領よりもさらに北の地になる、国の最北端ですね？」

シリル団長は質問の形を取っていたけれど、私は騙されずに返事をしなかった。

シリル団長にしろデズモンド団長にしろ、恐ろしく記憶力がいい。

時に確認するかのように質問の形を取るけれど、いつだって10割の確率で全てを記憶しているし、情報を整理している。

だから、この会話だって全てを理解した上のもので、質問の形を取っているけれど実質的には質問ではないのだ。

そして、シリル団長が理解していることを質問形式で尋ねてくる場合は、高い確率で何らかの含みがある場合なのだ。

私の推測を裏付けるかのように、沈黙を守っているにもかかわらず、シリル団長は既知の情報とばかりにすらすらと話を続けてきた。

「北方地域と言えば、……我が国の最北端には霊峰黒嶽がありましたね？」

「へあっ!?　そ、そういえばそうですね！　そんな山がありますね。ですが、あの山は凶悪なモンスターがたくさんいるらしいし、わっ、私は姉に会いに行くだけですから」

ポーカーフェイスを装おうと身構えていたにもかかわらず、あまりにストレートに聞かれたため、思わず変な声が出てしまう。

心配性のシリル団長のことだ。

霊峰黒嶽に行くつもりだなどと言おうものならば、折角の休暇すら取り消されかねない。

そう考えた私は、純真さを装うと、にこりと微笑みながらシリル団長を見つめてみる。

シリル団長は暫《しばら》くじとりと私を見つめていたけれど、私の表情から何かを読み取ったのか、諦めたように溜息をついた。

「……分かりました。では、カーティスを同行させましょう」

「へ？」

シリル団長の言葉の意味が分からず問い返すと、団長はふっと面白そうに微笑んだ。

「あなたの考えを翻すのは難しそうですし、私は領地の民から『護衛騎士として、大聖女様をしっかりとお守りするように』とのお役目を承りましたからね。けれど、明日から3週間もの間、私があなたに同行するのは難しいので、もう一人の護衛役であるカーティスにお任せすることにしましょう」

「へ、いや、でも、カーティス団長もお忙しいのでは……」

「カーティスには第十一騎士団長への大事な情報伝達を依頼します。というよりもですね……」

シリル団長は一旦言葉を切ると、ふうと溜息をついた。

「カーティスは随分前から、3週間の休暇願いを提出しているのですよ。役目などなくても、あなたに同行するつもりではないでしょうか？」

「へっ、でも、私は特別休暇期間中にどこかへ出かけるなんて話は、一度もカーティス団長にしていませんよ」

なぜなら、シリル団長同様に心配性なカーティス団長のことだ。

「お止《や》めなさい」と止められる可能性が高いはずだと懸念し、ぎりぎりまで黙っていたのだけれど、まさか私がどこかへ出かけようとしているのを先読みして、ついて来るつもりだったなんて。

驚いている私の後ろに誰かを見つけたのか、シリル団長は「いいタイミングです」と遠くを見つめながら呟いた。

「ちょうどカーティスが来たようです」

振り返ると、深紅の薔薇を1本手に持ったカーティス団長が近付いてくるところだった。

「訓練修了、おめでとうございます」

カーティス団長は私の一歩手前で立ち止まると、穏やかに微笑みながら薔薇を手渡してきた。

「あ、ありがとう」

差し出された花を受け取りながら、赤い薔薇をセレクトするところがさすがよねと思う。

シリル団長も同じことを思ったようで、感心したように口を開いた。

「伝説の大聖女様の御印は薔薇であったといいます。そして、確かに大聖女様の肖像画には、手首に深紅の薔薇を巻き付けた御姿が描かれています。さすがにサザランドの民から大聖女様の騎士にと請われるだけのことはありますね」

それから、シリル団長はカーティス団長に向き直ると、明日からの予定を話し始めた。

「カーティス、フィーアは明日から第十一騎士団に所属している姉を訪ねるため、北方地域へ向かうとのことです。あなたには第十一騎士団長へ重要な書簡を渡す役目を申し付けますので、ついでにフィーアに同行してください」

「承知した。が……霊峰黒嶽へ行くとなると、幾つか山を越えなければならない。滞在期間を考慮すると、3週間というのは強行軍だな」

突然の指示にもかかわらず、一切困惑した様子がない。それどころか、旅程の心配までし始めたカーティス団長を見て、私はむむっと思う。

……私はオリア姉さんを訪ねると言っただけで、霊峰黒嶽の話は一切していませんよ。それなのに、どうして誰もかれもが、私があの山に近付くと思うのでしょう。

ええ、腹立たしいのは、実際に私はあの山に近付く気満々で、シリル団長とカーティス団長の推測が当たっているということなのですが。

カーティス団長の言葉を聞いたシリル団長は考えるかのように、片手を唇に押し当てた。

「……そうですね。訓練が修了しましたので、フィーアには特別休暇の後、晴れて王族警護の業務についていただくことになります。……サヴィス総長は問題ないのですが、国王陛下は事前にご自分の目で、警護につく騎士たちを確認したいという希望があられまして」

言いながらシリル団長はちらりと私を見ると、何かを閃いたとばかりに微笑んだ。

「そうは言っても、陛下はお忙しい方ですので、今回の訓練修了者全員を面談するためには何日もかかるでしょう。……そうですね、フィーアの面談の順番を最後に回すことにしましょうか。そして、その間の期間を、北方での業務に充てていただきましょう」

「へ？」

突然の提案に首を傾げていると、シリル団長は納得したように頷きながら言葉を続けた。

「ここ数か月の間、霊峰黒嶽の魔物の分布図が急激に書き換えられています。まるで恐ろしく凶悪な魔物が霊峰黒嶽の中心に突然現れたかのように、強い魔物がどんどんと山の外に押し出されているのです。そのため、とても人手が足りないと次々に応援要請がかかり、毎月のようにあの地へ騎士を増員しているところです」

「へ、へー、そうなんですね」

……まずい。思い当たることしかない。

間違いなく、ザビリアがあの山に戻ったことが原因だと思われるのだけれど……

よかった！　シリル団長に『私の従魔は黒竜です』って言ってなくて、本当によかった。

もしも告白していたら、『そんな凶悪な魔物を簡単に野に放ってはいけません。従魔なのですからきちんとコントロールなさい』、なんてことを言われ、説教されていたはずだ。

そして、この感じだと、ザカリー団長は私の従魔が黒竜であることをシリル団長に報告していないように思われる。

よしよし、せっかくバレていないのだから、とぼけ続けることにしよう。

「へー、そうなんですね。突然、強い魔物が現れるなんてことがあるんですね。あっ！　霊峰黒嶽は大陸の最北端で海に近いですから、イソギンチャクとか大型魚の魔物が海から上がってきたのかもしれませんね」

「……それらの魔物は肺呼吸ではありませんから、海から上がってこられるはずもありません。突然現れるのであれば、空から舞い降りたと考えるのが妥当でしょう」

「そっ、空から舞い降りた！　……な、なるほどですね。鳥型の魔物に強いのがいたかなぁ？」

どんどんと核心に近付いている気がして声が裏返る私を、シリル団長がちらりと見る。

「元々、霊峰黒嶽は黒竜の棲み処ですから、黒竜が舞い戻ったものだと第十一騎士団は考えているようですよ」

「ああ、なるほど！　黒竜ですね！　そうですよね！　そうでした、私も黒竜だと思っていたんでした！」

もう何が正解か分からなくなり、とりあえずシリル団長に全面的に同意してみることにする。

そんな私をシリル団長は呆れたように見つめると、大きな溜息をついた。

「本当に、……フィーアは嫌になるくらい素直ですね。カーティス、このような者を一人にするのは甚だ心配ですので、くれぐれもよろしくお願いします」

「承った」

カーティス団長が重々しく頷いたのを確認すると、シリル団長はほっとしたように言葉を続けた。

「フィーア、そのような状況ですので、あなたを魔物制御のために増員した騎士の一人として扱っても問題はないでしょう。あなたが第十一騎士団と合流してからあの地に滞在する期間は、業務扱いとします。ただし、指揮系統はカーティスの下とします。よろしいですね？」

「はい、シリル団長。了解しました！」

というか、よろしいも何も、破格の待遇じゃあないかしら。

北の地に滞在する間は業務扱いで、しかもカーティス団長が上司だなんて。

カーティス団長に仕事を言い付けられるイメージが湧かないのだけど、本当に仕事として成り立つのかしら？

そう疑問が湧いたけれど、シリル団長とカーティス団長は満足したように頷き合っていたので、否定することもないと沈黙を守る。

……結局のところ、私が北方の地に行くことは許可されたので最大の望みは叶ったし、色々と余計なことを言うものではないわ。

そう考え、私は空を見上げた。

この空が繋がっている、ずっと遠くにいるお友達のことを想いながら。

……ザビリア、王になりたいと飛び立って行ったあなたの邪魔はしないけれど、会いに行くことはいいわよね？

サザランドのお土産を渡したいし、カーティス団長が付いてきてくれるのならば紹介したいわ。

あなたがいないと、眠る時にお腹の上が軽くて寂しいのよ。

私の強くて可愛いお友達。会いに行くから、待っていてね。

◇　◇　◇

シリル団長、カーティス団長と別れた後、私は一旦寮に戻った。

結局、カーティス団長が企画した「訓練修了祝賀会」とやらの参加者は、カーティス団長と私の2人きりになるようだった。

えっ、私って人気ない!?　と思ったけれど、シリル団長は別件があるとのことだし、ファビアンは今日の午後から領地に向かって出発するし、シャーロットは子どもなので夜の外出に声を掛けなかっただけだし、……と全員にちゃんとした理由があるので、私の人気とは関係ないわよねと自分を納得させる。

まだお昼を過ぎたくらいの時間だったので、カーティス団長とは夕方に待ち合わせる約束をして、午後は一人でショッピングに出かけることにした。

3週間以上の旅路に明日から出発するのならば、今日のうちに色々と買い足しておかなければいけないことに気付いたからだ。

私は手早く外出用の服に着替えると、街に向かった。

大陸でも1、2を争う大国ナーヴ王国の王都だけあって、そこにはあらゆるものが揃っていた。

目に映るものを物珍しく感じながら、端からお店を見て回ることにする。

旅路で使うために持っていけるものは限られるのだから、買い過ぎてはいけないと心に決めていたにもかかわらず、次から次に無用なものが増えていく。

私は腕に抱えた可愛らしいペンや日記帳、ふわふわのぬいぐるみを見ながら、どうしてこれらのものを買ってしまったのかしらと首を傾げた。

間違いなく今回の旅路に持っていくものじゃあないというのに。

困ったわ、今度こそタオルだとか下着だとか、ちゃんと必要なものを買わないと、と思っていると、可愛らしい声が後ろから掛けられた。

「あら、フィーアちゃんじゃないの。お買い物？」

振り返ると、桃色の髪に琥珀《こはく》色の瞳をした美少女が立っていた。

その可愛らしいお人形のような容貌を見間違うはずがない。

「クラリッサ団長、お久しぶりです！」

「ええ、お久しぶりね、フィーアちゃん」

にこやかな表情で挨拶を返してくれたのは、王都警備を司る第五騎士団のクラリッサ団長だった。

どうやらクラリッサ団長は勤務中のようで、ピシリ……と言うには胸元が開きすぎているようにも思われたが、騎士服を着用していた。

桃色の髪と白い騎士服は絶妙に似合うわね、と思いながら惚れ惚れとクラリッサ団長を見つめる。

すると、クラリッサ団長は興味深そうに私が抱えている幾つもの紙袋に視線を落としてきたので、疑問に答えるために口を開く。

「明日から王国最北端に向かう予定ですので、必要なものを買いにきました」

実際に抱えている荷物の中に、明日持って行くものは何一つなかったけれど、その部分の説明は割愛する。

「王国最北端というと、霊峰黒嶽があるガザード辺境伯領かしら？　まあ、あそこは大変な地よ？」

心配そうに教えてくれるクラリッサ団長に、私はにこやかに返事をした。

「教えていただいて、ありがとうございます。姉が北方警備の第十一騎士団に所属しておりますので、会いに行こうと思いまして」

「あらまあ、それは何かおめでたい報告でもあるのかしら？」

私の言葉を聞いたクラリッサ団長は、ワクワクとした様子で質問を重ねてきた。

「へ？」

「私は一度、フィーアちゃんの本命は誰なのかを聞いてみたいと思っていたのよ？」

「本命ですか？」

本命というのは、競走馬の優勝第一候補ってことだよね？　クラリッサ団長は競走馬に興味があるということ？

「ええ、そう、騎士団の中の本命は誰なのかしら？」

……騎士団の中の優勝第一候補？　一番強い騎士は誰かってことでいいのかしら？

クラリッサ団長は立派な騎士団長だから、一番強い騎士が誰かだなんて既に知っているのだろうけれど、新人騎士の意見も聞いてみたいということなのだろうか。

そう考え、頭の中に強いと思われる騎士を思い浮かべながら答える。

「そうですね、ついこの間まではシリル団長でしたが、最近ではカーティス団長が侮れないと思っています……」

そう言いかけたところで、突然大事なことを思い出す。

ああ、そうだった！　私は以前、シリル団長が総長よりも強いことは黙っているって、シリル団長と約束したんだったわ！

あ、危ない！　すっかり忘れていて、思わずぺらぺらと話してはいけないことまで話すところだった。

「……なんて思ったりもしましたが、総長です！　本命はぶっちぎりでサヴィス総長です!!」

私の言葉を聞いたクラリッサ団長は、キラキラと瞳を輝かせた。

「まあ！　フィーアちゃんの本命はサヴィス総長だったの!?　まあああ、それは本当に想定外だわ！　サヴィス総長だなんて……意外ねぇ。フィーアちゃんはもっと、初心者向けの相手が好みかと思っていたのに」

弾んだ声でよく理解できないことを言われたけれど、クラリッサ団長は非常に楽しそうで嬉しそうに見えた。

やはり騎士団トップのサヴィス総長が一番強いというのは、嬉しいことなのだろう。

答えを間違えなくてよかった、とクラリッサ団長の浮かれたような態度を見た私は改めて確信し、ほっと胸を撫でおろしたのだった。

それから、クラリッサ団長と別れようとしたところで、ふいに辺りが騒がしくなった。

「まあ、何事かしら？」

そう言いながら、クラリッサ団長が困った様子もなく、騒ぎに向かってすたすたと歩いて行く。

慌てて付いて行くと、一人の女性が見るからに柄の悪い男性３人に囲まれているところだった。

女性は遠目に見ても可愛らしく、ぶるぶると震えており、思わず声をかけたくなるようなはかな気なタイプだった。

対する男性３人組は縦も横も大きいタイプで、にやついた表情を見るに、一緒に食事をしたいとか、一緒に買い物をしたいとか、強引に女性に誘い掛けているところのようだった。

「あらあら、困ったこと。もちろん強引に誘い掛ける男性が一番悪いのだけれど、見ているだけの観客と化している男性たちもどうなのかしら……」

クラリッサ団長は不満気に呟きながら、騒ぎの中心に向かって歩いて行く。

……クラリッサ団長の言いたいことは分かります。

けれど、あの柄の悪い3人組は体格がいい上に、着ている服は上等で、全員が腰に剣を佩《は》いています。

もしも3人組に一定の身分があれば、歯向かうと後で酷い目に遭わされるかもしれませんし、そもそも、注意をした相手に突然剣を抜くような短気さを持ち合わせているかもしれません。

剣の力量が全く分からない相手というのは恐ろしく、よっぽど腕に覚えがない限り、とても助けに入れないと思われます。

ですが、それらの全てを関係ないとばかりに、躊躇することなく助けに向かうクラリッサ団長は、最高にカッコいいです！

そう考えながらも、クラリッサ団長の腕前が分からない以上、さすがに1対3というのは無謀だろうと、（騎士服を着用していなかったので、私が所持していたのは短剣だけではあったのだけれど、）助力すべく早足で後に続く。

けれど、私たちが騒ぎの中心に辿り着く前に、取り囲まれている女性に対してのんびりとした声が掛けられた。

「ははぁー、蝶の形の髪留めか。なるほど、こういうのが今の流行りだな？　お嬢ちゃん、取り込んでいるところ悪りぃが、その髪留めはどこで買い求めたものか教えてくれねぇか？」

えっ、緊迫している場面に何事？　と驚いて見ると、女性を取り囲んでいた3人を押しのける形で、一人の男性が囲まれていた女性に話しかけていた。

新たに現れたその男性は、大柄に思われた柄の悪い３人組よりも更に頭一つ分大きく、こちらに背を向けていたため後ろ姿しか見えなかったけれど、その姿からでも十分に体格の良さが見て取れた。

「あら……」

ひたすら急いで現場に駆け付けようとしていたクラリッサ団長だったけれど、新たな男性の出現を目にした途端、面白そうな声を上げ、歩みがゆるやかになる。

けれど、私はクラリッサ団長と同じように面白がる気持ちにはなれず、はらはらとした気持ちで大柄な男性と３人組に視線を定めたまま、早足で近付いて行った。

私の悪い予想通り、押しのけられる形となった３人組は不機嫌で、割って入った男性の腕に腹立たし気に手を掛けていた。

「おい、髪留めだか何だか知らねぇが、こっちは取込み中だ。他を当たんな！」

けれど、大柄な男性は空気を読めないタイプなのか、ぴりぴりとした一触即発の状況にもかかわらず、のんびりとした声で続ける。

「そうは言われても、妹から王都で流行りの髪留めを買ってくるように頼まれたんでな。この蝶の髪留めは妹に似合いそうだから、同じものを買って帰ったら、オレの兄株が爆上がりすると思うんだがなぁ」

「てめぇ、ふざけるなよ！」

「妹の土産なんぞ、道端の花でも摘んどけ！」

「そうだ、そうだ。兄貴の言う通りだ」

大柄な男性の言葉を聞いた途端、３人組は簡単に激昂し、そのうちの一人は腰の剣に手を掛けた
――と思った瞬間、その男性は地面にひっくり返っていた。

「「へ？」」

ひっくり返った男性と私の声は、揃ったと思う。

何が起こったか分からないうちに、大柄な男性は両手で残った２人の片腕をそれぞれ握りしめていた。

「お前ら、妹がいないだろう？　妹ってのはなあ、信じられないほど大変なんだぞ。長年妹を持っているオレですら、扱いが全く分からねぇくらいだからな。そして、扱いを間違えると、はっきりと文句を言われる訳でもなくめそめそと湿っぽい対応をされるから、ますますどうしていいか分からなくなる」

大柄な男性は腕を握りしめたままの２人組に対して、妹についてのうんちくを傾けていたけれど、彼らには当然話を聞くつもりなどなく、激昂していくばかりだった。

「うっせぇよ！　いいから手を放せ！」

「そうだ、そうだ。兄貴の手を放せ」

自分の話に一切耳を貸そうとしない２人組を見て、大柄な男性はやれやれという風に肩を竦める

と――どういう訳か、その2人も地面にひっくり返っていた。

「まあ、今は分からないかもしれないが、いつかお前たちに妹ができた時……」

大柄な男性は溜息を一つ吐くと、倒れ込んだ3人組の顔を覗き込みながら言葉を続けていたけれど、突然驚いたように言いさした。

それから、無言のまま3人の顔をまじまじと眺めた後、言いにくそうに言葉を続ける。

「常識知らずなことをしていたから、発育のいい、体の大きな子どもかと思っていたが、結構な年だな。……あー、お前たちの年でこれから妹ができるというのは難しいかもしれねぇな。つまり、義理の妹だとか、娘だとかができた時の心得だな」

大柄な男性はこてりと首を傾げると、言い聞かせるように締めくくった。

体格のよい男性が小首を傾げる姿は、後ろ姿としては可愛らしくあったけれど、上から覗き込まれている3人組には恐怖だったようで、一瞬にして顔を青ざめさせると、地面に倒れたまま、こくこくと大きく首を縦に振って同意していた。

それを見た大柄な男性は満足したように一つ頷くと、がくがくと震え続けていた女性に対して声を掛けた。

「邪魔をして悪かったな。これ以上迷惑をかけるわけにもいかねぇから、髪留めは自分で探すことにするよ」

その言葉を聞いた途端、クラリッサ団長が感心したような声を上げた。

「まああ、滅多にお目にかかれないほどの上物ね！　騎士道精神に溢《あふ》れている上に、喧嘩が強く、恩着せがましくもないなんて。こんな振る舞いをされたら、コロリと落とされてしまうわね」

そう言いながら、クラリッサ団長は興味津々な様子で大柄な男性を見つめ続けていたけれど、男性が振り返った瞬間、驚いたようにぽかんと口を開ける。

「……は？　何これ、顔まで美形……」

クラリッサ団長の心底驚いたような声が聞こえたけれど、私も同じようにぽかんと口を開けていたので、相槌を打つことはできなかった。

……へ？　どうして彼がこんなところにいるのかしら？

あれ、彼は母国へ戻ったはずよね？

そう思いながら、目の前に見える、知り合いの名前を茫然と呟く。

「……グリーン？」

小さな声だったし、距離があるのでとても聞こえないだろうとは思ったのだけれど、どういう訳か呼ばれた男性ははっとしたように顔を上げ、クラリッサ団長や私以上に驚愕《きょうがく》した様子で見つめてきた。

「フィーア！」

驚いたように発せられたその声は、間違いなく聞きなれた「グリーン」の声だった。

いた。

◇　◇　◇

――グリーンは騎士団に入団する前に知り合った冒険者だ。

とは言っても、「グリーン」というのは偽名で、きっと本名は別にあるのだろうけれど……

そう考えながら、私はグリーンたちに出会った時のことを、懐かしい気持ちとともに思い返していた。

――今から半年以上前のことだけれど、『成人の儀』の最中に黒竜ザビリアに襲われて死にかけた私は、前世の記憶を取り戻した。

前世では大聖女だったけれど、今世では3歳と10歳の聖女検査で一切の回復魔法なしと判定された身だ。

大聖女の記憶はあっても、一体どれ程前世の力が使えるのかしら……と、騎士団試験を受けるまでの3か月間、色々な回復魔法を自分にかけ、聖女の力を試していた。

けれど、怪我や状態異常の回復については、被験者なしでは確認が難しいことに気付き、怪我をしそうな冒険者と冒険をすることで回復魔法を試してみようと閃いたのだ。

そんな私の前に現れたのが、グリーンたち3兄弟だった。

3兄弟は自己紹介の際、長男は「レッド」、次男は「グリーン」、三男は「ブルー」とその髪色にちなんだ偽名を名乗った。

出会った瞬間から、レッドとグリーンは顔面から流血しているという怪しさ満点の存在だったので、用心のために自ら偽名を名乗ったことは当然だと思う。

詳しいところはぼかされたのでよく分からないのだけれど、グリーンたち3兄弟はナーヴ王国と大陸の勢力を二分する巨大帝国アルテアガの出身とのことだった。

レッドは長男で、家督を継ぐべき立場ではあったけれど、生まれた時から「顔から流血する」という呪いをかけられており、それを理由に腹違いの弟が跡目を継ぐ予定だと説明された。

ただし、占い師からナーヴ王国にしか棲息しない魔物を討伐すれば、その呪いは解けると占われたため、兄弟3人ではるばる王国まで魔物討伐にやってきたとの話だった。

同行して分かったのだけれど、この3兄弟は本当に強かった。

そして、結果として、見事に魔物を討伐した。

ただし、呪いは自動で解けるはずもなく、私が助力を申し出て、聖女の力で解呪した。

もちろん、用心深い私は、二度と会わない相手でも聖女と認定されるのはよくないと考え、呪いには呪いを、と違和感のない設定を披露した。

つまり、私自身が『冒険者を聖女の力で助けなければ、行き遅れる』という呪いに侵されており、『呪いのおかげで聖女でもないのに聖女の力が使える』と説明したのだ。

そうしたら、3人ともに素直に信じてくれたので、この3人は物凄く人を信じやすいのだと思う。

ただし、その時の私は聖女の弱体化についてあまり理解していなかったので、今思い返してみると、少し力を使いすぎたかもしれない。

平均的な聖女の力を使用すれば怪しまれないだろうと考え、力を加減したつもりだったのだけれど、……3兄弟に身体強化魔法をかけたし、魔物に属性弱体化魔法をかけたし、肉体の欠損を再生させたし、生まれた時からかかりっぱなしだったという状態異常を回復させた。

……あ、思い返していたら、すごくやり過ぎた気持ちになってきた。

まあ、でも、半年以上前の話だし、単純そうなこの2人が相手なら、『私も呪いに掛けられていたから、呪いの力です！』の一言で見逃してもらえる気がする、うん、きっと、多分、大丈夫なはず。

そう思いながらグリーンを見上げると、以前別れた時と変わらない、偽名通りに美しい緑色の髪をした大男が立っていた。

その表情は以前よりも晴れ晴れとしており、別れていた半年間がグリーンにとって有意義なものであったことを物語っているようだった。

その様子を見て嬉しくなった私はにこりと微笑む。

レッドは長男であるにもかかわらず、呪いを理由に跡目を継ぐことができず、3兄弟は家族から冷遇されているとのことだった。

けれど、グリーンたちは魔物を倒し、呪いを解いて国へ戻ったのだ。

　そのことで、グリーンたちの状況が好転し、少しでも家での環境がよくなればいいなと考えていたけれど、……グリーンの晴れやかな表情は、今の暮らしが良いものであることの表れではないだろうか。

　少なくとも、晴れ晴れとした表情を浮かべられるほどには、満ち足りた生活を送っているということだろう。

　そう考えた私は、目の前にいるグリーンと、ここにいないレッドとブルーを思い浮かべ、良かったわねと心の中で祝福した。

　以前の冒険を1つ1つ思い返していると、グリーンが元気で再び出会えたことが、すごく貴重なことに思われる。

　そのためか、一緒に冒険したのは5日間だけで、別れてから半年しか経っていないというのに、古い友達に会ったような懐かしさと嬉しさが込み上げてきた。

　私はその喜びのままにグリーンに駆け寄ると、がばりと抱き着いた。

「グリーン！」

　けれど、どういうわけか、先ほどは不動のまま大柄な男性3人を地面にひっくり返した大男は、「ぎゃあっ！」と大声を上げて、後ろにひっくり返った。

「へ？　グリーン？」

　いや、いくら助走をつけたからといって、私ごときの体格の者にぶつかられただけで地面に倒れ込むのは不自然だろう。

そう思って首を傾げると、グリーンは真っ赤な顔で両手を前に突き出してきた。

「フィーア、お前はまだその凶悪な性格が直っていなかったのか！　どうして、結婚もしていない相手に抱き着いたりするんだ？　それは完全にわいせつ行為だからな！」

「ええ？　大袈裟な」

完全なる言いがかりに顔をしかめたけれど、そうだったわ！　と思い出す。

そうだった、レッドとグリーンは生まれた時から20年だか30年だかずっと顔面から流血していたため、怖がられて避けられて、女性とは話をしたこともないと言っていたんだったわ。

だからなのか、何を言ったとしても、すぐに赤面して照れる大男たちだったのよね。

けれど……

「そうでした、グリーンってすごい美形だったんですよね。流血の印象が強すぎて、美形だったことを忘れていました」

改めて正面からグリーンを見つめた私は、正直な感想を漏らす。

すると、グリーンは地面に座り込んだままぴょんと後ろに1メートルほど跳び退った。器用だと思う。

「ひぃっ！　お前は、面と向かって何てことを言うんだ？　オレを殺す気か！」

「へ？　そうではなくてですね。別れてから半年くらい経っているので、流血が止まって美形になったグリーンに女性がわさわさと寄ってきて、少しは女性に慣れたんじゃないかと思っていたんですよ」

「悪かったな！　オレの不人気ぶりの理由は顔面流血だって言ったが、違ったわ！　純粋にオレの魅力の問題だった。その証拠に、先日も大勢の女性を呼んで食事会をしたが、最初から最後まで誰一人オレに話しかけないほどの不人気ぶりだったわ!!」

「まあ、皆さん見る目がないんですね。グリーンはこんなに素敵なのに」

心から不思議に思って呟くと、グリーンはべたりと上半身を倒し、完全に地面に這いつくばった。

「ぐふっ、無理だ！　のっけからこのペースじゃあ、オレが息絶えるのも時間の問題だ……」

けれど、そんな姿だって、髪はきらきらと美しい緑に輝いているし、服の上からでも鍛えられた肉体が見て取れるし、びっくりするほど魅力的に見える。

そんなグリーンを見て、私ははて？　と首を傾げた。

グリーンは間違いなく美形だし、ちょっと行動を一緒にすればすぐに分かるほど気が利くし、優しいし、強いのに、何が駄目なのかしら？

お国は帝国と言っていたけれど、帝国の女性はグリーンのような精悍《せいかん》なタイプは好まないのかしらと首を傾げていると、私の後ろにいたクラリッサ団長が低い声で呟いた。

「……社交の場では、立場が上の者からしか話しかけることができないわ。つまり、この『グリーン』さんとやらは、大勢いたという女性の誰もが、自ら声を掛けられないほどの高位者ということなのかしら？」

「クラリッサ団長、すみません。よく聞き取れなかったのですが？」

低く呟かれたクラリッサ団長の言葉を上手く拾うことができなかったため聞き返すと、団長は答えることなく、逆に真剣な表情で質問された。

「ねえ、フィーアちゃん。この方は何者なのかしら？」

「へ？　冒険者ですよ。私が騎士になる前の話ですけど、魔物の森を数日間一緒に冒険したことがあるんです」

答えながら、ああ、そういえばグリーンたちは帝国民であることを知られたくないと言っていたなと思い出し、出所については黙っていることにする。

というか、帝国では何をやっているのかについて一切聞いていなかったことに遅ればせながら気付き、小首を傾げる。

以前説明された話からは、帝国で冒険者をやっているような印象は受けなかったので、もしかしたら別の仕事をしているのかもしれないと思い至ったけれど、具体的な仕事の話はしなかったため答えが分からない。

そう思って困ったようにクラリッサ団長を見つめると、団長は僅かに唇を歪めた。

「……そう、フィーアちゃんも知らないのね。でも、私が気付くのに遅れる程、気配を消すことに長《た》けた騎士たちが百人単位で護衛をしているなんて、……滅多にないほどの高位者のはずなのだけれど」

「クラリッサ団長？」

何事かをぼそぼそと口の中で呟かれたので、思わず名前を呼ぶと、背後から声がかけられた。

「フィーア!!」

「え？」

聞き覚えのある声に、まさかそんな、と思いながら振り返ると、今度はグリーンの弟であるブルーが立っていた。

宝石よりも美しい青い髪をなびかせて、滅多にないほど整った美形が、満面の笑みでこちらを見つめている。

「フィーア！　何てことだ、本当に君に逢えるなんて!!」

ブルーは感極まったように叫ぶと、一直線に私のもとに駆けてきた。

私はグリーンに会った時と同じように、物凄く嬉しくなって、「ブルー！」と両手を広げて抱きつこうとしたけれど、「ぎゃああ！」と叫ばれながら、後ろに跳び退られてしまう。

「フィーア！　君は成人していると聞いたぞ!!　むやみに男性に触れるものではないだろう!!」

名前を体現するかのようにどこまでも青く綺麗な髪をした、恐ろしく造作が整った美形が、滅多にないほど堅苦しいことを言ってくる。

「……ふふっ」

相変わらずな兄弟を見て、私は思わず笑いを零《こぼ》したのだった。

◇　◇　◇

2人から説明された話によると、グリーンとブルーは休暇でナーヴ王国の王都へ遊びにきているとのことだった。

アルテアガ帝国とナーヴ王国の間には、小国とは言え一つの国が挟まっている。

だから、ちょっと遊びにこられるような近い距離ではないはずだけれど、この2人は長い休暇を取って、王国くんだりまで遊びに来ても生活に困らないほど、よい職業に就いているのだろうか。

そう思い、ちらりとグリーンとブルーを見上げると、グリーンが私の疑問を拾ってくれた。

「どうした、フィーア？」

「いえ、お2人は長めの休暇を取っているように見えたので、そんなに仕事を休んで大丈夫なのかなと思いまして」

「あー、それは大丈夫だ。フィーアに助けてもらったおかげで、オレらは家業を継ぐことができたんでな。オレらが遊んでいる分、レッドが頑張ればいいだけの話だ」

「な、なるほど。それで長男のレッドはご一緒ではないのですね」

……可哀想に。八百屋だか魚屋だか知らないけれど、レッドは今頃一人で働いているのだわ。

あれ、そういえば家柄がいいとか言っていたから、案外、実家は商会とかをやっている……感じはしないわね。

体を動かすのが得意そうだから……うーん、先ほどは否定してみたけれど、やっぱり帝国でも冒険者をやっているのかもしれないわ。

そう考え込んでいると、黙って会話を聞いていたクラリッサ団長と目が合った。

「あっ！　す、すみません！　私ったら、互いに紹介していませんでしたね！」

まずい、まずい。そういえば、グリーンたちとクラリッサ団長は初対面じゃないの。私が紹介しないといけなかったのに。

そう思い、慌ててそれぞれを紹介する。

「こちら王国のクラリッサ騎士団長です。王都警備を司る第五騎士団の団長をされています。……そしてこちらは、半年前に一緒に冒険をしたグリーンとブルーです。お2人は兄弟です」

私の紹介を黙って聞いていたクラリッサ団長は、紹介が終わると、にこやかな表情でグリーンたちに片手を差し出した。

「初めまして、クラリッサです。まさかフィーアちゃんにこんな素敵なお友達がいるなんて思わなかったわ。フィーアちゃんは恋愛音痴そうなんだけれど……案外、こういう娘が素晴らしい男性に恵まれるのかもしれないわね」

「……ああ」

「……どうも」

　クラリッサ団長に褒められたグリーンとブルーだったけれど、無表情で素っ気なくお礼を言うだけの対応だったので、その姿を見て驚く。

　えっ!?　この2人は照れ屋の赤面症だと思っていたのだけど、突然すごくクールになったわね。はっ！　もしかして、あまりに可愛らしいクラリッサ団長に身構えてしまい、意識して格好つけることで、照れないで済むのかしら？

　そう考えながらも、いやいや、だとしたら、全く意識されずに毎回赤面される私があんまり可哀想だわと思い、考えることを放棄する。

　2人が普段になくクールな対応をしていることには気付かないようで、クラリッサ団長はいつものようににこやかに話しかけていた。

「ところで、お2人は外国の方なのかしら？」

「……なぜ、そう思う？」

　純粋そうなクラリッサ団長の質問に対し、グリーンが用心深そうに問い返す。

　対するクラリッサ団長は、やはり純粋そうな表情でおかしな返事をしていた。

「私は職業柄、国内の全ての重要人物の顔を覚えているわ。でも、お2人の顔には、全く見覚えがないから」

「クラリッサ団長、……その、グリーンとブルーは重要人物ではないと思いますよ。ええと、私の推測ですが……」

　私が意見をした途端、グリーンとブルーはびくりと体を強張らせると、2人ともに髪をかきあげた。

　さり気ない様子で辺りを見回していたクラリッサ団長の唇が、興味深そうに弧を描く。

「……へえ、フィーアちゃんの言葉が絶対なのね？　フィーアちゃんが2人を重要人物ではないと表現した途端、取り巻いていた護衛が解除され、重要人物ではないように偽装するなんて。……ちょっとフィーアちゃんへの忠節ぶりが度を越しているけれど、害をなす感じではないわね」

「クラリッサ団長、何かおっしゃいましたか？」

　またもや、低く呟かれたクラリッサ団長の言葉が聞き取れなかったため、聞き返す。

　……もしかして、クラリッサ団長は口の中で独り言を呟くタイプなのかしら。

　だとしたら、何度も聞き返すのは失礼よね。

「ふふふ、こんなに興味をそそられる相手に出会ったのは、久しぶりだと考えていたのよ。残念ながら、私なんて目に入らないほど、既に特定のご令嬢に夢中のようだけれど。もしかして、……そのご令嬢に会うために、この国を訪問されたのかしら？」

　クラリッサ団長の質問に対して、グリーンもブルーも何一つ反応しなかったため、それは団長に対して失礼じゃないかしらと思ったけれど、団長が何かを理解したかのように微笑んだので、えっと思う。

グリーンたちは全く微動だにしなかったように見えたけれど、何らかの返事をしていて、私だけが読み取れなかったのだろうか。

「……ふふ、やだわ。さすがにそんなことはあり得ないと思ったのに、本当にそんな目的でこの国を訪問するなんて。一つ聞きたいのだけれど、フィーアちゃんの意思を無視して、何事かを強行することはないわよね？」

にこやかに、けれど底冷えがするような迫力で薄《うっす》らと微笑むクラリッサ団長に対して、グリーンは無表情のまま口を開いた。

「フィーアの意思に反する行動や、害になる行動をすることは、絶対にねぇ」

「……そう。ひとまずはその言葉で満足しておくべきかしらね。仮にあなた方が重要人物であれば、これ以上踏み込むのはお互いに危険すぎるようだから。それに……本物の護衛が来たようだわ」

クラリッサ団長は満足したかのようににこりと微笑んだけれど、その微笑みが消える間もなく私に声がかけられる。

「フィー様！」

「カーティス？」

あれ、待ち合わせは夕方だったはずだけれどと思いながらも、その声を間違えるはずはないと、名前を呼びながら振り返る。

果たして、思った通りカーティス団長が——とは言っても、騎士服を脱いでいたので、私服に剣という傭兵のようないで立ちだったのだけれど――走り寄ってくると、私とグリーンたちの間に立ち塞がった。

「カ、カーティス、どうしたの？」

呼びかけに返事をしない上、見方によってはグリーンたちを警戒しているようにも見える行動に戸惑いを覚え、もう一度問いかけてみたけれど、やはりカーティス団長は返事をしなかった。

それどころか、背中を向けたまま、まるで私を守る高い壁でもあるかのように、目の前に立ち塞がり続けたのだった。

◇　◇　◇

目の前にある広い背中を見つめながら、私はぱちぱちと瞬きをした。

カーティス団長ったら、どうしたのかしら？

そう疑問に思ったところで、ああ、そうだわ、カーティス団長にとってグリーンとブルーは初対面だったわと思い当たる。

基本的にカーティス団長は、私に関してすごく心配性なのだ。

知らない人から見たら、グリーンは柄が悪く見えなくもないので、心配されたのかもしれない。

カーティス団長の行動の理由が分かった私は、ひょいと団長の後ろから姿を現すと横に並び、彼の腕を安心させるようにぽんぽんと叩いた。

「カーティス、この2人は私の知り合いなのよ。緑髪の男性がグリーンで、青髪の男性がブルー。半年ほど前に、ルード領の近くにある魔物の森を一緒に冒険したことがあったの」

「……へえ、帝国からわざわざ我が国まで冒険にくるのですか？　まるで、王侯貴族の遊びのようですね」

「ひゃっ!?」

私は素っ頓狂な声を上げると、何のヒントもなく2人の出所を帝国と言い当てたカーティス団長を驚いて見上げる。

グリーンとブルーも用心深い表情をして、黙ってカーティス団長を見つめていた。

……ちょ、カーティス団長ったら、こんな時まで有能さを発揮しなくてもいいのじゃないかしら？

ノーヒントで答えを言い当てるなんて、普通の人にはできない芸当ですからね。

それをさらりと言い当てて、間違っているなんて微塵も思っていないような態度はどうなのかしら。いいえ、実際に当たっているのだけれど。

けれど、当たっているからこそ問題よね。

味方としては頼もしいけれど、今回のような場合は、有能すぎるのも考えものだわ。

そう考え、顔をしかめていると、騎士の一人がクラリッサ団長のもとに慌てた様子で走ってきた。

「クラリッサ団長！　中央地区のレストランでガッター子爵のご子息が暴れております。我々では手が付けられませんので、ご対応いただいてもよろしいでしょうか！」

「まあ、丁度面白くなってきたところだったのに！　……仕方がないわね、お給金をもらっている以上は働かないと。はあ、またね、フィーアちゃん。それから、カーティス、後はよろしく」

クラリッサ団長は非常に残念そうに溜息をつくと、呼びにきた騎士とともに去って行った。

ムードメーカーであるクラリッサ団長がいなくなってしまうと、その場はしんとした静かな雰囲気に塗り替えられた。

あれれ、これはよくないわねと思った私は、剣呑な雰囲気に気付かない振りをすると、努めて明るい声を作り、紹介の続きに戻る。

「……それから、こちらがカーティス団長です。カーティス団長は王国の最南端であるサザランドの地を守護する騎士団長ですが、今はちょっとサザランドを離れて王都勤務をしているんです」

にこにこと、必要以上に笑顔を作って紹介するけれど、私以外の3人は無表情を貫いたままだった。

それどころか、それぞれが無言のまま、睨み合うかのように鋭い視線を交わしている。

私は我慢できなくなって、大声で問いかけるとともに、3人をぐるりと見回した。

「ちょっ！　3人とも、どうしたんですか！　友達の友達は友達のはずでしょう？」

「フィー様、必ずしもそうとは限りません。それよりも、半年前にご一緒に冒険されたという話は初耳です。差し支えなければ、ご同行されたメンバーを教えていただいてもよろしいでしょうか？」

「え？」

カーティス団長の声に不穏なものを感じ、咄嗟《とっさ》に仰ぎ見ると、ぎらりとした強い視線で睨まれた。

……ま、まずい、まずい、まずい。

カーティス団長が前世の護衛騎士モードになっている。

『半年前に同行したパーティメンバーは、初対面だったレッド、グリーン、ブルーの3兄弟と私でーす☆』

……なんて、とても言えるような雰囲気じゃあないんだけど。

言ったら、10割の確率で怒られる予感がする。明るく言っても、申し訳なさそうに言っても、どちらでも怒られる気がする。

ま、まずいわ……

進退窮まった私はにへらと笑うと、誤魔化してみようと試みる。

「うふふふ、カーティスったら。既に終わってしまった話なんて、どうでもいいじゃない。彼らは紳士だったわよ。それよりも、どうしてグリーンたちが帝国出身だと思ったの？」

けれど、カーティス団長に誤魔化されるつもりはないらしく、ギロリと睨みつけられただけだった。

「つまり、初対面の男性方とフィー様だけで冒険に出掛けられたというわけですね。いいでしょう、人前でする話ではないので、続きは2人きりになった時に行いましょう。では、この2人の出身についてですが……」

話を続けるカーティス団長を見て、あれ、私は間違ったのかしら、と自分の行いを後悔する。

このまま怒られた方が、どうみたって短時間で済んだわよね。

それなのに、改めて2人きりの時間を設定されるなんて、がみがみと長時間お説教をされることは間違いないわ。ああ、失敗したああああ！

がくりと項垂《うなだ》れる私の上に、カーティス団長の言葉が降ってくる。

「この見事な髪色と『グリーン』と『ブルー』という名前では、最近帝国の表舞台に登場したあるご兄弟を連想しますよね。これでもう一人、赤い髪色の『レッド』という者がいれば完璧ですが」

「えっ、よく知っているわね！　グリーンとブルーのお兄さんはレッドだわ！　あ、いえ、でも、これは偽名なのよ」

グリーンたちの兄の名前を言い当てられ、驚いて顔を上げると、何かを納得したかのような表情のカーティス団長が小さく頷いていた。

「ええ、そういう話でしたね。偽名を女神に名乗ってしまったので、その偽名をそのまま本名にされたという話でした……帝国のある有名なご兄弟の話は」

「ふうん？　帝国は女神信仰の国だから、実際に女神に会われたという方が帝国にはいるのね？

……ええと、つまり、その女神に会われたことで有名な『レッド・グリーン・ブルー』の3兄弟が帝国の方で、その方々の名前にあやかった偽名を使ったことで、こちらのグリーンたちを帝国の人間だと推測したということ？」

「…………そんなところです」

カーティス団長は私の推測を聞いた後、もの言いたげに私を眺めていたけれど、何かを理解したかのように頷いた。

「ああ、フィー様は彼らが何者かをご存じないのですね」

「え？」

「いえ、知らないものをわざわざ教える必要はないということです。……ええ、お二方、初めまして、カーティスと申します。そして、さようなら。フィー様は私が護衛しますので、安心して母国へ戻られますよう」

カーティス団長は何事かを納得したかのように呟くと、突然雰囲気を冷淡なものに変え、グリーンとブルーに対して切って捨てるかのように短い挨拶をした。

「カーティス！　あなたが私を大事に思ってくれて、初対面の相手を警戒したくなる気持ちは分かるけれど、お願いだから話をしてみてちょうだい。きっと、素敵な人たちだって分かるから」

あまりの冷淡な対応に驚き、カーティス団長に親切にするようお願いしてみるけれど、彼は珍しく同意してはくれなかった。

「あなた様以上に素敵な方はいませんん。私は最上を知っていますので、不要な行為です」

「カーティス！」

もう本当に私贔屓がすぎるわね、と思いながらじとりとカーティス団長を見つめる。

「カーティス、今夜の訓練修了のお祝いだけれど、２人きりじゃあ寂しいって言っていたわよね。グリーンとブルーを誘うのはどうかしら？」

「それは、全く賛同できないアイデアだと言わざるを得ません」

「でもね、グリーンたちに会うのは、半年前に別れたきり初めてなのよ。私は色々と話をしてみたいわ」

「…………………………フィー様のお祝いですので、フィー様が望まれるのならば」

カーティス団長とグリーン・ブルーの２人が仲良くしてほしいという私の気持ちを、最後にはやっと理解してくれたようで、カーティス団長は不承不承という感じではあったけれど、私の提案を受け入れてくれた。

……ふふ、カーティス団長は心配性だけれど、すごく優しいからね。

一度受け入れさせれば、こっちのものだわ。きっとグリーンとブルーを気に入って、優しくし始めるわよ。

そう考えながら、グリーンとブルーに向き直る。

「グリーンとブルーはしばらく王都にいるんですか？　今夜はカーティスと私の２人で夕食を取る

予定なのですが、よければご一緒しませんか？」

「いいのか？」

「もちろん、行くよ！」

私の問いかけに対して、グリーンとブルーが同時に答える。

まあ、さすがに兄弟ね、息がぴったりだわと思いながら、私はにこりとして答えた。

「じゃあ、お待ちしていますね。ええと、では夕方の6時に、あそこに見える噴水で待ち合わせをしましょう。それではまた後で」

懐かしい2人に会えたことが嬉しくて、一緒に夕食を取れることが楽しみで、私は2人が見えなくなるまでぶんぶんと手を振り続けたのだった。

【SIDE】第十三騎士団長カーティス

……全く、何という拾い物をされたのだろう。

宝石のようにきらきらと輝く髪色をした2人の男性が、フィー様から一時も目を離せない様子を目にし、私は心の中で盛大な溜息をついた。

現場に居合わせた時、フィー様は第五騎士団長のクラリッサに加えて、2人の男性とともにいた。

この2人組が、そこらの市井の者でないことは一目で見て取れた。

雰囲気や所作が、見て分かるほどに一般の者とは異なっていたからだ。

加えて、私たちを取り巻いている王都民の中に、百人単位の護衛騎士が紛れていることを、見回すまでもなく感じ取ることができた。

一見しただけでは分からないほど綺麗に気配を消し、外見も変装をしたうえで誰にも気付かれないよう、大勢の騎士たちがこの2人を護衛していたのだ。

よほどの上位貴族でも、優秀な護衛をこれほどの大人数揃えることは難しいだろう。

そして、国内の要人全てを覚えている私が彼らを識別できないということは、この2人は国外の者なのだろう。

そう思い観察してみると、2人には紛れもなく、従わせる者特有の雰囲気があった。

……これは厄介だな。

もう既に、嫌な予感しかしない。

けれど、見て見ぬふりをしたくても、陽の光に照らされてきらきらと宝石のように輝く、美しい緑と青の髪が目に入る。

その髪を見た瞬間、アルテアガ帝国皇家の話を思い出した。

宝石のように美しい髪色を持つ、アルテアガ帝国で最も尊い3名と言われている兄弟の話を。

……なぜ私は、このタイミングで思い出してしまうのか。

絶妙なタイミングで関連性があると思われる情報を引き出してくる己の記憶力に、今日ばかりは文句を言いたい気持ちが湧き上がってくる。

——アルテアガ帝国は、我がナーヴ王国と小国を一つ挟んで向かい合う大国だ。

隣に接している国ではないため、帝国の頂点に位置する皇帝の話といえども、我が国では滅多に耳にすることはない。

だというのに、彼らの髪色を見た途端、私は突然思い出したのだ。

『アルテアガ帝国の皇帝は最近、代替わりをしたな』と。

『皇帝とその弟2人は、髪色にちなんだ宝石の名前を冠していたな』と。

そんな風に、アルテアガ帝国皇家についての情報が、思い出すべきではないという感情とは裏腹に、次々と思い出されてくる――――私自身に頭痛を覚えさせる情報だと、分かりきっているにもかかわらず。

真っ先に頭に浮かんだ情報によると、あの国の皇帝と皇弟たちは、今から半年程前に「女神と邂《かい》逅《こう》した」と国民の前で宣言していた。

その際、皇帝たち3名は女神に対して偽名を名乗ったため、その不敬行為を是正する目的で、偽名を本名に加える形で改名したとの話だった。

皇帝の髪色は宝石の赤だといい、その髪色にちなんだ宝石名に偽名を加えたのだったか。

そして、皇弟2人は……

緑の髪色を持つ第一皇弟は、「エメラルド」という名前を「グリーン＝エメラルド」に改名し、青の髪色を持つ第二皇弟は、「サファイア」という名前を「ブルー＝サファイア」に改名したとのことだった。

つまり、元々あった宝石の名前に、「グリーン」「ブルー」という女神に名乗った偽名を加えたということらしいのだが……

次々に思い出されてくる情報を頭の中で整理しながら、フィー様を食い入るように見つめている、緑と青の髪色をした男性2人に視線を移す。

……全く、嫌な偶然だ。

アルテアガ帝国の皇弟2人と同じように、宝石のように美しい緑の髪色と青の髪色を持つ、明らかに出自の良い国外の要人たちだなんて。

その上、先ほどフィー様から説明された話によると、フィー様が彼らに出会ったのは、皇弟たちが女神に出会ったとされる時期と同じ半年前だ。

更に、フィー様が2人を呼ぶ呼び名は、皇弟たちが女神に名乗ったとされている「グリーン」「ブルー」という偽名と一致している。

……嫌なくらい、全てがぴたりぴたりと符合する。

私は心の中で大きな溜息をつくと、口を開いた。

「この見事な髪色と『グリーン』と『ブルー』という名前では、最近帝国の表舞台に登場したあるご兄弟を連想しますよね。これでもう一人、赤い髪色の『レッド』という者がいれば完璧ですが」

言葉を発する前から答えは分かっていたものの、最後のあがきとばかりに、アルテアガ帝国の皇帝が女神に名乗ったという偽名をフィー様に示す。

残念なことに、状況証拠が示す事実というのは得てして外れないもので、予想通りフィー様は驚いたように目を丸くした。

「えっ、よく知っているわね！　グリーンとブルーのお兄さんはレッドだわ！　あ、いえ、でも、これは偽名なのよ」

……フィー様、偽名であることまで説明をして、私にとどめを刺す必要はありませんのに。

心の中で再び深い溜息をつきながら、私は観念してフィー様の言葉に同意した。

「ええ、そういう話でしたね。偽名を女神に名乗ってしまったので、その偽名をそのまま本名にされたという話でした……帝国のある有名なご兄弟の話は」

大勢の耳目がある中、帝国皇家の者であるとずばりと言うこともできず、ぼかした言い方をした私の前で、フィー様は首を傾げた。

「ふうん？　帝国は女神信仰の国だから、実際に女神に会われたという方が帝国にはいるのね？……ええと、つまり、その女神に会われたことで有名な『レッド・グリーン・ブルー』の３兄弟が帝国の方で、その方々の名前にあやかった偽名を使ったことで、こちらのグリーンたちを帝国の人間だと推測したということ？」

「…………そんなところです」

不思議そうな表情で、思ってもみない発言をするフィー様を目の前にして、一つのことに思い当たる。

「ああ、フィー様は彼らが何者かをご存じないのですね」

……そうだった。この方は昔から、人物を身分ではかろうとする発想が一切ない方だった。

立場上必要な時は、物凄い洞察力を発揮して相手の身分を当てることができるので、本来ならば鋭い方なのだけれど、必要がない時には興味の薄さが先に出て、相手の立場を見逃してしまう場面が多々あったことを思い出す。

そして、今回もその多々ある場面の一つとなるのだろう。

それならば、わざわざトラブルを呼び込むこともあるまい。

私はそう結論付けると、目の前に姿勢よく立っている「グリーン」と「ブルー」と呼ばれている2人組に目を向けた。

この輝く髪を持つ2人組は、アルテアガ帝国皇位継承権第一位のグリーン＝エメラルド皇弟と、同じく皇位継承権第二位のブルー＝サファイア皇弟と考えて間違いないだろう。

我がナーヴ王国と大陸の勢力を二分するアルテアガ帝国の皇弟2人が、秘密裏に王国へ潜入しているなど、剣呑なことこの上ない。

これほどの高位者が自国を離れることはまずないし、あったとしても外国である我が国に入国する際には、正式な手続きを踏むだろう――――普通ならば。

にもかかわらず、私を含めた騎士団長の誰もが、アルテアガ帝国皇家の訪問について一切知らされていない現状を鑑みると、この2人は間違いなく身分を隠して我が国に入国しているのだろう。

つまり、今のこの状況は、これ以上はないというほどの異常事態ということだ。

そう思ったけれど、私は焦る気持ちに全くならなかった。

――――フィー様絡みの案件か。

そう気付いてしまったのだから。

この流れでいくと、帝国皇帝と皇弟2人が出会ったという「女神」は、間違いなくフィー様のことだろう。

わずか数日間一緒にいただけで、これほどはっきりと女神に認定されてしまうなんて、一体何をやらかしてくれたのだろう、この方は。

そして、実際に大聖女の能力を持つフィー様にまとわりつく外国の皇族など、トラブル以外の何物でもない。さっさと切り捨ててしまうに限る。

そう結論付けると、フィー様への執着度を測る意味も込めて、帝国皇族に対してぞんざいな口をきいてみたけれど、2人は私を咎めることなく、それどころか敵対する様子を見せることもなく、ただただ冷静に沈黙を保っていた。

……何ということだろう。

身分は人となりをつくる。

帝国において至尊の地位にある皇帝と、その皇帝に並び立つことを許されたたった2人の皇弟たちは、帝国の頂点に位置する存在だ。

つまり、この2人は敬われ、かしずかれ、至上の存在として扱われることが常態であるはずだ。

そんな2人が、明らかに不躾な私の行動を咎めもせず、ただ黙して受け入れるだなんて。

……状況は、思ったよりも遥かにまずい段階まできているようだった。

大陸でも1、2を争う大帝国の皇位継承権第一位と第二位の皇弟2人が、その身分に合わない不敬な態度を取られても、黙して受け入れる程にフィー様に傾倒しているのだから。

そして、噂で伝え聞く皇弟2人の人となりと、目の前の2人のそれが、明らかに一致していない。

皇弟2人はご令嬢方に一切興味がなく、常に無表情で無関心なため、陰で「氷柱皇弟」と呼ばれているると聞いている。ところがどうだろう。

フィー様の前では、控えめに表現してもでろでろだ。これはもう、氷柱が解けているどころではない。

……さて、どうしてくれようか。

いや、色々と思うところはあるけれど、かかわらないのが一番だろう。

そう考え、早々に別れを告げるも、肝心のフィー様が彼らと話をしたいと言う。

……そうだった、この方は人が好きなのだった。

私はあきらめの気持ちとともに、前世でも同様だったことを思い出す。

以前は特に顕著だったことだが、この方の周りに集まることができる者は限られている。

――人間は誰だって、一つや二つのトラブルを抱えているものだ。

そして、残念なことに、上位者のトラブルほど規模が大きい傾向にある。

だからこそ、セラフィーナ様は軽い気持ちで話を聞きたいとか、かかわりたいとか言っていたけれど、それらのことによって無用な、そして重大なトラブルに巻き込まれていたではないか。

それなのに、フィー様はどうして未だに懲りることなく、同じことを繰り返そうとしているのか。

それとも……そうだ、多分、きっと、この方はあれらがトラブルだったと思っていないのだろう。

私は今度こそ、心の中ではなく、実際に大きな溜息をついた。

——完全に理解した。

昔も今も、フィー様の周りが苦労するようにできているのだ。

そう諦念の気持ちでフィー様を見つめると、何を思ったのか、にこりと満面の笑みで見つめ返される。

「グリーンとブルーと一緒に夕食だなんて、楽しみね！　カーティス、あなたは絶対に彼らと仲良くなれるわよ」

「……それは、楽しみですね」

そう。この方の周りの者たちは、昔も今も、この方の笑顔に勝てはしないのだ。

けれど……

私はフィー様が笑顔でいることに無上の喜びを感じながらも、ぐっと奥歯を嚙みしめた。

——よりにもよって、アルテアガ帝国だとは。

そう胸の奥で呟くと、苦々しいものを感じながら、何とも言えない気持ちでフィー様を見つめる。

私の視線の先では、フィー様がにこにこと嬉しそうに微笑んでいた。

『……ああ、私がお守りしなければ』

改めて、そう心に誓う。

なぜなら、フィー様はご存じないのだから。

あの国で――――アルテアガ帝国で女神が本格的に信仰され始めたのは、大聖女セラフィーナ様が亡くなられた直後だということを。そして……

思考に引きずられ、意図しないままに、私の唇が皮肉気に歪む。

――――ああ、本当に皮肉な偶然だ。アルテアガ帝国の現皇帝が、フィー様を女神だと認定するなんて。

なぜなら実際に、あの国の「女神」は「大聖女」のことを指しているのだから……

33　特別休暇2

グリーンとブルーと別れた後、「お疲れになったでしょうから、少し休憩をしましょう」と優しく気な言葉を掛けるカーティス団長に引っ張られるまま、私は甘味処に連れ込まれた。

もちろん私はにこやかな笑顔に騙されることなく、「疲れていないから」「まだまだ買いたいものがあるから」と抵抗したにもかかわらず、穏やかだけれど意外と強引なカーティス団長によって、いつの間にか椅子に座らせられる。

……それからは、いつもの感じだ。

「成人した女性が、初対面の男性3人と宿泊旅行に行くとは何事ですか」と、しこたまお説教をくらった。

初めのうちは、カーティス団長の言うことももっともだと思い、黙って聞いていたのだけれど、あまりに長引いてきたので、途中で嫌になって言葉を差し挟む。

「カーティス、お言葉だけど宿泊旅行ではなかったわ。グリーンたちの運命を断ち切る、冒険旅行だったんだから！」

致し方なかった感を出したくて、ちょっと大げさに言ってみたのが悪かったようで、倍になって返ってくる。

「それこそが、より問題なのです！　彼らの運命は彼らのものです。フィー様がお救いする必要はありません。人間が女神などに出会ってしまったら、縋りつかれて大変なことになりますよ！」

めずらしく、カーティス団長の言うことがよく分からない。

多分、帝国の女神信仰にひっかけて、何かをたとえているのだろうけれど、それが何を表しているのかがぴんとこなかった。

けれど、分からないと尋ねると、先ほどのように倍になって返ってきそうな雰囲気を感じ取った私は、理解している表情を作って拝聴するに止《とど》める。

ふふふ、こうやって私も日々成長しているのですよ。

そして、黙っていた甲斐があったようで、カーティス団長はひとしきり言いたいことを言った後は満足したのか、「結局は苦労する役割が割り当てられる者はいつだって同じなので、もう諦めていますけどね」との言葉で締めくくった。

おやおや、いつだってお説教をされるのは私だというのに、どうしてカーティス団長が被害者の顔をしているのかしら？

そう不思議に思ったけれど、つまり、説教をされる方だけでなく、する方も大変だと言いたいのだろうと思い当たる。

どっちも嫌な役割だというのなら、お説教なんてしなきゃいいじゃないの。

そう考えながら、その後はカーティス団長と買い物の続きに戻った。

さて、買い物の最中に気付いたことなのだけれど、有能さというのは、買い物というシンプルな行為の中でも発揮されるものらしい。

私から買い物の目的を聞き取ったカーティス団長は、頭の中に街中の地図でも入っているのか、最短の動線で迷うことなく必要なものだけを購入していった。

あれよあれよという間に、カーティス団長の手の中には、明日からの旅程に必要な荷物が全て揃ってしまう。

さらに気が利くことに、カーティス団長は荷物の全てを本日中に、騎士団の女子寮に届けるようにとの配達まで頼んでいた。

普段の私だったら、配達料を惜しんで、どれほど重くても自分で運んでいくのだけれど、カーティス団長は手慣れた様子で、私が気付かないうちに代金まで支払ってくれていた。

もちろん、気付いた私がお金を支払おうとしても、カーティス団長は受け取ってくれない。

後で何かお返しをしないといけないわねと思いながら、私はカーティス団長にお礼を言った。

「ありがとう、カーティス。騎士団長はお給金がいいのかもしれないけど、無理はしないでね」

すると、カーティス団長にもの言いたげに見つめられる。

「なあに、カーティス？」

不思議に思って尋ねると、意味不明のことを呟かれた。

「いえ、(よっぽどやり方を間違えない限り、聖石の所有者であるフィー様は、騎士団長などよりも何倍も大金持ちになれるんですけれど……でもきっと、) フィー様はよっぽど間違えるんでしょうね」

「ええ？　私が何を間違えるですって？」

「いえ、お気になさらずに。フィー様の周りには、色々な人材が必要だと再認識していたところです」

一人で納得している様子のカーティス団長を見て、私は一言、物申したくなってしまう。

「ええとね、お言葉を返すようだけど、私はずっと一人で色々と上手くやってきているんだからね」

すると、カーティス団長から淡々と言葉を返される。

「ええ、物事の一切を損得で考えないフィー様からしたら、全てを上手くやっているように見えるのでしょうけれど、全てを損得も含めて考える私からしたら、フィー様の行動には色々と改善の余地があるように思われます」

「ぎゃふん！」

確かに先ほど買ったぬいぐるみが、別のお店で1割ほど安く売られているのには気付いていましたよ。

そして、カーティス団長ならば、同じ商品をより安価に扱うお店をきちんと把握していて、他の店より高く買うことはないのでしょうね。

そう告白して、カーティス団長の言葉を理解していると示してみたにもかかわらず、「私の言いたいことをかすってもいません。全く違います」と返された。ぎゃふふん！　告白損だわ！

その後、気になるお店を覗いたりして時間を潰していると、約束の時間が迫ってきたので、中央広場の噴水に向かった。

噴水前に到着したのは約束の15分前だったにもかかわらず、グリーンとブルーは既に到着していた。

そして、2人は着替えていた。

先ほどは、いかにも冒険者と言わんばかりのシンプルなシャツを着用していたのだけれど、今はきちんと首元まで詰まった服を着用し、その上から色鮮やかな上衣を重ねていた。

服装だけ見ると文官だとか、見ようによっては貴族だとかに見える。

というか、少し仕立てのいい服を着ただけで、高い位階の者に見えるなんて、姿勢だか所作だかがいいのねと感心する。

「グリーン、ブルー、お待たせしました！　それから、服を着替えてきたんですね？　襟付きシャツなんて格好は初めて見ましたけど、まるで貴族のように見えますし、お似合いですよ」

「ひいい！　だから、フィーア、どうしてお前はそう凶悪なんだ！　いいか、オレを早死にさせたくなければ、金輪際、オレを褒めるような言葉は口にするんじゃないぞ！」

褒め言葉を口にしたというのに、私の言葉を聞いた途端、グリーンはまるで呪詛でも聞いたかのように顔をしかめた。

「兄さんの言う通りだよ！　フィーア、次に私を褒めたら、その度に私は君を3倍褒めるからね！」

ブルーに至っては、よく分からない提案を返される。

私はもう色々とおかしくなって、ぷふふと笑い声が出てしまった。

「おかしいでしょ、カーティス。クラリッサ団長が相手だと、意識しすぎてクールな対応ができるのに、私が相手になると素の照れ屋で赤面症なところが出てしまうのよ」

けれど、私の言葉を聞いたカーティス団長は面白くもなさそうに、というか、眉間に皺《しわ》を寄せた表情で返事をしてきた。

「私にとっては、どちらかというとフィー様の解釈の方が、おかしいというか斬新なのですが。なぜ、フィー様への対応の方を、彼らの標準だと考えたのでしょうか？」

「ええ？　だって、この2人は、というか彼らのお兄さんも含めると3人になるのだけど、3人ともに初対面の時から照れ屋で赤面症だったのよ。生まれてからずっと女性から避けられていたし、最近だって、食事会で誰からも話しかけられないくらい女性に縁がないんですって。つまり、慣れていないから、女性と話をするだけで照れるんでしょうね」

正直な答えを返したというのに、カーティス団長からは疑っているかのような眼差しを向けられる。

「謙遜の言葉を素直に信じるところが、フィー様のよいところなのでしょうが……。現時点では、間違いなく女性が大挙して押し寄せているはずですから、むしろ食傷気味ではないかと推測されますけど」

「ふふふ、男性のカーティスから見ても、グリーンとブルーはイケメンなのね？」

「いえ、女性たちは彼らの身分に惹かれると申し上げたのであって、私はそのようなことを一切申し上げていません」

カーティス団長はしかつめらしい表情でそう答えたけれど、いやいや、カーティス。

あなたは今、グリーンたち2人には女性が大挙して押し寄せているはずだって、そう言ったじゃないの。

それは2人がイケメンだって言っていることと同じだと思うけど？

それとも、外見だけではなくて、2人の内面の素敵さが垣間見えたって言いたかったのかしら？

そう考えていると、やっぱり、この組み合わせは上手くいくような気がしてくる。

友達の友達は友達、で合っているのじゃないかしら。

改めてそう思いながら、私は3人と連れ立って、カーティス団長が予約してくれたレストランに向かったのだった。

◇　◇　◇

カーティス団長が選択したレストランは、メインストリートから1本外れた通りにある落ち着いた雰囲気のお店だった。

出迎えてくれた店の給仕に名前を告げると、4人で座るには十分広い個室に通される。

初めから広めの部屋を取っていたのか、グリーンたちが参加することが分かってから部屋を変えたのかは不明だけれど、やっぱり気が利いているなと思う。

カーティスったら全てにおいて有能ねー、と思いながら冷やされたグラスを手に取り、しゅわしゅわと綺麗な泡が湧き出てくるピンク色の液体を注いでもらう。

「訓練修了、おめでとうございます。フィー様の未来に幸多からんことをお祈りします」

そんなカーティス団長の声とともに、皆でグラスを合わせる。

注いでもらったお酒を口に含むと、喉の奥で美味《おい》しさが弾けた。

「ああ、美味しい！　このお酒、とっても美味しい」

こんなに美味しいお酒を飲めるなんて、何て幸せなのかしらと思いながら、隣に座るカーティス団長に笑いかけた後、目の前に座るグリーンとブルーに目をやる。

すると、彼らは既にグラスを空にしており、じっと私を見つめていた。

「あら、失礼しました。お酒のお代わりですね」

1杯目のお酒をついでくれた給仕は、お客だけでゆっくりしてもらおうという配慮のためか、既に部屋を出て行ってしまっていたので、慌ててお酒の瓶に手を伸ばす。

けれど、先にグリーンに瓶を取られ、私の手の届かない場所に移動されてしまった。

くっ、こういう時は手が短い方が不利ですよね。

そう思いながら、不満気にグリーンを見つめると、真顔で見返される。

「フィーア、まずはお礼を言わせてくれ」

「お礼？　今日、夕食を一緒にすることですか？」

「もちろんそれもだが、そもそもの始まりからだ。前回の双頭亀討伐の際、オレたちを救ってくれたことに対して、改めて礼を言う」

そう言って頭を下げた後、グリーンはちらりとカーティス団長を見た。

グリーンと視線が合ったカーティス団長は、面白くもなさそうに肩を竦める。

「私のことは気にせず、好きなことを話されるがいい。……貴殿らは気付いているだろうが、私は恐らく、貴殿らの事情の大半を推察できている。そのため、貴殿らが何を告白しても、そう驚くことはあるまい。加えて、私には職位に見合った責任が課せられてはいるが、確証がないことを報告するのは、私のスタイルではない」

カーティス団長の言葉を聞いたグリーンは軽く頭を下げた。

「お心遣い感謝する。実際はその言葉通り実行できるほど軽い立場でも、浅慮な行動をするタイプでもあるまい。勿論、貴殿が融通を利かせてくれるのは、オレらのためなどではなく、果たすべき職分よりも大事な……被護衛者の希望を叶えるためだということは理解している」

目の前で難しそうな話を始めたカーティス団長とグリーンを見て、私は首を傾げた。

……あれ、この2人は初対面だというのに、共通の話題についての会話が成立しているわね？

もう仲良くなったのかしら？

そう考えて嬉しくなった私の前で、片手を瓶にかけた緑髪の大男がこてりと首を傾げてきた。

「フィーア、一つ頼みごとを聞いてもらえるか？」

まあまあ、大男の仕草にしては可愛らしいわね、と思いながら返事をする。

「もちろんです」

「オレとブルー、それからレッドへの丁寧な言葉遣いを止めてもらえねぇか？」

「へ？」

「年齢はオレらの方が上だが、お前は成人しているとのことだし、一緒に冒険した仲間として対等なはずだろう？」

「そう言われれば、そんな気もしますね」

グリーンの言うことにも一理あるなと思いながら、小首を傾げる。

冒険者のルールは騎士団のルールとは異なるはずだ。パーティを組んで一緒に冒険したから仲間……でいいのかしら？

そう判断に迷っていると、グリーンがおかしなことを言ってきた。

「というかだな、オレらには100万倍くらいの恩があるから、お前が許可してくれるのならば、オレらの方こそあらゆる礼節を以て、最上の扱いをさせてもらいたいのだが？」

グリーンったら真顔で何を言っているのかしら、とすかさず反論する。

「それは無理でしょう！　グリーンは丁寧な言葉なんて使えませんよね？」

長男のレッドと三男のブルーならまだ分かるけれど、グリーンにお上品な対応なんて無理でしょ。

一言、二言くらいならば、グリーンの丁寧な言葉遣いを聞いたことがある気もするけれど、あの辺りが限界のはずだわ。

そう考えて、正直な感想を漏らすと、グリーンは目をむいて文句を言ってきた。

「は？　おい、お前の中でオレはどんなに粗野なイメージなんだ！」

苦情を言うグリーンに対し、ブルーがおかしそうに茶々を入れる。

「ぷくく、兄さんがいつも自分で言われているじゃあないですか。自分はご令嬢方に粗野だと思われているって。嘘から出たまことですね」

「いや、違げぇだろ！　オレは……」

グリーンが反論しそうになったので、駄目だわ、これを許したら長くなるわ！　と思った私は、慌てて言葉を差し挟む。

「グリーンはグリーンですよ！　丁寧な言葉遣いが不得手だろうが、女性の手を握ったことがなかろうが、私の素敵な仲間です！」

「フィーア……」

私の言葉を聞いたグリーンは、感動したかのように顔を輝かせると、親指と人差し指でぐっと眉根をつまんだ。

その隣ではブルーが、「さすが慈悲深い女神だ……」と頬を赤らめながら、両手で口を覆っている。

よし、今だわ！　と思った私は、すかさずグリーンの目の前に、空になったお酒のグラスを差し出した。

「グリーン、お代わりください!!」

「へ？」

感激している風だったグリーンは私の言葉を聞いた途端、まるで鳩が豆鉄砲を食ったように目をまん丸くした。

それを見たカーティス団長が、おかしそうに笑い声を上げる。

「ははははは、フィー様、それはあんまりですよ！　彼らに感激の余韻くらい味わわせてあげたらどうですか？」

カーティス団長の笑い声が響く中、グリーンは片手でお酒の瓶を摑むと、挑むように私を見つめてきた。

「フィーア、お前という奴は……よし、分かった！　その丁寧な口調を改めたら、好きなだけ飲ませてやろう!!」

「グリーン、ちょうだい！　お酒ちょうだい！　私にたらふくお酒を飲ませてちょうだい!!」

グリーンの言葉に被せ気味に答えると、彼は呆れたように目をむいた。

「簡単だな、おい……」

それから、グリーンは溜息を一つ吐くと、なみなみと私のグラスにお酒をついでくれた。

「あ、あ、あ！　グリーン、これはそんなグラスぎりぎりまで注ぐようなお酒ではないのに！　もう、普段から高いお酒を飲み慣れていないので、価値が分かっていないのね!!　まあ、私的には得したけど。ぷふふ、これは2杯分だわ」

言いながら、そんなになみなみとつがれたグラスに口をつけるなんて行儀が悪いとカーティス団長に怒られる前に、急いで飲み始める。

「美味しい！　ああ、このお酒は何て美味しいのかしら」

それからしばらくは、料理とお酒を楽しみながら、4人で色々な会話を交わして過ごした。

まず話題となったのは、私が受けていた訓練についてだ。

そのため、私は嬉々として、訓練での苦労話を披露する。

つまり、シリル団長が詩歌の授業を覗きに来てくれた際、私と連歌をすることになり、互いに褒め合っていた途中で、「あなたにペアがいなかった理由が分かりましたよ！」と言いながら逃げ出した話とか、チェス好きなデズモンド団長が、48時間の徹夜仕事明けにフラフラの状態でさしにきた際、更なる仕事を部下が頼みに来て激昂していた話とか、ダンスの練習で3回連続ファビアンの足を踏んだにもかかわらず、笑顔のまま紳士の礼を取られたきらきら王子っぷりとか、そういう話だ。

けれど、ブルーが羨ましそうな表情で、「王国騎士団の訓練って、楽しそうだね」と言ってきたので、どうやら訓練の辛さを分かってもらおうと始めた話にもかかわらず、その意図は全く伝わっていないようだった。

その後、話題は今後の予定に移っていった。

そのため、明日から王都を離れる予定だと伝えると、グリーンとブルーは目を見張って驚いた。

「だからね、今日のうちに2人に会えて良かったわ。明日、北方地域へ出発するので、今日じゃなければ会えなかったはずよ」

そう出会えた幸運を語りかけると、ブルーが焦ったような声を上げた。

「えっ!?　北方地域ってどの辺り？　フィーアは訓練が終わったから、正式な騎士として北方地域の警備に当たるの？」

心底驚いたように尋ねてきたので、得意げに返事をする。

「それが違うのよ！　うふうふうふ、なーんと、私は3週間以上の休暇をもらったのよ！　そしてね、私の姉さんは立派に騎士をしていて、王国の最北端を守っているから、会いに行こうと思って」

知らないでしょうけど、私の姉さんは優秀な騎士だからね。

それはもう素敵カッコよく、騎士として働いているんだから！

そう誇らしい気持ちになり、ふふふんと胸を張る。

「えっ!? ナーヴ王国の最北端は山ばかりじゃないか！　山には凶悪な魔物が棲んでいるから、危険だよ」

そうでしょう、そうでしょう。そんな危険をものともせず、私の姉さんはあの地で騎士をしているのよ。

ブルーの一言、一言が、オリア姉さんを褒めているように聞こえ、私はにやにやと頬を緩め続ける。

「それがね、ここだけの話、私には従魔がいるの。だけど、一時的に棲み処である霊峰黒嶽に帰ってしまったから、姉さんに会いに行くのと同時に、あの子にも会いに行こうと思って。……たとえるなら、実家に戻ってしまった妻のご機嫌伺いに行くようなものかしら？」

「れ、霊峰黒嶽……」

私が発した単語はインパクトがあったようで、ブルーが呆然とした様子で繰り返す。

一方、カーティス団長は、冷静に私の言い回しを注意してきた。

「フィー様、契約主と従魔は主従関係ですので、夫婦関係にたとえることは適切ではないと思われます」

「あ、あら、そう？　ええと、つまり、まだ赤ん坊だった魔物を従魔にしたんだけど、やりたいことがあるからと、自分の棲み処に帰ってしまったの。まだまだ子どもだし、出会った時は大怪我をしていたから心配だし、何よりあの子がいないと寂しいから、この機会に会いに行こうと思って」

「霊峰黒嶽……に、魔物の子ども？　その魔物は強くもなさそうだし、生き延びることなんて……」

私の手首に刻まれた従魔の証《あかし》の細さを確認したブルーは、痛ましそうな表情を作ると何かを言いかけたけれど、べしっとグリーンから頭をはたかれる。

「痛っ！　あ、ああ、間違えた！　勿論、その魔物の子どもは元気に、無事でいることは決まっているけど、でも、危険だよ、フィーア！」

「私が常に側についているので、問題ない」

間髪容れずに、カーティス団長がブルーの心配を退ける。

けれど、カーティス団長の言葉を聞いたブルーは、ますます心配そうに顔を歪めた。

「は？　その言い方だと、フィーアの同行者はカーティスだけなの？　霊峰だよ？　黒嶽だよ？　凶悪な魔物が数多く巣くっている土地だから、2人だけなんて無謀だよ!!」

そう言われても、魔物を討伐するつもりなんてないし、ザビリアに会いに行くだけだから、危険なんてないと思うけれど。

そう考え、返事をしないでいると、ブルーが意を決したような表情で口を開いた。

「……分かった。フィーア、実は言っていなかったけれど、私は呪いに侵されているんだ」

◇　◇　◇

「えええええ!?」

突然のブルーの告白に驚いた私は、音を立てて椅子から立ち上がると、彼の全身をくまなく眺め回した。

「呪いですって？　あああ、どうしよう！　どんな呪いが掛けられているのかが、全く分からないわ!!　ブルー、それはきっと、物凄く大掛かりで、凶悪な呪いに違いないわ!!　直接目にして解呪方法が分からない呪いなんて、初めてだもの!!」

何度ブルーを眺めてみても、どの部位にどんな呪いが施されているかが一切分からない。

私は自分の不甲斐なさを悲しく思い、へにょりと眉を下げると、困り果ててブルーを見つめた。

すると、ブルーは動揺したかのように視線をうろうろとさせ、上ずった声を出した。

「あ、うん、そ、そうかもね……。ええと、ごめんなさい、すみません、申し訳ありません」

どんどんとブルーの顔が赤くなるので、不思議に思って名前を呼ぶ。

「ブルー?」

　すると、ブルーは首まで真っ赤にして目を逸らしたまま、落ち着かない様子で言葉を続けた。

「……ええと、私が掛けられたのは、そ、そう！　上級呪術師だとか上級聖女には解けない呪いだから、フィーアには解けないかもしれないね。そ、その、能力が低い者にしか解けないという、特殊な呪いだから」

「へ？　そ、そんなのがあるのね!?」

　驚いて声を上げると、隣からカーティス団長の冷静な声がする。

「そのような呪い、あるはずもございません。それから、皆さんはお忘れのようですが、そもそも通常の聖女には状態異常の回復などできませんので、上級聖女であろうが下級聖女であろうが、呪いを解くことはできません」

「カーティス?」

　あれ、何か今、カーティス団長は重要なことを言ったわよと、酔った頭で考えようとするけれど、上手く纏まらない。

　切れ切れの思考をかき集めていると、遅ればせながら大事なことを思い出し、はっとして両手で口を押さえた。

　そうだった！　以前、グリーンとブルーの前で聖女の力を使ったため、彼らの前では聖女でいても問題ないような気持ちになっていたけれど、あの時は、『私は呪いを受けていて、呪いの力で一時的に聖女の力が使えるようになった』って説明をしていたのだったわ。

あぶない、あぶない！

今の私は呪いが解け、聖女の力が使えないという設定だったはずよ。

つまり、「通常の聖女」どころか、「聖女」でもないはずだわ！

先ほどの、『ブルーに掛けられた呪いが見抜けない』といった、いかにも聖女っぽい私の発言を、誰一人指摘もせずに受け入れてくれたものだから、聖女の立場で発言してはいけないことに気付きもしなかった。

だけど、こんな重要なことに誰も気付かないのは、全員が物凄く酔っぱらっている証拠で、このまま放置しても問題ないわよね、……と思ったけれど、念のために驚いたような声を出してみる。

「あっ、あれー!?　ブルーの呪いにつられて、解呪されていた私の呪いも一時的に復活したようだわ！　やだ、ということは聖女の力も使えちゃうのかしら？」

この発言で、先ほどの聖女っぽい発言をカバーできるかしら、と思って3人を見回すと、グリーンとブルーはぽかんとして私を見つめており、カーティス団長に至っては頭痛がするとでもいうように頭を押さえていた。

「……カーティス？」

何か発言を間違えたかしらと、恐る恐るカーティス団長の名前を呼ぶと、団長は軽く頭を振り、呻くような声を出した。

「フィー様、私が間違っておりました。この場で冷静に指摘をすると、より面倒事が発生することが理解できました。なるほど、フィー様は既に詳《つまび》らかになっている事実を隠そうとされているのですね？」

「へ？」

「いえ、この2人であれば立場が邪魔をして、軽々しくあなた様のことを語ることなどできませんし、誤魔化しようもないほど力を行使されたご様子でしたので、隠し事を明らかにされるおつもりかと思っておりました。どうやらここにいる全員で誤解していたようですが。……なるほど、つまり、当たり障りのない話に戻すならば、帝国には何と都合のいい呪いがあるものかと、感心しておりました」

カーティス団長は何だか難しいことをごちゃごちゃと言っていたけれど、……そして、酔った私の頭では全てを理解することはできなかったけれど、……カーティス団長の最後の発言だけが頭に残り、にやりとする。

うふうふうふ、つまり、私の発言について誰一人指摘せず、別の話に切り替わったということは、上手く誤魔化せたということじゃあないかしら？

しかも、カーティス団長は『感心した』とまで発言したわよ。

私は嬉しくなって、ブルーを見つめる。

「ブルー、カーティスが感心するなんて凄いことよ！　褒められたわ！」

けれど、どういうわけか彼は両手で顔を覆っていた。

「いや、フィーア、これは婉曲《えんきょく》な嫌味だよ。そして、カーティス、粗い設定なのは理解しているから、見逃してください。……ええと、フィーア、それで私が掛けられた呪いなんだけど、『王国騎士について行き、騎士が従魔に会うところを見届けないと、伴侶を娶れない』という内容で……」

ブルーの声が段々と小さくなっていくことを不思議に思ったものの、それ以上にブルーが話す内容に驚き、隣に座るカーティス団長を仰ぎ見る。

「何ということかしら！　ブルーの呪いは、以前、彼らと冒険をした時、私が自分に掛けられたと説明した呪いとほぼ同じだわ!!」

「それはまた、本当に雑ですね」

カーティス団長の呆れたような声を聞いたブルーは、びくりと体を強張らせると、諦めたように顔を覆っていた手を外した。

それから、破れかぶれという風情で口を開く。その顔は真っ赤で、少し涙ぐんでいるようにも見えた。

「フィーア、私を含めた帝国民は皆、女神の僕《しもべ》だ！　君に命じられ、従うことは、私にとって喜びでしかないから、どうか霊峰黒嶽へ同行させてほしい!!」

「はい？」

ブルーの話の唐突さに戸惑い、ぱちぱちと瞬きをする。

けれど、ブルーは縋りつかんばかりの熱心な表情で見つめてきた。

「つまり、君が君の従魔と邂逅するところに同席させてもらうことで、私を呪いから解放してほしいんだ！　その、ええと、下級呪術師が言うには、解呪が失敗すると悪い形で跳ね返ってくるから、可能な限り、呪術師による解呪ではなく、呪いの条件を満たして解放される道を採るべきだと……、だから……」

初めの勢いはどこへやら、言葉を続けるにつれて、またもやブルーの声がどんどんと小さくなってくる。

私はそんなブルーを不思議に思いながら、提案された内容について考えてみた。

「ええと、グリーンもブルーも強いから、同行してもらうのはありがたい話だけれど、3週間とか4週間とか5週間とかになるから、そんなに長い間、レッド一人に家業を押し付けても大丈夫なのかしら？」

「「問題ない!!」」

間髪容れずに、2つの声が上がる。

私は真剣な表情で私を見つめるグリーンとブルーを見て、ぱちぱちと瞬きをした。

……まあ、声が揃ったわよ。

レッドの与《あずか》り知らぬところで、グリーンとブルーの1か月に亘《わた》る追加休暇が確定しそうな勢いね。

長男ってば、可哀そう。そして、次男と三男は自由ね。

そう考えながら、2人の勢いに飲まれて肯定の返事をしようとしたところで、同行者のカーティスの意思を確認していなかったことに気付く。

「そ、そうねえ。だったら、一緒に来てもらってもいいような気がしないでもないけれど、……どうかしら、カーティス？」

「フィー様がお望みであれば。……私はフィー様の望みを形にするために、お側にいますので」

「ありがとう、カーティス！」

300年も経ったというのに忠義者だわ、と思いながらお礼を言うと、グリーンとブルーも深く頭を下げていた。

「ご決断、感謝する」

「カーティス、ありがとう！　私はフィーアを守る盾になると約束するよ」

嬉しそうな2人の表情を見て、よっぽど冒険に行きたかったのねと思う。

というか、長男のレッドとともに家業を継いだという話だったけれど、レッド一人を働かせて、自分たちだけ更に1か月以上の休暇を取得して、本当に大丈夫なのかしら？

この2人は心根がいいし、悪い人間ではないのだけれど、きっと、ちょっとばかり怠け者なのね。

そう考えながらも、再び2人と一緒に冒険ができることを嬉しく思っていると、グリーンが感心したような声を上げた。

「はあ、しかし、フィーア、……お前は本当に、言葉の端々から凄さが滲《にじ》み出るな」

「へ？」

「お前が見て、解呪方法が不明な呪いは今までなかったって、どれだけだよ！　……いや、それ以上しゃべるな。お前は酔っ払い状態だから、そんなお前から情報を引き出すような真似はしたくねぇ。だが、お前がこんなにべらべらとしゃべるのは酔っているからだよな？　普段はもう少し、用心深いはずだよな？」

突然、心配するような表情に変わったグリーンを、カーティス団長はにべもなく切り捨てていた。

「何かあったとしても、私が側近くに仕えているので問題ない。フィー様は貴殿が考えるより何倍も素晴らしい方だ。そのことを理解し、分を弁えて、必要以上に近寄らないでくれ」

けれど、カーティス団長の言葉を聞いたブルーは、弾かれたように顔を上げた。

「申し訳ないが、それは無理な相談だよ！　フィーアが私たちに、何をしてくれたと思う？　フィーアはね、私たちの運命を覆してくれたんだ!!　勝てるはずのない魔物が相手だったから、せめて誇り高く死んでいこうと思っていた私たちの前に現れ、顔を上げろと言ってくれた！　どんなに格上の相手でも、前を向き、立ち向かっていくことで、勝利するということを教えてくれたんだ!!」

「ああ……！」

カーティス団長が呻くような声を上げる。

「そして、フィーアが一緒だと、決して負ける気がしなかった。魔物がどんな攻撃をしてきても、絶妙なところで防げるし、面白いように攻撃が入る。怪我をしたとしても、瞬時に治るんだ。絶対的な格上の魔物を相手にして、あれほど負ける気がしない戦いは初めてだった」

きらきらと瞳を輝かせながら熱く語り出したブルーを見て、カーティス団長は片手で顔を覆った。

「ああ、なんということでしょう！　フィー様は戦いの中で、あの感覚を彼らに味わわせてしまったのですか！　それは、控えめに言っても、やり過ぎです……」

がくりと項垂れるカーティス団長に止めを刺すかのように、今度はグリーンが口を開く。

「魔物を討伐した後、成し遂げた出来事の大きさに半信半疑で、呆然としていたオレたちとは異なり、フィーアは普通の顔をして川の水を汲んだりしていた。だから、こんな大事件ですら彼女にとっては何でもない出来事で、真に至高のご存在なのだと震えるような気持ちでいたら、……次の瞬間、何の予兆もなく突然、今度はオレと兄の呪いを解いたんだ。生まれてからずっと掛けられっぱなしだった、死ぬまで解けないと思っていた呪いを、瞬きほどの時間でだ」

グリーンの話を聞き終わったカーティス団長は、手に負えないといった様子で両手で顔を覆った。

「……ああ、聞けば聞くほど、手遅れに思えてくる話ですね。ですが、私に慰めがあるとしたら、たとえ私が同行していたとしても、止められなかっただろうということです。フィー様の本質にかかわる話なので、お止めするべき行為では決してありませんから」

覆われた両手の下から、呻くようにカーティス団長が声を出す。

グリーンは深く頷くと、ゆっくりと言葉を続けた。

「フィーアに出会ったことで、オレたちの運命は変わった。誇りを取り戻せたし、未来へ向かって歩むことを許された。オレたちは命の続きを与えられ、帝国の未来を創ることを許されたのだ」

何かを決意したような様子のグリーンを、カーティス団長はしばらく無言で見つめていたけれど、諦めたように溜息を一つ吐いた。

「……そのことが帝国民にとって、幸いであるように祈っている。私にとっても帝国は見も知らぬ国ではなく、私が2番目に……尊敬していた方の……国であることだし」

カーティス団長は顔を上げると、珍しく言葉を選ぶ様子で、途切れ途切れに話をしていた。

その様子を見て、私はとっても嬉しくなる。

何だかんだ言っても、3人は共通の話題があるようだし、会話が続いていると思ったからだ。

「ふふふ、やっぱり、友達の友達は友達だったわね！」

すると、しばらく黙っていた私が突然口を開いたことに驚いたのか、見開いた3対の目に見つめられた。

「友達、……フィー様の目には、全ての物事を好意的に解釈する『幸せフィルター』が掛かっているのですね。今の会話が友人同士の仲の良い会話に見えるなんて」

「幸せフィルターというか、……単純フィルターというか、……ああ、いや、確かに幸せフィルターだな。お前のその全てを善意で解釈しようとする見方を、オレは心底尊敬するわ」

「そんな兄さんこそ、フィーアに関することならば何だって素敵に見える、素敵フィルターが掛かっているようだね！」

ほらほら、いつの間にか3人で仲良く話し始めたわよ。

「ふふふ、明日からの旅程が楽しみね……」

にこりとして口を開くと、すかさずブルーが返事をした。

「フィーア、私は今度こそ君の役に立つからね！」

グリーンもブルーに同意するかのように頷く。

「そうだな。与えられた役割を、幾ばくかでも果たさないといけねぇな」

カーティス団長は諦めたように、溜息を吐いた。

「……フィー様、あなた様は昔からそうでした。大変な騒動に巻き込まれることが多々ありましたが、周りに集まるのはいつだって、あなた様のために何かをしようとする人間ばかりなのです」

そんな風になごやかにその夜は更けていき、そして、翌朝――前夜に集まった4人で、王国最北端であるガザード辺境伯領に向けて出発したのだった。

34　ガザード辺境伯領1

「フィーア、これはただの質問なんだが、その頭の飾りは何のつもりだ?」

王都を出発してから5日が過ぎ、私たちはガザード辺境伯領の入り口となる山のふもとに到達していた。その山を越えるための旅装に着替えた私に掛けられたグリーンの声がこれだ。

私は得意げにグリーンを振り返ると、勝ち誇った声を上げた。

「ふっふっふ、よくぞ聞いてくれたわね！　じゃじゃーん、これはナーヴ王国が誇る魔物騎士団長の従魔の羽根をあしらった髪飾りです!!」

言いながら、ふわふわの飾り羽根をあしらった髪飾りがよく見えるように頭を反らす。

魔物騎士団長の従魔とは、勿論クェンティン団長が溺愛しているグリフォンのことだ。

そのグリフォンが生え変わりの時期に落としたという羽根を貰ってきて、得意の裁縫で髪飾りを作ったのだ。

黄金色の大きな羽根を3枚使い、リボンをあしらうと、絶妙に可愛らしい髪飾りが出来上がったので、私はお披露目したくてたまらなかったのだ。

そんな私の返事を聞いたグリーンは、驚いたような声を上げた。

「髪飾り！　何だと、今はそんな奇天烈な飾り物が流行りなのか!?　ああ、オレは妹に古典的でおとなしめの蝶形の髪留めなんぞ購入しちまった。あんなものを贈ったら、時代遅れで地味すぎると馬鹿にされるに違いない！」

けれど、カーティス団長は頭を抱えるグリーンをちらりと見ると、冷静な声を出した。

「グリーン、貴殿の購入物の方が一般的には受け入れられるので、問題はなかろう。フィー様の装飾品は、フィー様の素晴らしい中身があってこそだ。フィー様にしか似合わない」

……あらあら、褒められているのに、そこはかとなく貶されているような感じを受けるのはなぜかしら？

釈然としないものを感じながらグリーンを見ると、彼は情けなさそうな表情をしていた。

「カーティス、貴殿の言うことはもっともだが、妹はフィーアに尋常じゃないほど憧れていてな。フィーアと同じものを欲しがるだろうなぁ」

グリーンは困ったように私のぴかぴかに光る髪飾りを見た後、「いや、でも、この髪飾りを妹が着けたら、家の者たちはひっくり返るな」と呟いていた。

そうねぇ、確かに私が使用している羽根は黄金色だから、ちょっと目立つかもしれないわね。

そう考えた私は、グリーンに代替案を提示する。

「だったら、もう少し地味な色の羽根が手に入ったら、お揃いの髪飾りを妹さんに作るわね」

「何だと、お前が妹に手ずから作るだと!?　お前の手作りなら、枯葉の髪飾りでも感涙するぞ！　ああ、そうだな、むしろ枯葉で作ってくれ。あまりに素敵な髪飾りを贈ったりしたら、妹は嬉しさで死んでしまうに違いない」

「いやいや、枯葉の髪飾りって……。作製途中で葉っぱがボロボロになりそうだし、逆に難易度が高い要求になっているわよ」

そう言うと、私は呆れたようにグリーンを見つめた。

グリーンが妹思いなのは素敵なことだけれど、どこかズレているのよね。どこの世界に、枯葉の髪飾りを喜ぶ妙齢の女性がいるのかしら。

そう思いながらも、私の兄さんたちと比べると、妹思いの度合いが全然違うわねと少し羨ましく思う。

前世でも今世でも、兄さんたちにとって私は邪魔者だったから、グリーンやブルーみたいに妹を可愛がる兄を目の前にして、驚かされたのだ。

ふふふん、でも、私には誰よりも素敵な姉さんがいるから、平気だけれどね！

――そんな風なやり取りをしながら、私たち4人は、順調に山を越えて行った。

2日掛けて、2つの山を越える。

途中、魔物が出たりもしたけれど、私は剣を抜く暇も、怪我を治癒する必要もないくらいだった。

カーティス団長、グリーン、ブルーの3人が、3人ともに驚くほど強かったからだ。

王都を出発する際にカーティス団長から、『昨夜の祝席で、フィー様は再び呪いに侵され、聖女の力が使えるようになったことを全員で納得しました』と言い渡された。

……へ？　私が聖女の力を行使しても、誰も疑問に思わないってこと？

そう驚いてカーティス団長を仰ぎ見たけれど、真顔で頷かれたので、どうやらそういうことらしい。

お酒が入った席での出来事のため、いつものように何一つ覚えていなかったけれど、カーティス団長のことだから、あの2人に上手いことを言って納得させたのだろう。

ああ、持つべきものは、有能な仲間よね！

そう考えてにんまりとしたのはつい先日だったというのに、その力を行使する機会が一度もないのはいかがなものだろう。

剣で戦いもせず、聖女の力も使わないならば、私はただのお荷物じゃあないの！

そう申し訳なく思っているというのに、実際に一度も聖女の力を使うことなく、第十一騎士団が駐屯している砦に到着してしまう。

――――騎士団の砦は、山に囲まれた土地に建っているとは思えないほど堅牢な、見上げるほどに大きい石造りの建物だった。

赤地に黒竜が描かれた騎士団の旗が幾つもはためいているので、この砦が騎士団の駐屯場で間違いないことが分かる。

ここに姉さんがいるんだわ、と思うと無性に会いたくなって、ひらりと馬から飛び降りた。

それから、入り口で砦を守っている騎士たちに向かって走って行く。

ガザード辺境伯領に滞在中は、騎士団の任務として扱われるため、私は騎士服に着替えていた。

そのため、問題なく騎士仲間として受け入れてもらえると思ったのだけれど、どういう訳か私の顔を見た途端、門番役の騎士はぎょっとしたように目を見開いた。

はて、と思いながらも、新人騎士らしく丁寧に騎士の礼を取って挨拶をする。

「第一騎士団所属のフィーア・ルードです！　第十三騎士団のカーティス団長とともに当地に伺いました。しばらくお世話になります」

「あ、ああ。カーティス団長の訪問は聞いている。……というか、お前、すごいな！　そんな派手な髪飾りをつけて騎士服を着用するなんて。王都じゃあ、そんなのが流行っているのか？」

どうやら先ほど門番たちが驚いていたのは、私の髪飾りに目を奪われたからのようだった。

ふふふ、お目が高い！　でも、違いますよ、今流行っているのではなく、これから流行るのです！

そう返事をしようとしたところ、カーティス団長とグリーン、ブルーの３人が私の後ろに立ったため、騎士たちが驚いたように目を見張る。

……ああ、３人ともに大きいですから、ちょっと何者だろうと思いますよね。

というか、グリーンとブルーの2人は、『さすがにオレらは外で待っているわ』と砦に入ることを辞退したのだけれど、『2人は協力騎士の扱いだ。この先もガザード領では私たちに同行するのだから、砦に入る度に離席していたのでは効率が悪すぎる』とカーティス団長に切って捨てられていた。

それでも渋っていた2人に対し、カーティス団長は『貴殿らの目がよく見えることは理解している。一つ見たものから、10も20もの情報を自然と入手してしまうだろうことはな。だから、砦に入ることを躊躇しているのだろうが、……貴殿らは、その情報を悪用することはないだろう？』と続けられ、はっとしたように息を吞んでいた。

それから、男同士でいちゃいちゃしていたので、仲がいいことだわと横目に見ていたのだけれど、どうやらカーティス団長の発案通り、協力騎士としての扱いに落ち着いたようだ。

ちなみに、『協力騎士』とは、各地の貴族などに雇われている騎士が、一時的に王国騎士団に協力する場合の呼称になる。

グリーンたちは冒険者だと思っていたけれど、カーティス団長は一時的に騎士として扱うつもりなのかしら？

確かに、協力騎士の扱いを受けることが決まってからは、2人ともシャツの上から落ち着いた色のベストを着用しており、冒険者というよりも騎士に見えるといえば見えるのだけれど。

あれ、でも、見た目でいうと、出会った時は立派な鎧を着用していたから、初対面ではこの2人を騎士だと思った記憶があるわね。

　その後の素行が騎士としては悪すぎたから、冒険者だと思い直していたのだけれど……などと考えながら、砦の門を通してもらい、案内された部屋で待っていると、かつかつと足早に歩いてくる足音が聞こえてきた。

　はっとして座っていた席から立ち上がると、焦げ茶色の髪の美女が扉から入ってくる。

「姉さん！」

　瞳をきらきらとさせて私に近付いてきたのは、「成人の儀」以来会っていなかったオリア姉さんだった。

　嬉しくて駆け寄ると、姉さんから両手を広げて迎え入れられる。

「フィーア、こんなに遠くまでよく来たわね！　あんたはもう、立派な騎士だわ！」

　姉さんは飛び付いていった私をぎゅうぎゅうと抱きしめると、楽しそうに笑った。

「姉さん、オリア姉さん！」

　私も嬉しくなって、ぎゅうぎゅうと抱きしめ返す。

　しばらく姉さんとの再会を楽しんでいると、扉の近くからぼそりとした声が聞こえてきた。

「うはっ、魅惑の赤魔女を手懐けるとは、オリアはすげえな！」

「えっ？」

　おかしな呼称で呼ばれた気がして振り返ると、白い騎士服を着用した日に焼けた騎士が、扉を塞ぐようにして立っていた。

体格が良く、見上げるほどの長身で、長めの金髪がたてがみのように逆立っている。

その黄金色の髪には、黒い髪が何か所か交じっていた。

あれ、私はこの髪を知っているわよ、と思って、その男性の顔に視線をずらすと、精悍な顔の中心に、金の虹彩が特徴的な黒の瞳が見えた。

こ、この瞳は……!!

「伝説の魔人、ガイ・オズバーン!!」

その騎士を見つめたまま驚愕して叫ぶと、名前を呼ばれた騎士に目を見開かれる。

「何でオレの名前を知っているんだよ！　やはりお前は悪い魔女だな!!」

白い騎士団長服を着た騎士――――北方警備を司る第十一騎士団長のガイ・オズバーンは、そう私に叫び返してきたのだった。

◇　◇　◇

「フィーアはガイ団長と知り合いなの？」

不思議そうに姉さんが首を傾げるけれど、私はそれどころではないと姉を背中に庇う形で、ガイ・オズバーンの前に立ちはだかった。

「ま、魔人ガイ・オズバーン！　いくら姉さんが美しくて優しくて強いからって、懸想されても渡さないからね！」

私の言葉を聞いた姉さんは、嬉しそうにふふっと笑う。

「あら、嬉しい。フィーアが私を守ってくれるのね」

一方、ガイ・オズバーンは顔を真っ赤にして、恐ろし気な声を上げた。

「な、な、な、オ、オレがオリアを好きって！　お前、い、い、一体、何を根拠に……!!」

「根拠はお前のその動揺している態度だろうな」

椅子に座ったまま、カーティス団長が面白くもなさそうに呟く。

「ガイ、お前は30を幾つも過ぎていたよな。フィー様の当てずっぽうな言葉にそれほど慌てるなんて、思春期からやり直してこい」

カーティス団長の言葉を聞いた私は、ますます自分の言葉に自信を持つ。

「まあ、カーティスまでそう感じるなんて、やっぱり！　このたてがみ魔人め！　姉さんは絶対に渡さないからね!!」

「『たてがみ魔人』？　……そういえば、オレのことをそんな風に呼んでいた子どもがいたな。赤髪の……おま！　お前、フィーアか!?」

訝し気な表情でガイ・オズバーンから名前を呼ばれ、私は焦った声を上げた。

「ひゃあああああ！　魔人に名前を呼ばれたあああ!!」

「いや、だから、オレだよ！　ガイ・オズバーンだよ!!」

「だから、知っているわよ！　ガイ・オズバーンというたてがみ魔人でしょう!!」

「……どうやら、知り合いのようね。ガイ団長もフィーアも成人しているのだから、自分たちで解決すべきだとは思うけれど、私は久しぶりに妹に会ったのだから、時間が惜しいわよね」

姉さんはそう言うと、睨み合っているガイ・オズバーンと私の間に入り、ぱんっと両手を打ち合わせた。

「はい、いったん休憩！」

その音で我に返ったガイ・オズバーンと私は、驚いて姉さんを見る。

「あ？　オ、オリア！」

「姉さん！」

すると、姉さんは威圧感のある微笑みでガイ・オズバーンを見つめた。

「それで、ガイ団長？　どうして私の妹は団長を魔人と思い込んでいるのでしょうか？」

「そ、それは……！」

「それは？」

「お前の妹が、思い込みが激しいからだ!!」

ガイ・オズバーンの答えに、オリア姉さんは不同意を表すように目を細めた。

——ガイ団長の説明はこうだった。

第十一騎士団の副団長であった5年ほど前から、ガイ副団長（当時）は数日間のまとまった休みが取れる度に、近隣地のそここに足を延ばしていたらしい。

そして、不幸なことに、我がルード騎士領は、第十一騎士団の駐屯地から馬で一日程度の距離だった。

そのため、ひょっこりとルード領に遊びにきたガイ副団長は、そこで赤髪の子どもに出会ったらしい。

ガイ副団長は体格がいいし、髪は逆立っているし、三白眼だし、見た目が怖い。

だから、子どもには必ず怖がられるそうだ。

「ぎゃあああああ！」

案の定、ガイ副団長はルード領で出会った赤髪の子どもに叫び声を上げられた。

けれど、そこで何を思ったのか、叫び声を上げる子どもに向かって、ガイ副団長は自らを魔人と名乗ったのだ。

「ふははああ、叫ぶなあ、子どもよ！　オレは伝説の魔人ガイ・オズバーンだ！　叫ぶと喰らうぞ！」

「ひゃ、あ、あ、ぁ、ぁ、ぁ、ぃ、ぃ、ぃ――――」

――続けられた説明によると、ガイ団長の出身地には独特の慣習があり、年に一度、大人たちが魔人に扮して子どもたちを脅かして回る行事があるらしい。

魔人を見て大声で泣く子どもほど、その1年は健康に過ごすことができると言われている行事が。

そのため、定期的にルード領を訪れていたガイ団長は、いつ見ても赤髪の子どもの剣技が上達しておらず、毎回他の子どもに負けていることを見ては悔しく思い、元気を出させるつもりで、魔人の振りをして赤髪の子どもを泣かせていたという。

「……なるほど、そうやってガイ団長は、何の非もない妹を脅かして遊んでいたんですね。控えめに言っても酷い話です。全く、私の可愛い妹に何をやってくれているんですか！」

話を聞き終わった姉さんは、心底呆れたような表情でガイ団長を見下ろしていた。

「はい、誠にもって面目ないことです」

対するガイ団長は、姉さんの目の前の床に正座をし、両手を膝の上に置いて、神妙な顔をして頭を下げている。

私はというと、姉さんの後ろに隠れ、姉さんの背中から顔だけを出してガイ団長を睨んでいた。

カーティス団長とグリーン、ブルーは離れたテーブルに座って、お茶を飲んでいる。

姉さんがガイ団長に言いたいだけ文句を言い、一息ついたのを見たカーティス団長は、確認するかのように口を開いた。

「……オリア、気はすんだか？　そうであれば、次は私がガイに物申したいのだが」

「カーティス!!」

ガイ団長はカーティス団長が助け舟を出してくれたと思ったらしく、助かったというような表情でカーティス団長を振り仰いだ。

けれど、それはどうですかね？　多分、カーティス団長は言葉通り、物申すと思いますよ。

だって……カーティス団長は前世の私が魔人の手によって絶命したことを、知っているはずだから。

はっきりと確認したことはないけれど、以前、魔王城が前世の私の墓標だと言っていたから、あの城で魔人の手によって命を落としたことをカーティス団長は知っているはずなのだ。

だから、前世で私の命を刈り取った存在と同じ種族名を名乗り、私を脅したガイ団長を、カーティス団長が無罪放免するとは思えないのだけれど……

そう考えながら、私はかたかたと震え出した自分の両手を見つめると、へにょりと眉を下げた。

『伝説の魔人から姉さんを守らないと！』と、無我夢中だった時は恐怖を感じなかったけれど、ガイ団長が偽魔人だと分かった今になって、魔人への恐怖が蘇ってきたからだ。

情けない話だけれど。

震える体を誤魔化すように、後ろから姉さんにぎゅうっとしがみ付いていると、カーティス団長が痛まし気な表情で口を開いた。

「幼い頃の経験は、強烈な体験としていつまでも記憶に残るといいます。お可哀そうに、小さなフィー様はどれ程恐ろしかったことか……」

カーティス団長はそこで一旦言葉を切ると、オリア姉さんに視線を向けた。

「オリア、悪いがフィー様を頼む。その間、私はこの男に話がある」

続けて、カーティス団長はぎろりとガイ団長を睨みつける。

「この思慮浅き騎士団長がいかに愚かで、極悪非道な行いを幼いフィー様にしたのかを懇々と説明する必要があるからな。問題は、このたてがみの下にある頭が貧弱すぎて、私の説明を理解できないだろうということなのだが……ありがたいことに、明日の朝まで時間はたっぷりある」

カーティス団長の言葉を聞いたガイ団長は、驚いたように目を見開いた。

「何だと？　いや、カーティス、明日の朝までって、今はまだ朝だぞ！　おい、冗談だろう？　というか、お忙しい第十三騎士団長様であるお前の時間が無駄になるだろうが！　え、本当に今から説教が始まるのか？　ま、待て、落ち着け！　他にやるべきことが幾らでもあるだろう！　お前が訪れた理由を聞いていないし、尋常じゃないほど存在感があるあの大男たちの紹介もしてもらっていないし……」

色々と抵抗していたガイ団長だったけれど、聞く耳を持たない様子のカーティス団長を見て、途中から作戦を変えてきた。

往生際悪く、様々な話題を持ち出しては気を逸らせようとしていたけれど、カーティス団長には全く効果がなかった。

それどころか、カーティス団長は無言のままガイ団長を一睨みすると、その襟首を掴み、ずるずると引っ張って扉へ向かって歩いて行った。

ただし、どこまでも気を遣うカーティス団長は、扉を閉める直前に姉さんと私を振り返ると、頭を下げる。

「フィー様、大変申し訳ありませんが、どうしてもガイの不誠実な行いを見過ごすことができませんので、彼への説明を優先させてください。フィー様は明日の朝まで、姉上様とごゆるりとお過ごしください。……それから、オリア。世話を掛けて申し訳ないが、そこにいる2人のために1室用意してくれ」

そう言うと、カーティス団長は抵抗するガイ団長を引きずるようにして部屋を出て行った。

……本当に、説明の足りない元護衛騎士だけれど。

けれど、普段のカーティス団長らしからぬ荒っぽい様子で部屋を出て行ったのは、自称であれ『魔人』と名乗った者を、一刻も早く私から見えないところに連れ去ろうとしてくれたのだろう。

それから、私を慰めるのは自分の役目と思っていないから、私が姉さんに甘えられる環境を作ろうとしてくれたのだろう。

……こんな風に全く説明もない状況で、ここまでカーティス団長のことを理解できるのなんて、私だけでしょうけれどね！

そう思いながら、折角カーティス団長が用意してくれた状況だからと、もう一度姉さんにぎゅうっと抱き着いたのだった。

◇　◇　◇

『魔人』という単語を聞いて連想した恐れは、その後すぐに治まった。

カーティス団長がガイ団長を連れ出してくれた後、しばらくは手が震えていたのだけれど、それを見た姉さんが椅子に座り、私を膝の上に抱えてくれたからだ。

姉さんは背が高く、私とは身長差があるので、すっぽりと包み込むように抱きかかえられ、ゆっくりと頭を撫でられる。そうされると物凄く気持ちが良くなって、落ち着いてくるのだ。

手の震えなんてすぐに治まり、むしろ良い気持ちになって、ふふふと笑い声が出てしまう。

すると、姉さんも楽しそうに笑い出した。

「フィーア、あんたは子どもの頃から変わってないわね。ちょっと頭を撫でてやると、すぐにご機嫌になるんだから」

そうね。姉さんといると、私はいつだって安心するし、ご機嫌になるのだわ。

そう思いながら、ぴとりと姉さんにくっついていると、「大きな赤ちゃんだこと」と笑われた。

それから、姉さんは私が落ち着いたことを確認すると、グリーンとブルーに向き直った。

「でも、赤ちゃんにしては、連れて歩く仲間は立派な騎士のようね」

姉さんの言葉に、２人が居住まいを正す。

私も慌てて姉さんの膝の上から降りると、背筋を正した。

「初めまして、王国騎士をしておりますオリア・ルードです」

姉さんは立ち上がって2人に近付くと、片手を差し出した。

グリーンとブルーもすかさず立ち上がると、それぞれ差し出された手を握る。

「ご令姉様にはお初にお目にかかる。グリーンだ。この地にいる間は、協力騎士としてカーティスとフィーアに同行することになっている」

「同じく、ブルーです。ご令姉様におかれましては、ご壮健そうで何よりです。以後、お見知りおきください」

姉さんは握られた手の強さに満足そうな表情をしていたけれど、2人の挨拶が終わると小首を傾げる。

「ご令姉様……ねぇ。初めて呼ばれたわ。つまり、あなたたちはフィーアを基準にして私を見ているということね？」

「「いや、そういう訳では……！」」

慌てたように2人が声を揃えるけれど、オリア姉さんは無視すると、嬉しそうな表情で私を見つめてきた。

「こんなに体格がいい騎士に興味を持たれるなんて、大したものだわ！　フィーアは小さいから、お相手は体格がいい者がいいなあと常々思っていたのよ」

「姉さん！」

姉さんが私のことを考えていてくれたと聞いて、嬉しくなる。

姉さんはにこりと私に笑いかけると、再びグリーンたちに向き直った。

「この子をよろしくお願いするわね。派手なところはないけれど、できないことがあっても諦めず、何度も何度も挑戦する努力家なのよ。いい子だわ。そんなフィーアに着目するなんて、地に足のついた方々なのね。フィーアのよさに気付いてもらえて嬉しいわ」

姉さんの過剰な褒め言葉を聞いて、思わず顔が赤くなる。

「ね、姉さん！　そんなに無理して褒めても、グリーンとブルーとは一緒に冒険をしたことがあるから、私のことは分かっているだろうし、実物以上によく見えることなんてないわよ！」

けれど、私の言葉とは裏腹に、気を遣うタイプのブルーは姉さんの言葉を全力で肯定してきた。

「オリア殿、もちろん私たちはフィーアが素晴らしいことを理解しているが、実際の彼女の素晴らしさから比べると、その理解度は欠片ほどでしかない。私たちの不明の部分を補足していただき、彼女の素晴らしさを理解する手助けをしていただけたことに、感謝申し上げる」

……優しいのよね、ブルーは。

まあ、それで姉さんが満足するのならば、いいのかもしれないわ。

そう思った私は、それ以上何も言うことなく、満足気な姉さんやグリーン、ブルーと部屋を出た。

その後、姉さんは普段通りの親切さで、私たち3人に砦の中を案内してくれた。

途中途中で出会う騎士たちの全員から、姉さんは声を掛けられている。

やっぱり姉さんはどこでも人気者なのね！　と誇らしく思っている間に砦の案内が終了し、姉さんは最後に出会った騎士にグリーンとブルーの世話を頼んでいた。

「この2人は協力騎士よ。幾晩かこの砦に滞在するだろうから、宿泊部屋に案内してあげて」

その日は特段やることがなかったので、姉さんにくっついて回った。

姉さんは働き者で、次から次に仕事をこなすものだから、同じタイミングで次々に新たな仕事が増えていく。

私は姉さんの半分の半分も手伝えなかったのだけれど、姉さんはいつだって嬉しそうに見ていて褒めてくれた。

そして、姉さんにくっついていたおかげで、砦の多くの騎士たちと仲良くなることができた。

夜は、姉さんと一緒に眠った。

姉さんは私が小さかった頃、どんなに可愛かったかだとか、どんなに手を焼いただとか、領地で一緒に訓練をしていたことだとか、成人の儀の時に心配したことだとか、そんな話をずっと、私が眠るまでしてくれた。

それらの話を聞いていると、ガイ団長を見た時からざわついていた心がすっと落ち着いてきて、「ああ、そうだわ」と納得する気持ちがすとんと胸の中に落ちてきた。

――――そうだ、私はフィーア・ルードなのだわ。

前世の記憶を持っていて、その記憶と共に大聖女の力を保持することになったけれど、それでも私を形作っているのは、15年間生きてきたフィーア・ルードとしての私なのだ。

騎士になりたくて、小さい頃から訓練をしてきた私。

姉さんにずっとずっと世話を焼いてもらってきた私。

それらの全てが、今の私を形作っているのだ。

……だから、私はこれからもフィーア・ルードとして生きていくため、過去と向き合わなければいけない。

ブランケットの中で自身を抱きしめるように体を丸めると、ゆっくりゆっくりと息を吐き出す。

……大丈夫、大丈夫。

今の私は安全だわ。

だけど、……明日の私、明日の姉さんは安全かどうか分からないから、……私は逃げてはいけないのだ。

抱きしめる腕に力を込めると、自然と意識は前世での最期の時に移っていく。

すると、どきどきと凄い速さで心臓が拍動し、汗が噴き出し始めた。

姉さんの声を聞きながら眠りに落ちかけていた体は、心地よい温かさに包まれていたはずなのだけれど、一瞬にしてがくがくと全身が震え始める。

ねっとりとした気持ち悪さに体中を這って回られ、息苦しさと寒気に襲われる。

……ああ、ダメだ。

『魔王の右腕』のことを考えようとすると、いつだって体が拒絶反応を示す。

おかげで、前世の最期の部分の記憶は曖昧なままだ。

靄《もや》に包まれたようなうっすらとした記憶だけで、はっきりとは戻らない。

けれど……

私は両手で口元を押さえると、恐怖でがちがちと鳴り始めた歯の震えを止めるため、強く歯を食いしばった。

体全体が恐怖で記憶の覚醒を拒絶している。

今までの私だったなら、間違いなく考え続けることを放棄して、全身の緊張状態の解除を優先させる状況だ。

けれど、――それではいけないと思う。

『前世の最期を思い出さなければいけない！』という強い気持ちが、胸の奥底から湧き上がってくる。

それは、前世の記憶が蘇って以来、私と関わりのある全ての人がくれた勇気のおかげだった。

――私の大事な人たちを、守りたい。

――私の大好きな人たちと、続く未来を過ごしていきたい。

その気持ちに後押しされるかのように、少しずつ少しずつ前世の記憶が紐解かれていく。

記憶が戻った当初には気付かなかった事実が、少しずつ見えてくる。

私は『魔王の右腕』に出遭う直前の時間を、……前世の兄3人とともに魔王城に踏み込んだ時のことを思い出していた。

——ああ、そうだ。……私は魔王を……。

目の前にはっきりと、魔王と対峙した時の情景が浮かんでくる。それから、魔王と戦い終わった後の情景が。

——魔王は最期、どうなったのか？（……覚えている。思い出せる）

——血にまみれ、地面に倒れ伏していたのか？（……いいえ、違う。その場に魔王の姿はなかった）

なぜなら……、なぜなら……。

かちかち、かちかちと歯が鳴り始める。

どんなに自身を抱きしめても、震えがおさまらない。

目を瞑っていてもはっきりと、３００年前の情景が瞼《まぶた》の裏に浮かび上がる。

血だらけの兄たち。血だらけの私。そして、一つの箱。

——その箱に閉じ込めたものは、何だったのか？

簡単な質問だ。今となっては、はっきりと思い出せる。

……ああ、そうだ。

私は３００年前、魔王を――『封じた』のだ。

瞑った瞼の裏に浮かぶのは、空となった魔王城の玉座。高揚する兄たち。その手に握られた一つの箱。

――その箱の中に、私たちは魔王を封じた。

全力を出し、魔力を使い切って、ボロボロになりながら、兄たちと私で魔王をその箱に閉じ込めたのだ。

……そうだ。

３００年前に「大聖女」だった私が行ったことは、魔王の活動を停止させたことで、殺すことではなかった……

◇　◇　◇

今になって思えば、前世を思い出した際に行った決心は、おまじないレベルのものだった。

「魔王の右腕」と呼ばれる魔人の手にかかって命を終えた私。

そのことを思い出し、再び魔人と対峙するかもしれないと考えた際、必要な力を蓄えるまではひっそりと暮らそうと心に決めた。

曰く。

『私一人では「魔王の右腕」に敵わないから、前世の兄さんレベルの剣士が３人くらい仲間になるまで、聖女であることを隠しておこう』……と。

改めて考え直してみると、なぜこんなに実現性のないことを考えたのだろうと、首を捻らずにはいられない。

なぜなら、精霊との契約が失われている今世の私は、前世の１割程度の回復魔法しか使えないため、格段に回復役としての能力が劣っているからだ。

そんな私が前世の兄さんレベルの剣士と組んだとして、「魔王の右腕」と渡り合えるはずもないのだけれど、あの時の私は正しいことを決心しているのだと思い込んでいた。

これほど「魔王の右腕」に恐怖を覚えているというのに、対魔王戦時と同程度の戦力と１割の回復力で、「魔王の右腕」と渡り合えると考えていたのだ。

「魔王の右腕は魔王よりはるかに弱い」と考えていたとしか思えない発想だ。

あの時の私は、魔人の力量を正しく思い出せていなかったか、あるいは、実現可能な未来を……前世の兄さんクラスの剣士ならば集めることができると、そうすれば私は助かるのだと、未来に希望を抱きたかったかのどちらかだ。

そうでなければ、あんな結論には達しないだろう。

どちらにしても、強い剣士を揃えれば救われると、以前と同じように信じることは今の私には難しかった。

そのことに思い至ると、本格的に目が覚めてしまったようで、私はゆっくりとベッドから半身を起こした。

ちらりと隣を見ると、姉さんが心地よさそうに眠っている。

私は姉さんに視線を向けたまま、起こさないよう注意深くベッドから降りると、足音をたてないようにして窓辺まで歩いて行った。

窓越しに外を仰ぎ見ると、闇夜を照らす月が目に入る。

……ああ、月の光は300年経っても変わらないのね。

そう考えると、不変のものを目にしたことで、少しずつ心が落ち着いてくるのを感じた。

夜の静寂の中、光り輝く月を眺めたまま、思考は先ほどの続きに戻る。

……私は、何てものを見逃していたのだろう。

前世の記憶が蘇った際だって、300年前の私が魔王の息の根を止める代わりに、『封じた』こと自体ははっきりと覚えていた。

けれど、そのことがもたらす影響については考えていなかった。

――通常であれば、魔王を封じた「箱」は大聖堂の奥深くに収められ、解放されることは二度とない。

けれど、恐らく、兄さんたちが魔王城を出る前に、魔王の右腕は魔王の箱を取り戻したはずだ。

敬愛する王をみすみす魔王城から攫《さら》われてしまうような、そんな迂闊《うかつ》なタイプには決して思えなかったから。

だから、きっと、あの魔人は魔王の箱を兄さんたちから取り返していて……

そして、この３００年の間に、封印を解いているはずだ。

なぜなら、魔王の右腕は決して、王として君臨するタイプではないから。

仕える王を自ら選定し、玉座に座らせるタイプに思われるのだから。

だから、再び彼らと対峙した際、私が目にするのは３００年前の再現だ。

私はまず、魔王と戦うことになるだろう。

そして、全てを出し切ってぼろぼろになりながら魔王を倒した後に――再び、魔王の右腕が現れるのだろう。

私を殺した魔人は、そういう相手だ。

間違いなく、――あの狡猾で抜け目のない魔人は、この世界のどこかに存在している。

――存在しない理由がないのだから。

私はぶるぶると目に見えて震え始めた両手を、ぎゅっと握りしめた。

頭の中ではぐるぐると、一つの疑問が浮かび上がっては消えていく。

もしも……

もしも、私が前世通り、精霊付きの大聖女の力を使うことができたとして。

そうして、前世の兄さんたちと同程度の攻撃職が、３人仲間になったとしたならば。

そうしたら、私は魔王とその右腕を2人とも倒せるだろうか？

……それはあくまで仮定の問いで、不確定要素も多いため、明確な答えなど分かるはずもないというのに、私の全てが即座に「無理だ！」と主張してきた。

前世の酷い体験から、いたずらに恐怖に囚われての結論という訳ではなく、冷静に判断した結果として、そう主張してくるのだ。

いつの間にか、私の体は再び、尋常ではないほどの緊張状態に包まれていた。

心臓は経験したことのない速度で早鐘を打ち鳴らし、立っていられないほど足ががくがくと震え始める。

……ああ、魔王の右腕が存在している限り、私を襲う不安は消えないのだろう。

そして、不安の原因は、あの魔人を倒す算段が全く見いだせないことにあるのだろう。

何でもいい、誰でもいい、あの魔人を……

そこまで考えた瞬間、私は突然、がくりと意識が落ちていくような感覚を味わった。

凄い速さで目の前の視界が狭窄していき、これはまずいと思った私は、慌ててベッドまで歩を進め、ブランケットの上に倒れ込む。

――――多分、一種の防衛反応なのだろう。

極度の緊張状態にさらされた体が、これ以上は止めておけと、弛緩状態に……眠りの世界に誘ってくれたのだ。

　私は自分の感覚に逆らうことなく、まるで芯を失ったかのように、くたりと体の全てをベッドに預けた。

　そして、そのまま暗い闇の中に、一直線に意識が落ちて行く。

　それはたゆたう夢の世界に包み込まれることで、……その時既に、自分の意志で何かを決定できる状態ではなかったのだけれど、――どういうわけか、一つの名前がぽろりと私の口から零れ落ちた。

「……リウス」

　まるで、その名前が私の助けになるとでもいうかのように。

　もうほとんど意識がない、夢うつつの状態だったからだろうか。

　私の口から呟かれたのは、既にここには存在しない者の名前で……

　それは、――前世で私の近衛騎士団長であった、最強の騎士の名前だった。

35　赤盾近衛騎士団長（３００年前）

――シリウス。

それは、天上で最も輝く星の名前だった。

見上げさえすれば、その圧倒的な輝きで存在を示してくれ、見守られている気持ちにさせてくれる。

いつだって、どこにいたって――


……私、セラフィーナ・ナーヴは幼い頃、森の中で暮らしていた。

その森を単身で訪れ、王都に連れ戻してくれたのが、シリウス・ユリシーズ騎士団副総長だった。

訪れたのがシリウスでなければ、私が森から出ることはなかっただろう。

森の中には私が望む全てがあり、私は自分の役割を理解していなかったのだから。

シリウスはそのまま私の後見役になると、全てのものから守ってくれた。

亡き王弟の一人息子にして、王国一の大貴族ユリシーズ公爵。

加えて、次期騎士団総長の地位が確実視されている騎士団副総長。

そんなシリウスが後見についたことで、ずっと森の中で暮らしていた私に対して、「鄙者《ひなもの》よ」と誹《そし》る声は一つも上がらなかった。

シリウスはいつだって物凄く忙しかったし、携わる業務は重要なものばかりだったけれど、必ず私を優先してくれた。

――あれは、王都へ戻ってきて2年後の、8歳の頃のことだ。

シリウスは21歳で、次の春には騎士団総長になることが内定していた。

騎士団総長というのは名誉職だ。

王族、もしくは王家の血を引く大貴族が就くことが当然の役職であるため、王弟の息子であるシリウスに対して、誰一人反対する者はいなかった――貴族たちは勿論、騎士たちでさえ。

なぜなら、シリウスは王国随一の剣士であったのだから。

力を美徳とする騎士たちにとって、一番強い者が一番上に立つというのは、最も分かりやすくて受け入れやすいものだった。

また、シリウスは誰よりも強かったけれど、誰よりも鍛錬していた。

そのことを騎士たちが身近で見知っていたことも、彼らに支持された大きな理由だろう。

そんなシリウスは、王国では珍しい銀髪白銀眼の顔をぐいと私に近付けると、唸るような声を出した。

「セラフィーナ、なぜお前が怪我をする！　オレの言い付けを覚えていないのか!?」

幼い私でも分かるくらいに、シリウスは整った貌《かお》をしていた。

そんな滅多にないほど綺麗な顔が不愉快そうに歪められると、物凄く迫力があった。

どうやらシリウスは、午前中に行われた魔物討伐の最中に私が怪我をしたことを聞きつけ、飛んできたらしい。

勿論、今の私は服を着替えているうえ、怪我はきれいさっぱり治っているので、傷を負った痕跡は一切残っていない。

だというのに、シリウスは私が怪我をした右肩を正確に睨みつけると、悔し気に唇を噛み締めた。

私の怪我について、よほど詳細に報告を聞いているようだ。

無言で睨みつけてくるシリウスは非常に恐ろし気であったけれど、シリウスが怒る時はいつだって、私を心配しているからだということを理解していた私は、にこりと微笑む。

「シリウス、必勝法を見つけたわ！」

「……何だって？」

私の言葉を聞いたシリウスは、言われた意味が分からないとばかりに、端整な顔を歪めた。

常であれば、私を心配しているシリウスを安心させるところから始めるのだけれど、その時の私は興奮していたため、勢い込んで口を開く。

「あのね、シリウス、私は気付いたの！　今までの私は戦闘中に自分の身を守っていたから、咄嗟の判断を下すべき時にも、無意識のうちに騎士たちではなく自分自身を優先して、防御魔法をかけていたことに！　でも、それは、間違いだったわ！　だから、これからは、自分を守るのをやめることにしたの。私の身は、騎士たちに守ってもらうことにするわ」

私の言葉を聞き終わったシリウスは、驚きに目を見開き、信じられないといった声を出した。

「……何を馬鹿なことを言っている？　お前は聖女だ！　戦場で一番ひ弱な存在だ！　お前は勿論、お前の身を一番に守るべきだ！」

シリウスの発言は至極もっともだと思いながら、けれど、私の口からは不同意の言葉が零れ落ちる。

「でもね、そうしたら、騎士と私が同時に危険な目に遭った場合、私の防御を優先させてしまうわ。それでは、せっかく最前線まで切り込んでいった騎士に、怪我をさせてしまうことになるのよ」

「それが騎士の役割だ!!」

シリウスは我慢ならないとばかりに、珍しく大きな声を上げたけれど、私は臆することなくこてりと首を傾げた。

「騎士であるシリウスはそう思うのね。でも、聖女である私は、一人の騎士も死なせないことが、私の役割だと思うのよ。それに、私が言っているのは、私の身は騎士に守ってもらうということで、誰も私を守らないということではないわ」

「お前の発案に、新たな戦闘スタイルを確立する可能性があることは認めよう。だが、それはお前が試すべきことではない！　騎士たちが確実に、お前の身を守れる保証はないのだから！　現にお前は今日、怪我をしたではないか!!」

「……でもね、シリウス。この方法は、結構高度だと思うのよ。そして、私はなかなかに能力が高い聖女だと思うの。だから、私以上にこの方法を試すことが適任な聖女が、一体どれほどいるものかしら？」

　私の言葉を聞いたシリウスは、ぎりりと私を睨みつけた。

「セラフィーナ、答えが分かっている質問をするな！　勿論、答えはゼロだ！　お前以上に能力の高い聖女などいないからな」

　それから、シリウスは忌々しげな表情で暫く私を見つめていたけれど、私の意志が固く、意見を翻すつもりがないことを見て取ると、何かを決意したかのような表情で目を眇めた。

「……分かった。お前に聖女としての矜持があり、騎士を守りたいという気持ちは理解した。が、同様にオレには騎士たちを司る者として、騎士の矜持がある。お前の行動を受け入れる代わりに、お前には、お前を守るための最適な騎士を付けよう。それでいいな？」

「シリウス!!」

　私は大喜びでシリウスのもとまで駆けて行くと、ばふんとそのお腹に抱き着いた。

「ありがとう！　私の気持ちを分かってくれて、嬉しい!!」

　言いながら、ぎゅうぎゅうとシリウスを抱きしめる。

やっぱりシリウスだわ！

たとえばお兄様たちだったならば、子どもの戯言だと決して相手にしてくれないけれど、シリウスはいつだって最終的には私の考えを尊重してくれるのだ。

そう嬉しくなり、満面の笑みでシリウスを見つめたのだけれど……

翌日の午後、昨日の宣言通り、新たな戦闘スタイルを確立するために魔物討伐に出掛けようとした私は、驚愕の表情でシリウスを見つめることになった。

「……え、な、な、……シ、シリウス？」

言いたい言葉は山のようにあるというのに、動揺しすぎて上手く言葉にすることができない。

水面に顔を出した魚のように、ぱくぱくと口を開閉する私の言いたいことなどお見通しのはずなのに、シリウスはそ知らぬ振りで口を開いた。

「どうした、セラフィーナ？」

「ど、どうした、って……、シ、シリウス、あなた、その服は……、う、嘘よね？」

私は目の前に立つシリウスを見上げると、信じられない思いで何度も瞬きをした。

……お願い、お願い、誰か冗談だと言って！

けれど、何度瞬きを繰り返しても、目の前に立つシリウスは、赤い騎士服を着用しているように見えた。

そんなはずはない!!　と心の中で叫ぶ。

ナーヴ王国の騎士服は青と白を使用しているはずだ。

シリウスは副総長という高位の役職にあるため、他の騎士たちよりも濃い青地を使っており、役職を示すための装飾が入ってはいたけれど、それでも青と白の騎士服だったはずだ。

なのに、どうして赤い騎士服を着ているのかしら？

だって、だって、赤い騎士服は……

顔を強張らせ、信じられない思いでシリウスを見つめていると、その整った唇が開かれ、恐ろしい言葉が発せられる。

「聡いお前のことだ、もう分かっているのだろう？　……本日、第二王女であるセラフィーナ殿下を警護する『赤盾近衛騎士団』の団長職を拝命した。よろしく頼む」

「なに、……シリウス、何を言っているの？　あなた、騎士団副総長だったじゃない!!」

シリウスの言葉ははっきりと聞こえたというのに、そして、シリウスがこの手の冗談を一切言わないことは分かっているというのに、シリウスの言葉を信じることができずに真っ向から反論する。

けれど、シリウスは全てを吹っ切ったような、静かな表情で口を開いた。

「昨日付けで副総長の職位を辞した。既に国王の承認も得ている」

「な……、何を馬鹿なことを言っているの！　あなた、春には騎士団総長になることが決まっていたじゃあない！　あなたがどれだけ騎士たちを大事に思っているか、知っているわ！　それから、あなたの能力がどれだけ高いかも！　騎士団トップにあなたが立ち、騎士たちを率いることで、どれだけのことができると思っているの!!　それを捨ててしまうだなんて……」

私は一生懸命言い募った。

シリウスは忙しいけれど、いつだって時間を見つけては私の側にいてくれた。

だから、一緒にいた時間の分だけ、彼が何を欲していて、何に努力をしているかなんて、もちろん私は知っていた。

彼が何よりも騎士たちを愛していることなんて、誰よりも私が理解しているというのに!

だというのに、シリウスは私の目を見つめると、はっきりと首を横に振った。

「それは違う。オレは副総長の地位を捨てたのではない。赤盾近衛騎士団長の地位を得たのだ。現行の騎士団総長には暫く、今の地位のままでいてもらう。まだ40代の有能な騎士だ、問題ないだろう?」

それは勿論、現在の騎士団総長はその職位を何年も務められている有能な騎士だから、そのまま残留することに何の問題もないけれど、でも、そういう話ではないはずだ!

「シリウス、あなたは騎士団総長になりたかったのでしょう?　そのために、何年も何年も努力してきたじゃあない!!」

私は悲鳴のような声でシリウスに詰め寄ったけれど、シリウスからは至極冷静な声が返ってくるだけだった。

「ああ、その通りだ。だが、同時にオレはお前を守りたいと思っている。お前が危険な場所に身を投じるというのならば、隣で守護するのはオレの役割だ。……オレは言ったな。『お前を守るために最適な騎士を付ける』と。オレ以上に最適な者が他にいるか？」

意趣返しのように、昨日私が述べた言葉と同じような論調でシリウスが話を進める。

「オレに剣で勝てる者は見当たらないし、オレ以上に全てを捨ててお前を守ろうとする者は他にいない。違うか？」

シリウスはそこで口をつぐむと、返事を待つかのように私を見つめてきた。

まるで昨日のシリウスの再現であるかのように、私はぎりりと彼を睨みつける。

「シリウス、答えが分かっている質問をしないでちょうだい！　勿論、あなたが最適よ！　あなた以上に強くて、あなた以上に私のために全てを捨ててくるお馬鹿さんなんて、他にはいないに決まっているわ!!」

私の言葉を聞いたシリウスは、おかしそうにニヤリと笑った。

「さすがは、深紅の髪を持つ聖女様だ。理解が早い」

そう言って、シリウスは声を上げて笑い出した。

――笑うことで、全てを爽やかな笑いのもとに終結させてしまった。

騎士団を指揮する立場に立つことは、シリウスの21年の人生の大半を費やしてきた、彼の望みであったはずなのに。

だというのに、私の「騎士を守りたい」という願いを補佐するため、シリウスはあっさりとその地位を捨て去ってしまった。

……いや、違う。あっさりと捨てられるはずなんてない。

シリウスにとって、騎士たちはそんな軽いものではなかったはずだ。

だからこそ、物凄い葛藤と懊悩があったはずなのに。

だというのに、そんな雰囲気は一切見せず、全てを昇華させたような表情で先を見つめ、「ともに在ろう」と満ち足りたように口にしてくる。

だから、――――私は口を開いた。

「だったら、……私は唯一無二の至尊の聖女になるわ。そうすれば、側にいるあなたは騎士団総長よりももっと大きなことが成せるし、価値があると見做されるはずだもの」

シリウスは驚いたように目を見開くと、自らに問いかけるかのように口を開いた。

「すごい目標だな。お前が至尊の聖女となったら、オレはどれだけ誇らしい気持ちになるのだろう」

「それはもう、物凄く誇らしい気持ちになれるわよ！　だって、あなたは近衛騎士団長なのだから、あなたの手柄だわ」

勢い込んで言葉を続ける私を、シリウスはおかしそうに見つめた。

「……オレのことを考えていたのか？　はは、尊ばれるのはお前であるのだがな。まあいい、よろしく頼む、未来の至尊の大聖女様？」

そう言うと、シリウスは目を細め、幸せそうに微笑んだ……

――そんなシリウスの笑顔が浮かんできて、私の胸はつきりと痛む。

……ああ、シリウス。

そうやってあなたは、いつもいつも私を優先させてきた。

生き様を変えてまで私を優先させ、守護してくれた。

どんな時も、私を否定することなく寄り添ってくれた。

だから、……楽しい時に、そして、困った時に思い出すのは、いつだってシリウス、あなたになってしまった……

36　ガザード辺境伯領2

「あら、フィーア、酷い顔ね。あまり眠れなかった？　フィーアはどこでもぐっすり眠れると思っていたんだけれど」

翌朝目覚めると、姉さんから心配そうに顔を覗き込まれた。

「いや、眠れはしたのだけれど、……懐かしい昔の夢を見て……」

ぼんやりとしたままそう答えると、姉さんはふっと小さく微笑んだ。

「昨日の夜、フィーアの小さい頃の話をしながら眠ったからかしらね。いい夢だった？」

「え？」

いい夢だったかと聞かれ、思わず考え込む。

……いい夢、なのだろう。シリウスのことで悪い思い出なんて、一つもないのだから。

けれど、声を出すと何かが溢れてしまいそうな気持ちになり、無言のまま小さく頷く。

私の表情を確認した姉さんは、ぽんと私の頭を一つ叩くと、何も言わずに部屋から出て行った。

扉がぱたりと閉まるのと同時に、はあっと息を吐き出す。

……少しだけ、心が弱くなっているのかもしれない。

もうここにはいない前世の人物を、救い主のように思い出すなんて。

今まで一度も、シリウスのことを思い出さずに済んでいたのにな……

私はベッドの上で半身を起こすと、立てた膝の上にこてりと頭を乗せた。

それから、夢の続きとばかりに前世に思いを馳せる。

もし……

もしも、前世で魔王城に同行した相手が兄さんたちではなく、シリウスと青騎士《カノープス》と白騎士だったらどうなっていたのだろう？

けれどすぐに、どのみち答えが分からないのだから、考えても無駄ねと思い直す。

私は気持ちを切り替えるかのようにぷるぷると頭を振ると、ベッドから勢いよく飛び降りた。

すたすたと部屋の隅に置かれた荷物に歩み寄り、着替えを取り出す。

……ああ、でも、そういうことかもしれないな。

シリウスレベルの騎士がいて、精霊の力を借りることができて、そこで初めて『魔王の右腕と相対できる』という心情になれるのかもしれない。

シリウスレベルの騎士……今世と前世を比較すると、前世の騎士のレベルの方が高いと思われる上、シリウスはその中でも突出していたから、あれほど強い騎士にお目にかかるのは、ほとんど不可能に思われるけれど。

私はふうと溜息を吐くと、３００年前の前世を――サザランドから王都に戻ってきた時のことを思い返す。

前世でサザランドを訪れた際の私は、元々の行事であったバルビゼ公領での魔物討伐をすっぽかした形になっていた。

もちろん私抜きでも魔物討伐がつつがなく行われるよう、フォローはしていたつもりだったけれど、指示が不十分だったようで、同行騎士のほとんどがサザランドに付いてきてしまい、現場の戦力が不足していたと後から聞いた。

その戦力不足をカバーしたのがシリウスだ。

私の出奔を聞きつけるとすぐにバルビゼ公領に駆け付け、主力になって5メートル級の青竜4頭を僅かな時間で倒したのだから。

……ザビリア並みの強さだわね。

あんな化け物級の騎士なんて、なかなか自然には現れないはずだから。

だから、今いる騎士たちを鍛えるという方法もあるけれど、魔獣並みの騎士の育成方法なんて私には分からないから。

だから、基本に立ち返ろうと思う。

どういう訳か、魔王の右腕は姿を現すでもなく、魔王とともに身を潜めているようだから。

だから、しばらくは精霊の力を借りずに、聖女とばれないように過ごすことにしよう。

けれど、あの魔人はいなくなった訳ではないだろうから、……いつかは現れるはずだから、その時のことも考えておかなければいけない。

私の――フィーア・ルードとしての生活を壊されないために。

オリア姉さんだとか、カーティスだとか、その他騎士団で仲良くなったたくさんの、私の大事な騎士たちを守るために。

そのために、一体私に何ができるのだろう？

それは、とても今すぐに答えが出るような問いではなかったけれど、私はこの問題を考え続けようと思った。逃げることなく。

そして、できることはやっていこうと。

突然、魔王の右腕と遭遇した前世とは異なり、今の私は敵が誰だか分かっているのだから。

よし、やるわよ！

「今日も一日、頑張るから!!」

そう声を上げたところで、姉さんが戻ってきた。

姉さんは元気になった私を見ると、にこりと微笑んだ。

「ふふふ、フィーアが元気だと、私も元気になれるわね」

そう言いながら、水が入ったグラスを渡してくれる。

両手で受け取り、ごくりと飲むと、うっすらと柑橘系の味がした。

私の好みを熟知した姉さんが、ひとかけら混ぜてくれた季節のフルーツの味だった。

……ほらね、姉さんはこうやって当たり前のように私のことを考えてくれるのだわ。

だから、私も姉さんのために何だってできるはずよ。

そう考えると、私は連れ立って姉さんの部屋を後にした。

食堂で他の騎士たちに交じって朝食を取った後、面談室に入ると、そこには既に昨日の顔ぶれが揃っていた。

誰もが久しぶりにベッドで眠ったためか、血色のいい顔色になっているというのに、中心に座っているガイ団長だけはげっそりと青ざめていた。

「まあ、ガイ団長、酷い顔色ですね！　カーティス団長に寝かせてもらえなかったんですか？」

驚いたようなオリア姉さんの声に、ガイ団長は覇気のない声を上げた。

「オリアぁぁ、誤解を招くような言い方は止めてくれいぃぃ。事実としてはその通りなのだからぁ、ますます沈黙することを推奨するぞぉぉ」

「……何ですか、団長。そのおかしな話し方は」

姉さんが顔をしかめてガイ団長に注意する。

対する団長は疲れ切った顔を上げると、同じ口調で話を続けた。

「オレがどれだけぇ、カーティスからダメージを与えられたかをぉぉ、表現してみることにしたあぁ。見ろ見ろぉ、一晩カーティスに責められたせいでえぇぇ、オレの優秀な脳みそは崩壊寸前だぁぁ!!」

「……あと一言でも同じ口調で話をしたら、異動希望を出しますよ」

姉さんはガイ団長がふざけていると判断を下したらしく、普段よりも低い声で団長に警告した。

次の瞬間、ガイ団長はびしりと背筋を伸ばすと、しゃきっとした声を出す。

「なんてな！　オレの優秀な脳みそは、カーティスごときではどうにもできないさ！　さあ、オリア、今日も一日一緒に仕事をしような」

「やっぱり脳にまだ不調があるようですね。まるで私が普段から、団長と一緒に仕事をするような話しぶりになっていますが、私が団長に対して毎日行うことは挨拶のみです」

「だ、だよな……。いや、分かっていた！　オレだって、分かっていたさ！　ただ、何だかよく分からねえが、さすが『魅惑の赤魔女』の同行者だけあって、お前の妹が連れてきたのは、全員嫌になるくらいの男前ばかりじゃないか！　いねぇよ！　こんな顔立ち、一人だってこの砦にいねぇよ!!　というレベルばかりを王都から集められたら、それは、オレだって少しは見栄をはりたくなるよな!?」

長々と言い訳をするガイ団長に対して、姉さんは短く慰めの言葉を呟いた。

「団長、男性の価値は顔だけではありませんよ」

「ぐはあっ！　今、オリアがオレの不細工を肯定した!!」

そう言って机に突っ伏したガイ団長を見て、あ、これは案外ありかもしれないわと思う。

ガイ団長が私の優しくて、賢くて、強い美人な姉さんに懸想していることは間違いないようだけれど、姉さん自身は興味がなさそうだなと思っていた。

そして実際、興味がないことは間違いないようだけれど、それとは別に、姉さんはとっても面倒見がいいから、姉さんの相手には手の掛かる男性が合っているのではないかと常々思っていたのだ。

そういう意味では、ガイ団長は物凄く手が掛かりそうだから、案外、姉さんのお眼鏡に適うのじゃあないだろうか。

まあ、ガイ団長は手が掛かり過ぎて、面倒くさいの部類に入るのかもしれないけれど。

そう思いながら、姉さんと一緒に皆が着いているテーブルの椅子に座ろうとする。

すると、カーティス団長が立ち上がり、かいがいしい様子で私の身幅分だけ、椅子を後ろに引いてくれた。

お礼を言いながら椅子に座ると、狙ったようなタイミングで、ブルーがいい香りのするグラスを目の前に置いてくれる。

もちろんブルーは姉さんの前にもグラスを置いたのだけれど、ブルーからの距離が遠い私から先にサーブしたことに、ガイ団長と姉さんは気付いたはずだ。

「…………」

誰もが無言を貫いていたけれど、ガイ団長と姉さんからの物問いたげな視線を感じる。

それでも、気付かないふりをして俯いていたところ、私の触れてほしくない気持ちを一切読み取らなかったガイ団長が、感心したような声を上げた。

「マジで『魅惑の赤魔女』は半端ねぇな！　男前たちを自ら傅《かしず》かせているぞ!!」

ガイ団長の言葉に、黙って成り行きを見守っていたカーティス団長が、ぴしりと額に青筋を浮かべた。

◇　◇　◇

「魅惑の赤魔女？」

初めに声を上げたのは、カーティス団長だった。

明らかにイントネーションがおかしく、カーティス団長の不穏な心情を表している。

「ひっ！」

昨日から今朝にかけ、カーティス団長とともに新たな経験を積んだガイ団長は、よりカーティス団長を理解できるようになったようで、椅子から飛び上がるとはっとしたように口を噤んだ。

けれど、カーティス団長には見逃す気持ちがないようで、指を３本ガイ団長の前に突き付ける。

「３度だ」

「は？」

「昨日から今朝にかけて、３度お前は『魅惑の赤魔女』という単語を口にした。お前の頭脳の貧弱さを考慮して、1度や2度ならば見逃してやろうかと思ったが、さすがに目に余る。ガイ、『魅惑の赤魔女』とは誰のことを指しており、どういう意味だ？」

ずいと指を近づけてきたカーティス団長に対し、ガイ団長は同じ距離だけ後ろに下がると、慌てたように両手を振った。

「や、違う！　オレが言い出した話ではない！　騎士団長として、必要な情報収集を行った結果、耳にした二つ名だ!!」

「それで？」

「それで、……カ、カーティス、初めに言っておく！　オレは聞いてきた噂を正確に伝達しても、なぜだか悪口に受け取られるというスキル持ちだ！　だから、どんな風に聞こえようとも、オレには一切悪意はない！　そして、これは聞いてきただけの話だ!!」

「それは、話を聞いてから判断しよう」

じろりと睨みつけるカーティス団長を前に、ガイ団長はうっと喉元に何かが詰まったような表情をした。

けれど、しばらく沈黙が続いても、カーティス団長が自ら発している威圧感を全く弱めなかったため、自分を解放する気がないと観念したガイ団長は、しぶしぶと口を開いた。

「『魅惑の赤魔女』とは、魅惑的な赤い髪をした男を誑《たぶら》かす悪い女性を指し、そのままずばりフィーア・ルードのことだ！」

「ほわっ？　わ、私が男性を誑かす、ですって!?」

人生で一度も行ったことがない行為を指摘され、驚いて椅子から立ち上がる。

な、何てことをガイ団長は言うのかしら？　そもそも前世でも今世でも異性から人気がない私が、どうやって男性を誑かすというのかしら!?

こうなったら、誑かす方法を逆に聞いてみたいわよね！　そうして、お望みならば、効果を検証するために実践してみたいわよね!!

……あ、待って！　私ったら何を馬鹿正直に信じているのかしら。これはもしかしたら、例の婉曲な嫌味というやつじゃないかしら？

思い付いたらそんな気がしてしまい、悔しくなってカーティス団長に言い付ける。

「カ、カーティス、これは婉曲な嫌味だわ！　私が全然モテないのが分かっていて、わざと言っているのよ！　こういうことは、本当にモテる人に言ったら冗談になるのだろうけれど、実際に人気がない人は傷付くだけだから、言ってはいけないって叱ってちょうだい！」

カーティス団長は何とも微妙な表情で私を見つめると、疲れたように目頭を押さえた。

……え、何、今の表情？　もしかして、カーティス団長にも同情された？

くううっ、どうしてガイ団長はわざわざ私の人気事情を話題にしようと思ったのかしら。

おかげで、こんな辱めを受ける結果になったじゃないのと悔しくなり、きっとしてガイ団長を睨みつける。

けれど、ガイ団長は私の視線など気にすることなく、言葉を続けた。

「話を続けるが、なぜフィーアにその二つ名が付いたかというと、実際に次々と、我が王国騎士団が誇る騎士団長を誑かしているからだ！　シリル第一騎士団長、デズモンド第二騎士団長、イーノック第三魔導騎士団長、クェンティン第四魔物騎士団長、ザカリー第六騎士団長と、既に王都在住の男性騎士団長全員が犠牲になっている!!」

ガイ団長が挙げた名前を聞いた私は、やっぱり完全なる嫌がらせだわと確信する。

シリル団長からは、いつだってお説教を受けているだけだし。

デズモンド団長にはからかわれるか、超過勤務中で苛々していると八つ当たりをされるだけだし。

イーノック団長に至っては、口をきいたことすらないし。

クェンティン団長は従魔に夢中だから、ザビリアについて熱く語るのを聞いているだけだし。

ザカリー団長は私向けの筋肉特訓メニューを考案してくるから、笑顔で避け切っているだけだ。

そんな5人を、どうやって誑かしたというのかしら??　むしろいつだって、私の方が被害者だわ！

そう思ってさらに尖らせた目で睨みつけてみたけれど、ガイ団長は気にする風もなく、持論を展開していく。

「しかも、全員が全員ともに、ストイックな大貴族だったり、女性嫌いだったり、魔法好きだったり、魔物好きだったり、筋肉好きだったりで、女性には全く興味がないメンバーばかりだ！　こんな連中をまとめて攻略するなんて、魔女でもなきゃできねぇだろう!」

「ちょ、適当なことを言わないでください! はっきり言いますけれど、完全なる上司と部下の関係ですよ! 騎士団長と一介の騎士、誰一人としてそれ以上の関係ではありません!!」

風評被害もいいところだ、と私は両手を振り上げて心の底から抗議した。

本当に噂話って怖いわね! ないことないこと、取り上げられるなんて!!

しかも、ガイ団長はよりにもよって、姉さんの目の前で発言したわよ。

姉さんに誤解されたら、どうするつもりなのかしら!?

けれど、ガイ団長は私の抗議に取り合うことなく大きく首を横に振ると、全く信じていない態度で口を開いた。

「オレは騙されねぇぞ! じゃあ質問するからな!」

「勿論どうぞ! 私にやましいところは一切ありませんから、何だって答えますよ!」

私は両手を握りしめると、自信満々に答えた。

すると、ガイ団長は「それじゃあ、聞くが」と呟きながら、シリル団長について質問してきた。

「サヴィス総長がご臨席された御前会議で、シリルがクェンティンとザカリーを相手に、お前を奪い合ったという話は本当か?」

「えっ!?」

想定外の質問をされて、私はぱちぱちと瞬きをした。

それから、質問された時の情景を必死で思い出そうとする。

「い、いや、あれは、……奪い合ったということではなくてですね！　『オレのところに来い』と、それぞれから要望されただけです！　ええと、……3人とも寂しがり屋なのかな？」

にへらと笑いながら、何とかいい印象を与えようとする。

そして、心の中で、必死に上手い説明はないものかと考える。

……まずいわ。何かが決定的に間違っている。

思い返してみても、あのシーンに色めいたものは全くなかった。

ガイ団長が連想させるものと、あの場面は全然違うのだ！

けれど、上手く説明できないうちに、ガイ団長は納得したように頷きながら、デズモンド団長についての質問に変えてきた。

「死ぬほど忙しくて、余分な仕事をする余裕なんて一切ないデズモンドだが、お前とチェスをさす時間だけは必ず確保して、更にはお前の訓練時間をあらかじめ把握したうえで、毎回先に来て待ち構えているという話は本当か？」

先ほどとは異なり、質問内容が軽めに思われたため、私は表情を緩めると勢い込んで口を開く。

「そ、それは本当ですが、デズモンド団長がチェス好きだということです！　私と勝負をすると、勝ったり負けたりして、同じくらいの強さなのです。だから、ちょうどいい対戦相手なだけですよ！」

私の言葉を聞いたガイ団長は、「お前はそんなにチェスが強いのか?」と質問してきた。

「はい?」

「騎士団対抗御前試合のチェスの部で、デズモンドは2年連続優勝している」

「へ?」

「お前が勝つことがあるとすれば、それはデズモンドに接待されているだけだ。つまり、誰が相手でも一切手加減をしないはずのデズモンドが、お前相手には勝たせて喜ばせようとしているってことだな」

「…………」

思ってもみない話を聞かされ、思わず黙り込むと、ガイ団長はイーノック団長について質問してきた。

「魔法にしか興味がなく、男性・女性を問わず誰とも一切口をきこうとしないイーノックが、夜遅くにお前の部屋を訪れ、プレゼントを渡したという話は本当か?」

「へ? そ、それは嘘ですよ! そもそも私は、イーノック団長と話をしたことすら……」

自信満々に否定しかけたものの、プレゼントという単語がひっかかり途中で言い差す。

「……ええと、そのプレゼントを渡した日付というのは、噂話で伝わっているのでしょうか?」

恐る恐る質問すると、そんなことも覚えていないのかとばかりにジロリと睨まれる。

「赤魔女様は贈り物をもらいすぎて、日付をいちいち覚えていないようだな。もちろん、日付は伝わっているぞ。お前がサザランドから戻ってきた日の夜に、我慢できなくなったイーノックがプレゼントを持って、お前の部屋に押しかけたらしいじゃねぇか」

「…………」

……どうしよう。今、謎が解けたかもしれない。

サザランドから戻ってきた日の翌朝、机の上に見たこともない魔道具が置いてあったのだ。

全く出所が分からなかったため、とりあえずと部屋の隅に退避させていたのだけれど……あれはイーノック団長からの贈り物だったのかしら？

そういえば、あの夜に上級娯楽室でクェンティン団長やザカリー団長とお酒を飲んだ際、イーノック団長も同席していたわよね。

あれあれ、お酒が入ったあたりからの記憶が一切ないのだけれど、私はイーノック団長と話をしたのかしら？

というか、他の団長たちと一緒にイーノック団長にもお土産を配って、魔道具はそのお返しだった??

何となく符合した気がして、今さらながらどうしようと縋るようにガイ団長を見上げると、何かを納得した様子で、今度はクェンティン団長について質問された。

「クェンティンが給金日に、袋ごと給金をお前に渡しに来たという話は本当か？」

その質問をされた瞬間、答える前からはっきりと、非常に分が悪いということが分かった。

騎士団長が新人騎士に給金を丸々渡しに来るなんて、言葉にして聞くと酷い話に思える。

そして、事柄自体が事実であるため、言い訳のしようがない。

この質問はまずいわと思いながらも、すぐにはいい言い訳が思い浮かばず、何とか誤魔化されてくれないかしらと祈るような気持ちで口を開く。

「や、それは……、そ、その聞き方がよくないんじゃないですかね。実際に受け取ったかどうかと聞いてもらえれば、受け取りませんでしたと答えられるんですが。ええと、そうですね、クェンティン団長が給金袋を渡しに来たかというと、……来たかもしれませんね」

私の返事を聞いたガイ団長は、満足したように頷きながら、「最後の質問だ」と呟いた。

「ザカリーが何より大好きな筋肉について、二度と語らないとお前に誓約したという話は本当か？」

「そ、それは……、それは本当ですが！　ですが、もう既にそれは誑かすという話からはズレていますよね!?」

私は冷静に指摘をしたというのに、ガイ団長は完全なる疑いの目で私を見つめてきた。

「いやいや、一切ズレていねぇ！　そして、お前の答えを聞く限り、真っ黒じゃあないか！　誰が聞いても、お前は魔女だろう!!　それとも、お前が魔女ではないと証明できるのか？」

ガイ団長の迫力にあてられたのか、私はどぎまぎしながら答える。

「ま、魔女の定義って何ですか？　こ、攻撃魔法を使える女性、ということならば、はっきりと違うと言えますよ！」

「攻撃魔法とは限らねぇ！　魅了だとか、特殊魔法も稀には存在するらしいからな！　魔法を使える女性全般の呼称だろう！」

「ま、魔法全般!!」

あれ、あれ、ということは回復魔法も含まれるのかしら!?

そうしたら、私は本当に魔女なのかしら？

そう混乱してきて、返事ができなくなった私に対して、カーティス団長が救いの手を差し伸べてくれた。

「……フィー様。ガイごときの話術に引き込まれる必要はありません。勿論フィー様は魔女などではありませんし、どなたも誑かしてなどいませんよ」

「そ、そうよね!!」

救い主を見つけたような気持ちになってカーティス団長に笑いかけると、「いや、これ、カーティスも攻略されているだけだろう」とガイ団長から呟かれた。

その言葉を聞いた私は、きっとしてガイ団長を睨みつける。

まあ、この騎士団長は疑り深いわね！　カーティスが魔女ではないと言ってくれたのだから、きっと私は魔女ではないはずよ！　そう思っていると、カーティス団長がぴりっとした声を出した。

「ガイ、確かに質問を始めたのは私だ。『魅惑の赤魔女』とはどういう意味だと尋ねはしたが、お前はそのような答えを返すべきではなかった。どうやらお前は、私が丸一昼夜掛けて言い聞かせたことを何一つ理解していないようだな。私は何を説いた？」

カーティス団長の言葉を聞いたガイ団長は、はっとしたように目を見開くと、慌てたような声を上げた。

「そうだった！　フィーア、オレはお前に謝罪する!!」

そうして、これまでの流れを全く無視すると、ガイ団長は深く頭を下げてきた。

「へっ？　あ、あの、ガイ団長!?」

尋問から一転、突然ガイ団長に頭を下げられた私は、ぱちくりと目を瞬かせた。

思わず呼び掛けてみたけれど、ガイ団長が頭を下げたままだったので、どうしたものかと助けを求めて視線を彷徨《さまよ》わせる。

初めに目が合ったのは、グリーンとブルーだった。

世間を見てきているはずの2人だから、助けになってくれるはずだわと手を伸ばそうとすると、ブルーが呟く声が聞こえた。

「……さすが、創生の女神だ。入団してからわずか4か月ほどで、数多の上級騎士たちを虜にするとは。もちろん、勇敢で慈悲深き女神を前にしたら、たちまち魅入られてしまった騎士の気持ちは理解できる」

「…………」

どうやらブルーは、ガイ団長の意味不明な言葉を聞いて、つられて錯乱しているようだ。

常識派だと思っていたブルーが、うっとりとした表情でガイ団長並みに意味不明な言葉を呟いている。

これはダメだと視線を動かすと、目を丸くしている姉さんと目が合った。

はっとして、慌てて口を開く。

「ね、姉さん！　今のは違うからね、あれはガイ団長が勝手に……」

早口で言い訳の言葉を口にしていると、困ったような表情で見返された。

「フィーア、あんたの噂話は私も聞いていたのだけど、ガイ団長に語らせると何倍も酷くなるわ。噂話というのは、人を介すごとに酷くなることがよく分かったわ」

「姉さん！」

さすが私の賢くて、思慮深い姉さんだわ！　ガイ団長の根も葉もない噂話の聞きかじりを一蹴してくれるなんて！

嬉しくなって姉さんに飛びつこうとした私の視界の端で、カーティス団長が俯いていたガイ団長の襟首をぐいと摑むのが見えた。

ちょっと乱暴じゃないかしら、と驚いてカーティス団長を見つめると、言い聞かせるかのようにガイ団長に語り掛けていた。

「これが正解だった、ガイ。お前はまず、謝罪から話を進めるべきだったのだ」

「お、おう！　悪かったな！」

無理やり顔を上げさせられたガイ団長は、明らかに理解していない様子でカーティス団長の言葉を肯定していたので、カーティス団長は頭痛がするとでもいうようにこめかみを押さえた。

「返事はよいが、私の言葉を理解していないな。私が費やした昨日の時間は、一体どこにいったのだ？」

「ああ、それは……」

何事かを言いかけたガイ団長を片手を上げて制すると、カーティス団長は唇を歪めた。

「分かった。私の対応が間違っていた。ガイ、お前への話はもっとシンプルにすべきだった。いいか、ガイ、フィー様はオリアの妹だ。オリアの血族としてフィー様を尊重しろ、分かったか？」

「とてもよく分かったぞ!!」

真理を掴んだかのような得意満面な表情で笑いかけてくるガイ団長を冷ややかに見つめると、カーティス団長は一つ溜息を吐いた。

それから、話は終わったとばかり私に向き直る。

「フィー様、大変ご不快な時間を過ごさせてしまい申し訳ありませんでした。ガイは、根は悪くないのですが、直情的なところがありまして、配慮と想像力が不足しているのです」

「お、おう、カーティス、それは完全にオレの悪口だな！　目の前で悪口を言うお前のスタイルは、ありなのか？」

「騎士団長クラスの職位に就くと、誰もが注意も指摘もしなくなる。大多数の騎士団長は自戒自重しているため問題がないが、お前は助言が必要なタイプだと判断したゆえの行動だ」

「なるほど！　つまりお前の行動は、オレのためということだな！　感謝する」

満面の笑みでお礼を言ってくるガイ団長を見て、カーティス団長が肩を竦めた。

「フィー様、見ての通り、ガイは悪い奴ではないのです。思慮深い副官が付けば、非常に優秀な騎士団長たりえます」

「な、なるほど……」

何となくガイ団長の扱いを理解した私は、こくこくと頷いた。

一方、カーティス団長の言葉を聞いたガイ団長は、不審気な表情で彼を見つめてきた。

「カーティス、だがな、お前のその態度はどうしちまったんだ？　お前はいつだって礼儀正しくはあったが、そこまであからさまに迎合するような態度は見たことねぇぞ。しかも、フィーアに対してだけだなんて。よっぽど弱みを握られているのか？」

ガイ団長の質問を聞いた姉さんまでが、興味深そうにこちらを見つめてくる。

……そ、そうなのよね！

王都では慣れっこになっていたけれど、普通に見たらカーティス団長の私に対する言動は、騎士団長が一介の騎士にするものではないわよね。

王都にはクェンティン団長だとか、他にもおかしな言動をする団長がいるから、いつの間にか周りの騎士たちも当たり前に受け入れてくれていたけれど、確かに、ちょっと普通じゃないわね。

さて、どう言い訳したものかしらと考えていると、カーティス団長が何でもないことのように口を開いた。

「お前も知ってのとおり、私はサザランドを任地とする第十三騎士団長を拝命している」

「ああ？　そうだな」

突然始まった話の流れが見えないようで、ガイ団長は当たり障りのない相槌を打った。

カーティス団長はガイ団長の困惑など知らぬ風に、言葉を続ける。

「そして、あの地では、赤い髪に金の瞳のお姿の大聖女様が信仰されている。フィー様は式典に参加するためサザランドを訪問したが、その際、見た目の色合いから、サザランドの住民たちに下にも置かぬ歓待を受けた」

「なるほど！　確かにフィーアの髪は、聖女様の中にも類を見ないほど、見事なまでに赤いからな！　同じ色合いをしていることで、尊敬の対象になったという訳か」

カーティス団長の言葉を聞いたガイ団長は、納得するかのように大きく頷いた。

「ああ、そして、フィー様がサザランドを発つ際、住民たちからフィー様の護衛として付き従うよう、依頼を受けたのだ。そのため、私は大聖女様に接するような気持ちでフィー様に接している」

「ほほう、つまり、フィーアがお前の大聖女様ということか！　それは、見たこともないほど馬鹿丁寧な言葉遣いにもなるよな！」

面白い話を聞いたとでもいうように笑い出すガイ団長だったけれど、その発せられた言葉にどきりとさせられる。

わ、私がカーティス団長の大聖女だなんて、恐ろしい発言をするわね！

きっとガイ団長は何も考えずに話をしているのだろうけれど、真実をついているわ。

野生の勘恐るべし！　と思いながらガイ団長を見つめていると、カーティス団長が雰囲気を変えるかのように片手を上げた。

「お前の疑問は解消したな。フィー様に攻略されているのではないかとお前が思い込んだ私の言動も、理由を説明されると簡単なものだろう？　同様に、シリルをはじめとする騎士団長たちの、証かされているという言動にも相応の理由があるはずだ。そのことを理解し、今後は適切な礼節を以てフィー様に接するよう努めることだ」

「お、おう！　分かった！」

ガイ団長の言葉を聞いたカーティス団長は、小さく頷いた。

「……さて、ここからが本題だ。今回の訪問は元々、オリアに会いたいというフィー様の希望を叶えるためのものだったが、どうせならばと、シリルから業務を言いつかってきた。なんでも最近、この辺りの魔物が狂暴化しているので、増員騎士として対応するようにとの話だった」

「その通りだ！　『黒き王』が霊峰黒嶽に戻ってきたため、この地は現在、荒れに荒れまくっている！　それを増長させているのが、王自身だ。何を考えてるのか分からねぇが、これまでの孤高な態度から一転、宗旨替えをして、派手に立ち回り始めたんだよ。おかげで、ここら一帯の魔物の分布図がぐちゃぐちゃになって、誰もがてんやわんやだ！」

「というと？」

カーティス団長が何も知らない様子で続きを促す。

ガイ団長は片手を首の後ろにやると、後ろ頭を乱暴にかきまわした。

「霊峰黒嶽は昔っから、『黒き王』の棲み処だった。あの広い山全部を王が管理していて、他の竜は1頭だって上空を飛ぶことを許さなかった。ところがだ、幼生体として生まれ変わり、この地を離れていたはずの王が3か月ほど前に戻ってきて、他の竜たちを引き入れ始めたんだよ！　信じられるか？　黒嶽の上を、青竜や赤竜が飛んでいるんだぞ!?」

「なるほど」

「だから、あの山は今、荒れ放題だ！　強弱入り交じった魔物たちが、玉石混淆の様相を呈している。はじき出され、山から下りてくる魔物たちの対応に手一杯で、何が起こっているのかなんて探りようもない！」

「……なるほど。では、その役目を担わせてもらおうか」

「何だと？」

興奮しているガイ団長とは対照的に、カーティス団長は静かに言葉を差し挟んだ。

意味が分からないといった様子で顔をしかめるガイ団長を正面から見つめると、カーティス団長は落ち着いた口調で言葉を続ける。

「私とフィー様、それから、グリーンとブルーの4人で、これから霊峰黒嶽に向かう」

「……はあ？」

はっきりと言い切ったカーティス団長を、ガイ団長はぽかんとして見つめていた。

◇　◇　◇

「お前は何を言っているんだ!?」

ガイ団長は心底理解できないといった表情で、カーティス団長に食って掛かった。

「オレの話を聞いていなかったのか？　霊峰黒嶽には『黒き王』が戻ってきている！　生まれ変わったため、更に狡猾に強力になってだ！　その上、王はどういった理由でか、他の竜たちを招集し始めた！　そのため、強い魔物も弱い魔物も等しく山から弾き出されている！　あの山は現在、完全なる危険地帯だ!!」

「ふむ、だが、考えてもみろ。シリルが情報伝達ごときで私をこの地に送り込むか？　伝達の内容は、お前も昨日確認した通りだ。私が対応するレベルではない。しかも、お前を手伝えと言いながら、指揮系統は私に残してある。これでシリルの言葉通り、ただの増員部隊としての役割のみを果たして帰還したら、私はとんだ間抜け者扱いだろうよ」

カーティス団長がすらすらと、まるで真実であるかのように仮定の話を展開していると、ガイ団長は納得いかないといった様子で腕を組んだ。

「いや、そうでもないだろう？　シリルは決して、無茶なことを命じるようなやつではない。今の黒嶽に向かうのは自殺行為のようなものだし、シリルは絶対にそのようなことを命じないと思うぞ！」

カーティス団長はちらりとガイ団長に視線を送った。

「ガイ、お前は考えが不足している割に、人を見る目があるから厄介だな……」

「あ、何だって？」

「いや、こちらの話だ。お前の意見は拝聴した。が、私には独立指揮権があるので、好きに行動させてもらう。お前の団員を借りるわけでもないので迷惑はかけない」

カーティス団長の言葉を聞いたガイ団長は、カーティス団長をじろじろと眺め回すと、言い聞かせるかのような声を出した。

「あのな、カーティス、確かにお前は以前見た時と比べると、だいぶ体が作り込まれているが、相手は『黒き王』だぞ？　半年ほど前にクェンティンが王探索のためにこの地を訪れ、黒嶽に踏み入ったことがあったが、従魔付きの騎士たち100名から成る大部隊だった。しかも、現地の魔物には不慣れだからと、第十一騎士団からも多くの騎士を同行させ、人数はさらに膨れ上がっていた」

ガイ団長は一旦言葉を切ると、ギロリとカーティス団長を睨みつけた。

「結局王には会えなかったが、あの山に入るにはそれくらいの準備が必要だ。しかも、その当時と比べても、王は戻ってきているし、竜は集結しているし、状況は悪化しているんだぞ！」

ガイ団長は興奮してきたのか、最後には怒鳴るような大声になっていた。

その声に呼応するかのように髪は逆立ち、元々の目つきの悪さとも相まって、まるで怒っているかのような様子だったけれど、ガイ団長が心配していることを正確に感じとったカーティス団長は、安心させるかのように片手を上げた。

「お前の心配はもっともだが、私の目的はクェンティンと異なり、王を捕えようというものではない。もっと友好的だ」

「いや、お前がそのつもりでも、相手がそうとは限らねぇだろ。老獪《ろうかい》で百戦錬磨の『黒き王』だぞ？　問答無用で攻撃されても不思議はねぇ」

物分かりの悪い子どもに言い聞かせるかのように言葉を紡ぐガイ団長を見て、私はこてりと首を傾げた。

……ええと、ガイ団長は一体、誰のことを言っているのかしら？

『黒き王』というのはザビリアのことだろうけれど、それにしては話がおかしい。

確かにクェンティン団長やギディオン副団長への対応を見るに、ザビリアが少々無礼な態度になることはあるけれど、基本的には優しい良い子だ。

だというのに、まるで言うことを聞かない狂暴な魔物のように表現されているなんて。

どうやら、だいぶ脚色されて話が伝わっているようだ。

考えてみれば、私だって「魅惑の赤魔女」なんてガイ団長に呼ばれたくらいだから、噂話なんてものが全く当てにならないことは、身をもって体験済みだ。

ザビリアったら、かわいそうに！　凶悪で狂暴な魔物に仕立て上げられているわよ。

そう思い、私は気を取り直すように小さく首を振った。

「大丈夫ですよ、ガイ団長。危険だと思ったら、すぐに引き返しますから。私は自分の目で、姉さんが勤務している場所を見てみたいんです。もしも姉さんに付いてきてもらったら、強くて優しい姉さんから過度に保護され、実際の霊峰黒嶽がどんなものかを体験できないままでしょうから、現地の騎士の助力なしに登山したいんです」

「いやいや、お前もか、フィーア！　どうして王都勤務の連中は、誰もかれもが救いようがないほど無鉄砲なんだ？　あるいは、ものすげぇ自信家なのか!?　オリア、頼むからお前の妹を説得してくれ!!」

助けを求められたオリア姉さんは、朗らかに微笑んだ。

「『黒き王』とフィーア……。そうですね、案外相性がいいと思いますよ。王はフィーアに敵対的ではないでしょうし、あの山全体は王が管理していますから、フィーアに危険はありません」

「……は!?」

間違いなく常識人である姉さんの口から、一見無謀な私の提案を肯定する言葉が紡がれたため、ガイ団長はぽかんと大口を開けて姉さんを見つめた。

……そうだったわ。

成人の儀の際、ザビリアと従魔の契約を交わしたことを、姉さんは知っているんだった。

そして、私の心配をしてくれつつも、挑戦することを適度に認めてくれる姉さんなら、私の行動を肯定してくれることに不思議はない。

ああ、やっぱり私の姉さんは理想の姉さんだわ！　と嬉しくなっていると、ガイ団長が信じられないといった声を上げた。

「なんてことだ、そうきたか！　オリアはとんでもねぇ妹思いで、妹可愛さに現実が見えなくなるタイプなのか！　よし、オリア、任せとけ！　お前の妹はオレが守ってやる」

「「「え⁉」」」

ガイ団長を除く、その場にいた全員の声が重なる。

けれど、誰よりも素早く、姉さんが呆れたような声で続けた。

「ガイ団長、何を寝とぼけたことを言っているんですか！　団長は今日も明日もスケジュールがぎっしり詰まっているので、同行する時間的余裕はありませんよ！　私の妹には立派な騎士が3名同行しますから、問題ありません」

「いや、だが、お前の妹のピンチをオレが救ったら、お前はオレをカッコイイと思うだろう⁉」

ガイ団長は慌てた様子で立ち上がると、真剣な様子で姉さんに質問をした。

対する姉さんは、考え込むかのように腕を組む。

「難しい質問ですね。そのような場面があれば、間違いなく感謝はするでしょうけれど、団長をカッコイイと思うかと問われると、……分かりません、としか答えようがないですね」

「な……っ！　や、やはり顔なのか？　オレには男前度が不足しているのか!?　オリア、最終的に必要になるのは腕力だ！　顔面偏差値の高さじゃねぇ!!」

「……何というか、ガイ団長を団長候補として推薦した先代騎士団長の懐の広さを、改めて目の当たりにした気分ですよ」

そう言って溜息をつくと、姉さんはそれ以上ガイ団長を相手にすることなく、私に向かって意味あり気に微笑んだ。

「ふふ、フィーア、今回のあんたの訪問目的が分かったわよ。私に会いにも来てくれたんだろうけれど、同時に、可愛い王に会いに来たってところかしら？　だけどねえ、フィーアにとっては可愛らしい王かもしれないけれど、ここでは全ての魔物に影響力を持つ絶対君主だから、あまり暴れすぎないよう頼んでくれると助かるわ」

もちろん、私が姉さんの頼みを断るはずがない。

「分かったわ、姉さん！」

元気よく肯定すると、姉さんはにっこりと微笑んだ。

それから、皆で今後の予定について確認し合った。

簡単にまとめると、カーティス団長、グリーン、ブルーと私の4人で霊峰黒嶽を探索するけれど、1週間を過ぎても下山しないようならば、ガイ団長が捜索隊を手配するとのことだった。

そこまで決まると話は早く、昼前には砦を出発することができた。

馬に乗り、意気揚々と霊峰黒嶽に向かったのだけれど、――遠くから眺めるその山は、恐ろしい威容をしていた。

緑に覆われた部分もあるのだけれど、多くは削り取られたようになっており、ごつごつとした岩肌が見える。

黒嶽と呼ばれるだけあって、その山は周囲の山々と異なり、黒い色をしていた。

目の前の緑の木々との対比もあってか、遠くに見える黒色の山肌に本能的な恐怖を覚える。

――自然にある黒は、特別な色だ。

警告色。

『――圧倒的な強者のため、近寄るな――』

弱者が自身の安全を確保するためではなく、圧倒的強者が弱者に煩わされたくないがために示す特別な色――それが黒色だった。

纏うことを許されるのは、ほんの一握りの存在だけ。

この世界に黒い鳥は存在しない。翼持ちの黒い魔物は黒竜だけだ。

では、地上に存在する黒いモノは？

――一つは魔人。黒髪黒瞳の強きモノ。

そして、定義された存在はそれだけ。

その他に存在する黒い魔物は、何かを獲得して自ら進化した、選ばれた個体のみだ。

そう考えていると、何かがふっと頭をよぎった。

「あれ、そういえば、……サヴィス総長は完全なる黒髪黒瞳だわ……」

たとえば、クェンティン団長だって黒い髪色をしているけれども、一部は茶色がかっているし、瞳は明るい色をしている。

ガイ団長も金髪の部分がほとんどで、黒い髪色はメッシュになっている部分のみだ……

「んんんん?」

何かが浮かびそうな気がして、大きく首を傾げたけれど……結局、何も浮かばなかったため、私は至極もっともな結論を出した。

「つまり、サヴィス総長は魔人と同じくらい、強いということね!」

ふふふ、強い騎士団総長に仕えられて、私は幸せだわ!

……独り言を呟きながら、私はそんなことを考えたのだった。

37　霊峰黒嶽1

霊峰黒嶽の麓に着いてみると、結構な急斜面だということが分かったため、私たちは馬を置いて歩いて登ることにした。

馬に括り付けていた荷物を降ろそうとすると、三方から手が伸びてきて、それぞれに私の荷物を持ってくれる。

「え？　あれ、私が持つ分がないんだけど？」

困った思いで質問すると、「喉が渇いたり、腹が減ったりした時は言えばいい」とグリーンから返された。

いやいやいや、私は何かを食べたり飲んだりしながら歩きたいがために、発言した訳じゃないから！　グリーンの中で、どれだけ私は食いしん坊なイメージなのかしら。

そう不満に思っていると、何を勘違いしたのか、ブルーが紙に包まれた小さなお菓子を差し出してきた。

「フィーア、機嫌を直して。ほら、歩きながらつまめるお菓子をあげるから」

……まあ、ブルーまで！　ふん、いいですよ、そっちがその気なら、あなた方のイメージのまま、お菓子を食べるというものだわ！

そう思い、お菓子を口にした私だったけれど、あまりのおいしさに、ふふふと笑い声が零れる。

それを見た3人が、『やっぱり甘味が足りてなかったんだな』とばかりに、納得した様子で頷いていたけれど、……いや、違うから、私の方が乗っかったんだからね！

そう主張したかったけれど、大人な私は黙って言葉を飲み込むことにした。

ふふふ、この場で一番大人なのは、私のようね！

「……ところで、カーティス、あなたは道順が分かっているのかしら？」

しばらく山道を歩いた後、先頭を歩いているカーティス団長に、私はそう声を掛けた。

迷う様子もなく、黙々と先を目指しているカーティス団長を見て、そういえば目的地が分かっているのかしらと心配になったからだ。

霊峰黒嶽にザビリアの棲み処がある、ということさえ分かっていれば何とかなると考えていたけれど、実際に黒嶽に来てみると、その広大さに驚かされた。

そうよね、山だもの、大きいわよねと思いながらも、一方では、この大きな山の中で、どうやってザビリアの棲み処を見つければいいのかしら、と心配になる。

カーティス団長は足を止めると、振り返って口を開いた。

「クェンティンから黒竜の棲み処についての情報を得ております。頂に近い場所に横穴があり、以前はそこを棲み処としていたようですので、同じ場所を目指しているところです」

「な、なるほど！」

言われてみれば、クェンティン団長は実際にザビリアの棲み処を訪問したことがあるんだったわ。そうよね、クェンティン団長に教えてもらうという方法があったわよね。思い付きもしなかったけれど。

そう感心していると、当のカーティス団長が軽く肩を竦めた。

「とは言っても、結局のところ不要な情報であったようですが」

「え？」

言われた意味が分からずに問い返すと、グリーンとブルーがはっとしたように体を緊張させるのが見えた。

2人は警戒するように辺りに視線を走らせると、無言で佩いていた得物に手を掛ける。

「えっ!?」

山に分け入ってそう時間も経っていないというのに、もう魔物が出たのかしらと、2人が見つめている前方に目を凝らすと、木々の隙間に赤い色が見えた。

「え、な、何、赤色の魔物？」

まだはっきりと視認できる距離ではないため、全体像を把握できないけれど、木々の先から頭のようなものが見えているので、魔物だとしたら大型の部類に入るものと思われる。

咄嗟に腰の剣に手を掛けると、カーティス団長から安心させるような声が掛かった。

「問題ありません、フィー様。確かに魔物ではあるようですが、敵意はありませんので」

「え？　敵意のない魔物なんているのかしら？」

信じられない思いでカーティス団長を見上げると、彼は小さく肩を竦めた。

「私も初めての経験ですが、……そうですね、従魔の部下という立ち位置ならば、あり得るのかもしれません」

「じ、従魔の部下!?」

え、それはつまり、ザビリアの仲間ということかしら？

そう思いながら、警戒心なくすたすたと前進するカーティス団長の後を、恐る恐るついていく。

グリーンとブルーはさり気ない様子で私の左右に位置すると、そのまま歩を進めていった。

しばらく歩くと、周りの木々がなぎ倒された一角があり、その倒れた木々を踏みしめる形で、1頭の赤竜が直立していた。

「せ、赤竜！」

驚いて、思わず声を上げる。

黒嶽の上空には赤竜が飛んでいると、ガイ団長から聞いてはいたけれど、自分の目で見るのでは驚きが異なった。

5メートルはあろうかという深紅の竜が、美しい鱗を惜しげもなく晒し、堂々と目の前に立っている。

赤竜は火口付近にしか棲まない竜のはずだ。それなのに、活火山ではない黒嶽に棲みついているとしたら、よっぽどのことだ。

けれど、驚く私とは異なり、カーティス団長は全く気にならない様子で赤竜の横に並ぶと、小さく頷いただけで、その横を通り過ぎて行った。

赤竜は従順な様子で、直立したまま、カーティス団長や私たちが通り過ぎるのを眺めている。

「カ、カーティス、あの赤竜は一体なぜ、あそこに立っているのかしら？」

恐る恐る通り過ぎた後、小声でカーティス団長に尋ねてみると、小さく肩を竦められた。

「恐らく道案内のつもりでしょう。フィー様の到着を待ちきれない黒竜が、フィー様が迷わないようにと、道道に魔物を配置しているものだと思われます」

「えっ!?」

カーティス団長の言葉を聞いた私は、驚いて声を上げた。

ザビリアが私たちのために、竜を配置してくれた？

でも、私がザビリアを訪問することなんて、伝えてもいないのに！

そう考えたところで、あっ、そういえば、私が考えたことはザビリアに伝わる、と本人が言っていたことを思い出す。

ということは、私が訪問しようとしていることを、ザビリアは知っているのかしら？

そして、私が迷わないように、親切にも道案内役を手配してくれた？

まあ、何てザビリアは優しいの！

嬉しくなった私は、笑顔でカーティス団長を振り仰いだ。

「従魔ってすごい便利なのね!!」

「今回のケースが特殊なだけです。黒竜の能力が突出して高いがために、彼《か》の者にできることが多すぎるのです。加えて、あなた様に従順なため、能力を出し惜しむこともない」

「ふ、ふうん……」

確かに、ザビリアは黒色だものね。

警告色を纏うことができる進化した個体のはずで、だからこそ、他の魔物にはできないような多くのことができるというのは納得だわ。

私は理解したという風にこくこくと頷いたけれど、両隣にいたグリーンとブルーにとっては理解し難い光景だったようで、２人とも「信じられない」と小さく呟きながら、震えるような息を吐き出していた。

ありがたいことに、カーティス団長の予想通り、それ以降の私たちの進路には、一定の間隔で竜が佇んでいた。

「まあ、これじゃあ全く道に迷う心配はないわね！　何て至れり尽くせりなの」

感心したように呟くと、グリーンから困惑したように返された。

「いや……、フィーア、至れり尽くせりという話じゃ、もはやねぇぞ。これは、新たなる従魔の仕組みを解明するような、先進的な光景だ。従魔の支配が、従魔が従える他の魔物にまで及ぶなんて話、聞いたこともねぇからな。……フィーア、オレは純粋にお前を手伝おうと思って付いてきた。そこに嘘はないのだが、これではまるで、……オレが王国の秘密を盗みに来たと疑われても仕方がない状況だ」

真剣な表情で言葉を続けるグリーンがおかしくて、私はふふふと笑い声を上げた。

「ええ？　グリーンがそんなことをするはずがないじゃない！　そもそも王国の秘密なんて、何もないんだから。私は私の従魔に会いに来ただけだし、あの子がお友達を揃えて私たちを歓迎してくれているという、それだけの話だもの」

「フィーア、お前はすげぇな……。絶対にそんな単純な話ではないというのに、お前の手にかかると、いとも簡単な話に変換されてしまうんだな。いや、女神仕様ならばそうかもしれないが、オレは人間だから、人間の話をさせてくれ」

グリーンは大きく溜息を吐くと、意味不明なことを言い出した。

困惑した私は、説明を求めるようにブルーを見つめる。

「……女神？　ブルー、グリーンが訳の分からないことを言い出したわよ。もしかして、グリーンが落ち着いて見えるのは見せかけで、本当は恐怖で錯乱しているのかしら？」

ブルーはぱちぱちと瞬きをすると、居心地が悪そうに咳払いをした。

「ああ、いや、うん、そうだね。こんなに多くの竜を見たのは初めてだから、兄さんは錯乱しているのだろうね。旅始めの決意を忘れてしまっているようだから。……そうだろう、兄さん？　フィーアを女神として扱わないことにしたんだよね？」

ブルーの言葉を聞いたグリーンは、はっとしたように目を見開いた。

「そうだったな！　フィーア、オレの発言は気にするな。つまり、『女神の加護がありますように』との帝国のまじないだ」

「ふうん？」

そういえば、グリーンとブルーは帝国出身で、帝国は女神信仰の強い国だったわねと思い出す。

生活の中心に女神への敬愛があって、色々な言い回しに「女神」を使用するのかもしれないわ。

「ふふ、グリーン、素敵なまじないね。では、『私の可愛いザビリアに女神の加護がありますように！』」

「その新たな名前はお前の従魔……、なのだろうな。ははっ、この地で色とりどりの竜たちを従える魔物がお前の従魔か。一体何者なのかと聞く必要もねぇな、……は、は、そうか、お前については、もう何があっても驚かねぇと決めていたが、無理な決断だったな！　規格外の……」

冷静なグリーンにしては珍しく、何事かをぶつぶつと呟き始めたけれど、彼は最後まで言葉を続けることができなかった。

なぜなら次の瞬間、どん！　という大きな音とともに一つの物体が空から垂直に落ちてきたからだ。

地面が揺れるほどの衝撃とともに、辺りの岩や石が飛び散り、砂埃が舞い上がる。

カーティス団長が咄嗟に私の前に立ちはだかってくれたので、私は傷一つ負わなかったけれど、彼自身に大小幾つもの石が当たったことは音で分かった。

「カーティス、大丈夫!?」

確認するように声を掛けたけれど、カーティス団長は返事をすることなく、私を庇うような形で立ち尽くしていた。

もうもうと立ち込める砂埃の中から、一つのシルエットが浮かび上がる。

人の何倍もある大型の体格と、翼のような輪郭が埃の中にうっすらと見えた。

一瞬、その大きさからザビリアかと思ったけれど、ぎらりと光る瞳の色も鋭さも、一目で分かるほどにザビリアとは異なっていた。

——砂塵の中から姿を現したのは、10メートルはあろうかという灰褐色の竜だった。

◇　◇　◇

まあ、ザビリアと同じくらい大きな竜ね！

突然の出現に驚きはしたものの、その姿の立派さに感心して見とれていると、視界を塞ぐ砂塵の中、ぎらりと光る双眸《そうぼう》が見えた。

「フィー様！」

カーティス団長に注意されるまでもなく、竜の瞳に光るのは敵意だと気付かされる。

身構えるよりも素早く、灰褐色の竜はかぱりと口を開くと、炎を吐き出してきた。

以前ザビリアが発したような勢いのあるものではなかったものの、炎を吐く竜など間違いなく上位種だ。

炎は2メートルほどの幅を持ち、私へ向かって一直線に向かってきた。

炎の移動速度は人間の移動速度より遥かに速い。一撃で仕留めにかかっていることが分かる攻撃だった。

避けられないな、と思った私は迫りくる炎へ向かって片手を伸ばすと、防御魔法を発動させる。

「『対炎防御盾』！」

炎なら炎、水なら水と、防御対象を限定して発動させる方が、何倍も簡単な魔法で済む。

そのため、炎の防御に特化した魔法を展開させる。

私の声に呼応するかのように、広げた掌から、直径5メートル程の魔法の盾が出現した。

その盾は竜の炎に触れた瞬間、撥ね返すかのような半球形に変形して、そのまま炎を防ぎ続ける。

片手が受ける重みを確かめながら、悪くない炎ね、と思っていると、グリーンが駆け寄ってきて、私の前に盾をかざした。

けれど、グリーンは目の前に現れた魔法の盾が目に入ったようで、ぎくりとしたように全身を強張らせる。

……完全に魔法を見られているわよね、まずいかしら、とグリーンの様子を見守っていると、彼はふはっと空気を吐き出し、興奮したような声を出した。

「ははっ、また新しい魔法だと!? たった一人でこの炎を防ぐなんて、恐れ入るな! 毎回、毎回、驚くことしかできやしねぇ!!」

咄嗟にまじまじと見つめると、グリーンは発した声同様に興奮したような表情をしており、魅せられたように魔法の盾を見つめていた。

その表情には、昂《たかぶ》ったような感情が見え隠れしているけれどそれだけで、そして、グリーンのすぐ隣にいるブルーも同様の様子だった。

私は魔法の盾を構えていない方の手を握りしめると、やっぱりそうなのね! と、心の中で喜びの声を上げた。

王都を出発する際にカーティス団長から、『フィー様は再び呪いに侵され、聖女の力が使えるようになったことを全員で納得しました』と言い渡されてはいたけれど、そして、カーティス団長の言葉なら間違いないだろうと思ってはいたけれど、心のどこかで『本当に大丈夫なのかしら』と心配していたのだ。

ガザード辺境伯領の入り口付近の山々とは異なり、黒嶽には魔物がうじゃうじゃいるという。

そんな山に分け入るのであれば、ザビリアが全ての魔物をコントロールできるはずもないから、今度こそ戦う場面があるだろうなという気はしていたのだ。

一方で、実際に私が聖女の力を行使した場合、グリーンとブルーは本当に納得してくれるのだろうかと心配もしていた。

けれど、２人の様子を見る限り、杞憂《きゆう》だったようだ。

私の魔法を目の前で見ても、当然のように受け入れてくれているのだから。

ああ、この２人が単純にできていて、よかったわ！

そう胸を撫で下ろしていると、グリーンからさり気ない様子で問いかけられた。

「……それで、フィーア、どうするつもりだ？　この竜を倒せばいいのか？」

少々顔が引きつっているので、はったりをきかせている部分もあるのだろうけれど、それでも豪気な台詞を吐くグリーンを見て、あらあら、杞憂どころか、私は大船に乗っているのかしら、と頼もしい気持ちになる。

この大型の竜を前にして、逃げ出さないだけでも大したものだわ。

そもそも竜はＳランクの魔物で、１００名の騎士での討伐が基本形だ。

けれど、目の前の竜は赤竜や青竜といった分類に当てはまらない灰褐色をしているうえ、体長も通常より大きく、基本形の竜の分類にも当てはまらない。

つまり、特別な成長をしたか、変異種のどちらかで、炎を吐くことからも上位種に当たる竜なのだろうけれど……

私は思い当たることがあり、困った思いで目の前の竜に視線を定めた。

これほどの見事な竜だ。多くの竜が集まる中にいても、存在は突出しているだろう。

そして、この山にいることから、……ザビリアの仲間に違いない。

だとしたら、ちょっとばかり跳ねっ返りだとしても、攻撃することは絶対にできないわよね。

なんとか引いてくれないかしら、と頼むような視線を送ったけれど、灰褐色の竜は爛々と瞳をぎらつかせて、炎の勢いを増してきただけだった。

盾を支えている片腕がびりびりと震える。

……無理ね、戦う気満々でいらっしゃるわ。うーん、倒さずに、戦意を喪失させるには……と、そう考えて動けずにいたところ……、空に黒点が見えた。

もしかして、と思い、目を眇めて見つめていると、黒点はぐんぐんと大きくなり、あっという間に見慣れた竜の姿になっていく。

そのまま見つめていると、黒い大型の竜は優雅な仕草で、ふわりと目の前に降り立った。

勢いよく風は吹いたものの、どういう訳か、灰褐色の竜が舞い降りた時とは異なり、衝撃音もなければ、石や岩も舞い上がらない。

――――次の瞬間、目の前にいたのは、それはそれは、美しい竜だった。

黒を纏うことを許された選ばれた個体であると同時に、誰よりも大きく育つことができた、強くて美しい私の……

「ザビリア！」

久しぶりに会えたザビリアが健康な体を保っていて、元気そうでいることが嬉しくなり、大きな声で名前を呼ぶ。

すると、ザビリアはふふふっと笑い、翼を大きく広げると、可愛らしく首を傾けた。

「フィーア、あなたから会いにきてくれるなんて、こんな喜びがあるんだね。霊峰黒嶽へようこそ、心から歓迎するよ」

ザビリアは前に見た時よりも更に大きくなっており、広げられた翼が陽の光を浴びてきらきらと煌めいていた。

折れたはずの角が1本、額の中心から以前と同じように生えていて、王者としての風格を身につけつつあるように見える。

「ザビリア、会いたかったわ！」

可愛らしい声を聞けたことが嬉しくなり、思わず走り寄ると、お腹のあたりにぼふんと抱き着いた。

すると、ザビリアは首を曲げてきて、私の頭にこつりと自分の額を合わせる。

「相変わらず元気だね。フィーアが僕のことを忘れないうちに、フィーアのもとに帰るって約束したはずだけど、……もしかして僕が遅すぎたから、フィーアは僕のことを忘れそうになって、会いにきてくれたのかな？」

　ザビリアが会話遊びのつもりで、誤解した振りをしていることは分かっていたけれど、慌てて言い返す。

「勿論、違うわよ！　ザビリアに会いたくなったから、来ただけよ！」

「そうか、会いたいって理由だけで、こんなに遠くまで来てくれたんだ。ありがとう、フィーア」

　嬉しそうな声を出すザビリアを見て、私も嬉しくなってふふふと笑う。

「ザビリアが元気そうで安心したわ！　お仲間の竜もたくさんできて、良かったわね。赤竜に青竜、灰褐色の竜まで！」

　笑顔でザビリアに話しかけると、どういう訳か嫌なことを思い出したとばかりに口を歪められた。

「ああ、そうだったね。灰褐色の竜は、……果たして僕の仲間なのか、分からなくなってきたところだよ」

　そうして、ザビリアは少し離れた先で縮こまっている灰褐色の竜に首を向けたのだけれど、発せられた声は今までの可愛らしいものではなく、底冷えがするような凍てついたものだった。

「それで？　僕の主を迎えに行ったはずのお前が、どうしてフィーアに炎を吐いたんだ？」

　ザビリアの言葉を聞いた私は、ああ、そうだったわ、灰褐色の竜から攻撃されたのよねと思い出す。

　ザビリアが灰褐色の竜に私を迎えに行かせたつもりなのだとしたら、随分と乱暴な対応だわ。

そう考えながら灰褐色の竜を見つめると、首を竦め、できるだけ体を小さくして、硬直したように動きを止めていた。

そういえば、先ほどザビリアが舞い降りてくるのを見た瞬間、この灰褐色の竜は「グエェ！」と断末魔のような叫び声を上げて、ぱくりと口を閉じたのよね。

そして、慌てて後ろに下がると、できるだけ視界に入らないようにと身を縮こまらせていたのだわ。

私たちを攻撃したことを隠そうとしているのかもしれないけれど、それくらいで私の賢いザビリアが誤魔化されるとは、とても思えないのだけれど。

一体どうするつもりなのかしら、と注目していると、ザビリアに詰問された灰褐色の竜は、瞳をきょろきょろと不安気にさまよわせていた。

その様子を見て、あれ、この子は本気で困っているのかしらと、少し可哀そうになる。

けれど、ザビリアには同情する気持ちなど一切ないようで、灰褐色の竜の挙動不審な様子を気にすることなく言葉を続けた。

「ゾイル、僕はお前に聞いているんだけれど？」

すると、ゾイルと呼ばれた灰褐色の竜はびくりと体を引きつらせた後、素早い動作で頭とお腹と両手を地面に着け、伏せるような姿勢を取った。

尻尾までもがぺたりと地面に着けられ、完全降服の姿勢が取られている。

その表情は、しょんぼりとしょげ返ったものだった。

……まあ、ゾイルはザビリアが好きなのね。だから、怒られて落胆しているのだわ。

大きな図体でしょげ返る竜の姿が寂しそうに見え、思わず言葉を差し挟む。

「ええと、ザビリア、私には竜の流儀は分からないけれど、もしかしたら灰褐色の竜の歓迎方法は、お客様に炎を吹きかけることかもしれないわ」

「うん、なるほど。ということは、ほとんど全ての客人は、訪問した途端にゾイルの家の料理になって、皿に載せられるということだね」

「えっ!?」

言われてみれば確かに、普通はあの炎を防ぐことができないから、丸焼けになるわよね。

駄目だわ、そんな家を訪問する人なんていなくなるわよ。

「ゾ、ゾイル、余計なお世話かもしれないけれど、その歓迎方法は改めた方がいいかもしれないわね」

さり気なくアドバイスをしてみたけれど、ゾイルからはギロリと睨まれただけだった。

……ま、まあ、そうよね。

竜種は高ランクの魔物だから、元々プライドが高いものだけれど、ゾイルは体色も体長も通常の範囲には収まらないから、特別な個体であるはずだ。

そもそも竜から見たら、人間なんて短命種は対等に並べる関係ではないはずだから、特別な竜であるゾイルからしたら私は物の数にも入らないのだろう。

そういう意味でいくと、ザビリアはよく私を受け入れてくれたわよね。

黒色の竜であるというのに、物分かりが良くて、懐が広い良い竜だわ。

そう考えていると、ザビリアは再び凍ったような声を出した。

「話がややこしくなるから、お前の歓迎方法については割愛するけれど、いいか、ゾイル、フィーアは僕の主だ。次にフィーアに対して敵意があると僕が見做す行動を取ったら、お前を排除するから。……というか、本来なら、今すぐ排除したいんだけれど、主に見られちゃったしな。僕の主はお前を排除することを許してくれないだろうな……」

言いながら、ザビリアが判断を仰ぐかのように私を見つめてきたので、ぶんぶんと首を横に振る。

ダメです、ダメです、可愛いザビリアは、排除なんて恐ろしいことをやってはいけません。

ザビリアの言葉を聞いたゾイルは、目に見えて体をぶるりと震わせると、体中に力を込めて、さらにべたりと地面に張り付いた。

完全に項垂れている。

そんなゾイルを一瞥すると、ザビリアは私に向き直り、申し訳なさそうに口を開いた。

「ごめんね、フィーア。僕が上手く竜たちを統制できていないから、危険な目に遭わせてしまって」

私はこれ以上ザビリアをしょんぼりさせてはいけないという思いと、これ以上ゾイルが怒られませんようにという気持ちから、できるだけ物事を小さく見せようと口を開く。

「だ、大丈夫よ！　全然、危ない目になんてあっていないから！　ゾイルの炎はザビリアの炎と比べると大したことないし、あれくらいなら、攻撃が始まってからでも十分防げるから」

「……そっか。ゾイルの炎はフィーアにとって、お遊びのようなものなんだね」

私の言葉を聞いたザビリアは、おかしそうにふふふと笑いながらゾイルを見た。

つられて私もゾイルを見ると、灰褐色の竜は先ほどの倍くらいしょげて、顔を隠すようにして地面に突っ伏していた。

◇　◇　◇

「まあ、ゾイルは本当にザビリアのことが好きなのね！　あなたが怒ったものだから、すっかりしょげ切っているわ」

ちょっとだけ可哀そうな気持ちになってザビリアに教えると、呆れたような表情で見つめられた。

「え、ゾイルの落ち込みの原因は僕だと思っているんだ？　ただの人間だと思っていたフィーアに完全に炎を防がれた上、全く相手にもならないと発言をされたことが原因だと思うけど？」

「まあ、ザビリアったら！　それこそただの人間ごときの発言を、偉大なる竜は気にしないわよ」

おかしそうに言い返すと、ザビリアは相変わらずだなとでもいうかのように首を傾けた。

「ふうん……。フィーアは健康を損なわない、最強の思考回路を持っているんだね。じゃあ、僕は偉大なる竜種だけど、フィーアの言葉が一番気になると言っておくかな」

それから、ザビリアは周囲に立ち尽くしている3人の男性を呆れたように見回した。

「それにしても、面白い面子《メンツ》を揃えたもんだね。滅多にないようなレアものだけを抽出してくるフィーアの手腕は、一種の才能だよね。それなのに、彼らの真価に気付いてもいないところが、フィーアの真にすごいところだよね。宝石を石ころのように扱う人物なんて、初めて見たよ」

「宝石？」

……みたいに綺麗な髪色をした男性たちではありますけどね。

「ふふ、ザビリアの表現は素敵ね！　『宝石のような男性たち』。まあ、確かにこの3人にぴったりだわ」

ザビリアを褒めるつもりで発言したというのに、当のザビリアは冷めた表情で、ちらりと流し目を送ってきた。

「すごいね、そこまで自分で発言しておきながら、まだ気付かないんだ。フィーアの問題は、能力が高すぎることだよね。ちょっとくらいの出来事では全く困らないから、周りに助けてもらおうだとか、周りに何ができるのだろうとか、思考を深めないことが、あなたを鈍感にしている原因じゃないかな」

「鈍感！　まあ、もちろん魔物からしたら、色々と感知能力は落ちるでしょうけど、そこは種族の違いということで勘弁してほしいわ」

そこはかとなく貶された気もしたけれど、ザビリアは0歳だから言葉を知らないのね、と見逃すことにする。

私から見逃されたザビリアは、おかしそうな笑い声を上げた。

「ふふふっ、そんな発想なんだ！　なるほど、種族の違いはどうしようもないよね。うん、フィーアは本当に最強の思考回路を持っているね！」

含みがあるような気もしないでもないけれど、褒められたことに間違いはない。

私はにこりと笑うと、お礼を言った。

「褒めてくれてありがとう、ザビリア！　ところで、そろそろ私の仲間たちを紹介させてちょうだい。それから、あなたの灰褐色の仲間も紹介してもらえると嬉しいわ」

けれど、私の言葉を聞いたザビリアは、異議があるとでもいうように口を歪めた。

「ああ、でも、僕はフィーアと共に全てを見てきたからね。あなたの仲間が何者かなんてことは、フィーア以上に分かっていると思うけれど。……こんにちは、カーティス、グリーン、ブルー」

自らの発言を証明するかのように、ザビリアがすらすらと紹介されてもいない私の仲間たちの名前を呼び上げるのを聞いて、まあ、そうだったわね！　と思い出す。

ザビリアは色々と便利にできているんだったわ。

そのため、今度は逆に、3人にザビリアを紹介できることが嬉しくなり、カーティスたちに向き直るとにこりと微笑んだ。

「では、３人に紹介するわね。私のお友達の黒竜よ」

何度もザビリアの名前を呼んだような気がしないではないけれど、遅ればせながら、むやみに従魔の名前を公開してはならないというクェンティン団長の教えを思い出し、『黒竜』という竜種で紹介する。

ザビリアの場合は1頭きりの黒竜だから、あながちおかしな紹介ではないはずだわ、と思いながら。

ザビリアに高い位置から見下ろされる中、初めに口を開いたのはカーティス団長だった。

「……これはまた見事な竜だな。最強の守護が付いていると、フィー様が自慢されるはずだ」

惚れ惚れしたようなカーティス団長の声につられて改めてザビリアを仰ぎ見ると、威風堂々とした黒竜が翼を広げて立っている姿が目に入る。

洗練されたフォルムに漆黒の色を纏った、見上げるほどに大きくて立派な竜だ。

確かに、初めてザビリアを目にしたら、この美しさに感動するわよね、と思っていると、私の心の声が聞こえたのか、カーティス団長が感銘を受けたような声を発した。

「角が生えた竜とは……、初めて目にしたな……！　生物の常識からいくと、肉食動物は決して角を持たない。角を持つのは、鹿や牛といった植物食動物だけだが、これほどの牙や爪を備えた黒竜が植物食ということはないだろう」

カーティス団長は考え込むかのように言いさすと、ザビリアの全身を興味深げに眺め回した。

それから、突然、はっとしたように目を見開く。

「……なるほど、フィー様が言われていたな！　王となる竜か！　獲物を狩るためではなく、仲間を、そして、フィー様を守るために角を獲得したというのか。何とも信じられないな、黒き竜ともあろうものが、フィー様のために生態を変えるとは!!　ああ、フィー様、あなた様は相変わらず何ということを成し遂げられるのか」

最後はかすれたように呟くと、カーティス団長はザビリアに対して丁寧に頭を下げた。

「お初にお目にかかる、王国騎士団に所属しているカーティス・バニスターだ。これまでフィー様を守護いただいたことについて、感謝申し上げる。私も誠心誠意、フィー様にお仕えし、お守りするつもりだが、千年を生きるという黒竜殿からすれば、若輩者ゆえ行き届かないところも多かろう。そんな私にとって、貴殿の存在は何よりも心強い。以後、お見知り置きいただきたい」

カーティス団長の丁寧な言動を目にしたザビリアは、意外そうな表情で口を開いた。

「思ったより謙虚だね。フィーアの守護の優先権を主張されるのかと思っていたよ」

カーティス団長は驚いたように伏せていた顔を上げると、苦笑した。

「まさか！　私にとって最も優先すべき事項は、フィー様をお守りすることだ。守護する者が増えることを否定することはあり得ない」

「ふうん、悪くない考えだね……」

ザビリアは満更でもなさそうな表情で呟いたけれど、その様子を見て、あれれ、と思う。

どうやらザビリアは、カーティス団長を気に入ったようだわ。

お友達がお友達を気に入るというのは、とってもいい気分ねと思っていると、今度はグリーンが一歩前に踏み出し、胸に手を当てて頭を下げた。

「グリーンとしか名乗らない無礼をお許しいただきたい。半年前にフィーアに救ってもらい、今回は、無理を言って同行させてもらった。オレには何ができるのかを見極めているところだが、……浅学菲才《ひさい》の身ゆえ、魔物が人語を話すことすら今まで知らなかった。オレが黒竜殿に対して不躾な対応をしたとしても、無知ゆえと理解いただき、指摘いただけるとありがたい」

「ええっ、グリーンが難しい言葉を話している!?」

驚きのあまり、思わず声を上げたけれど、なぜだか私以外の誰も驚いていない。

えええ、ちょ、グリーンってば、こんなに頭がよさそうな話し方なんて、していなかったわよね？

そう一人で首を傾げている私に構うことなく、ザビリアは僅かに顎を上げると、試すかのような口調で続けた。

「ふうん、あんたの立場でそんなことが言えるんだ？　そもそも、『唯一人』以外には頭を下げないよう、教育されているんじゃないの？」

ザビリアの言葉を聞いたグリーンは、はっとしたように目を見開いた。

「黒竜殿は……、物事を見通せるのか……」

……ああ、そう誤解するわよね。

ザビリアは私が体験していることを感知できるし、感情も共有できるってことを、グリーンは知らないのよね。

だとしたら、ザビリアが世界の全てを見通せるように思えるのかもしれないわ。

そう考える私の前で、グリーンは軽く頭を振った。

「いや、失礼した。黒竜殿の能力について詮索するつもりはない。……そうだな、そのような教育を受けはしたが、それを実践するかどうかはオレの裁量の範囲だ。オレが『唯一人』を敬うのは、その立場ゆえではなく、彼の者が敬うべき人間性を備えているからだ。つまり、オレの行動基準は、『唯一人』同様に敬うべき相手かどうかだけなのだが、……オレらが国で動けずにいた時期から、既にフィーアを守護していた黒竜殿を敬わないはずがない」

グリーンの言葉を聞き終わったザビリアは、諦めたような溜息を吐いた。

「……フィーアが集める人物って、癖があり過ぎて大変なんだけど、全員が全員とも悪くないよね。というか、規格外だよね。ホント、どうやったらこんなのだけ集められるんだろう」

「ふふふ、ザビリアったらグリーンも気に入ったのね！」

ザビリアの発言から、グリーンを気に入ったことを感じ取った私は、にまにましながらザビリアのお腹を撫でる。

すると、最後にブルーが緊張した面持ちで一歩踏み出し、口を開いた。

「初めまして、ブルーです。兄同様、家名を名乗らない無礼をお許しください。私ごとき、黒竜殿に語るべき言葉を持ち合わせてはいませんが、誠心誠意フィーアをお守りすることをお約束します!!」

「……うん、あんたたちは言葉の重みを知る立場にあるからね。その発言を疑うことはないよ」

ザビリアはそう言うと、ふうと溜息を吐いた。

「ああ、もうフィーアったら、僕がいない間に何人もの人間を簡単に付き添わせているから、彼らを見極めてやろうと思ったのに、……全員が全員ともに文句の付けようがないなんて、嫌になっちゃうな！」

それから、ちらりとゾイルに目を向ける。

「片や僕の仲間とやらはどうだろうね？　……じゃあ、紹介するよ。こちらは灰褐色の竜だ。生まれた時からこの色らしいから、変異体だね。僕と他の竜たちの間に位置する上位種になる」

◇　◇　◇

ザビリアの紹介を聞いた私は、はっとして声を上げた。

「そ、そうよね、『灰褐色の竜』という紹介が的確よね！　私とゾイルは従魔の契約をしているわけではないのだから、名前を呼んではいけなかったんだわ！」

さすがだわ、ザビリア。

従魔は契約主以外から名前を呼ばれることを嫌がると、クェンティン団長に指導を受けていたけれど、従魔以外の魔物に当てはまるとは思い至らなかった。

ゾイルの性質が当初の印象よりも穏やかで、名前を呼んでも怒らなかったから、気付きもしなかったわ！

新たな発見をした思いで嬉しくなった私は、にこりとしてザビリアを見つめたのだけれど、当のザビリアは納得がいかない様子で首を傾けた。

「いや、フィーアがゾイルを名前で呼ぶことは問題ないよ。僕と契約している以上、僕の部下にも契約が継承されるんだから」

「へ？　ザ、ザビリアったら恐ろしいことを言わないでちょうだい！　そんなルールは聞いたこともないわ」

ザビリアがとんでもないことを言い出したので、驚いて否定する。

けれど、ザビリアは何でもないことのように肩を竦めた。

「そう？　じゃあ、僕が今作ったということで」

「そんなルールを勝手に作ってはいけません！」

子どものようなことを言うザビリアを叱りつけていると、ゾイルが居心地悪そうに身動きをした。

「あら、灰褐色の竜さん、ごめんなさい。あなたの紹介の途中だったわね」

考えを改め、体色にちなんで丁寧に呼んでみたのだけれど、ゾイルは不満そうに小さく鼻を鳴らした。

それを見たザビリアが、ほらね、といった様子で小さく尻尾を振る。

「僕の名前を呼ぶフィーアから名前を呼ばれないことは、『名前を覚えてもいないその他大勢』として扱われることだから、ゾイルは心情的に納得いっていないみたいだよ。まあ、フィーアの好きなようにしたらいいけど」

そう言うと、ザビリアは僅かに体をかがめた。

「僕は普段、山頂付近で暮らしているのだけれど、フィーアがよければ案内するよ。背中に乗っていく？」

「まあ、楽しそうね！」

思えば、ザビリアの背中に乗るのは、成人の儀で出会った際に、ルード家まで送ってもらった時以来だ。

あの頃に比べると、ザビリアは別の竜かと思うほど大きく立派になっているけれど、私の可愛いザビリアであることに変わりはない。

ああ、いいえ、可愛くて、強くて、優しいザビリアだったわね、正確には！

そう自慢に思いながら、ザビリアに質問する。

「カーティスとグリーンとブルーも乗せていってもらえる？」

ザビリアの良さは付き合うほどに分かるから、皆がザビリアを知ることで、より好きになってほしいと考えたがゆえの質問だ。

けれど、私の心情を理解しているはずのザビリアは、答えるまでに一拍の間《ま》を空けた。

「……フィーアが望むなら」

その間をどう思ったのか、ブルーが取りなすような声を上げる。

「フィーア、もしよければ、私と兄さんは灰褐色の竜に乗せて行ってもらうよ。あるいは、自分の足で山頂まで登ってもいいし」

まあ、ブルーは空気を読むタイプね！

そう感心していると、空気を読まないタイプの元護衛騎士が、当然のように口を開いた。

「私はフィー様とご一緒しよう」

さすがだわ、カーティス。

久しぶりに会ったザビリアが、私を独占したい気持ちでいることくらい気付いているだろうに、完全に無視して、自分の要望を押し通すやり方はいっそ清々しいほどだわ！

そう呆れた気持ちで眺めていたけれど、鈍感な元護衛騎士は私の気持ちに気付くことなく、前言を撤回しなかったので、カーティス団長の要望通り、二手に分かれて移動することになった。

その後、それぞれの竜に乗るために荷物を整理していると、無意識といった様子で、グリーンとブルーが大きな溜息を吐いた。

「「…………はあ」」

　それから、2人ともにそのまま疲れたようにがっくりと肩を落としたので、もしかしたら竜に乗ることに緊張しているのかしら、と心配して声を掛ける。

「グリーン、ブルー、大丈夫？　竜に乗ることが心配なのかもしれないけれど、そんなに怖くはないと思うわよ。以前、ザビリアに乗せてもらったことがあるけれど、そう高くは飛ばなかったし、揺れなかったから」

　口に出した途端、あ、しまった、面と向かって「黒竜」ではなく「ザビリア」と発言してしまったわと思ったけれど、2人は気付いた様子もなく、否定するかのように首を振った。

「いや、フィーア、そうじゃねぇ。オレらは竜に騎乗することを恐れていたわけではなく、現状を見つめ直していただけだ。つい先ほどまで、灰褐色の竜を倒そうと対峙していたはずなのに、一転して、騎乗する状況に陥っている。一体何が起こったんだと、少しばかり混乱しているところだ」

　グリーンの言葉を聞いた私は、首を傾げる。

「え、それは、ゾイルがザビリアの仲間だと判明したからでしょう？」

　ゾイルがザビリアの仲間だったから、対決する必要がなくなり、仲良くなれたということで、簡単な話だと思うけれど？

　そう当然の答えを返すと、グリーンからはもどかしそうに大きく手を振られた。

「その通りだが、そうじゃねぇ。オレの言いたいことは、竜の頂点にいる黒竜を手懐けるなんぞ、お前はどんだけすげぇんだってことだ！」

え、ここで再び、従魔にした時のザビリアは大怪我をしていたから……、と説明すべきかしら？

と、考えていると、今度はブルーが口を開いた。

「ナーヴ王国の守護獣は黒竜だよね。勿論、フィーアは全て承知の上で、王国にとって最も効果的な魔物を従魔にしたのだろうけれど、世界に1頭しかいない黒竜を探してきて、あまつさえ従えさせるなんて、凄すぎだって話だよ」

「そっ」

そうだった！　忘れていたけれど、ザビリアはナーヴ王国の守護獣だったのだわ。

きっと、黒竜の強そうなイメージから、王国が勝手にザビリアを守護獣に祭り上げたのでしょうけれど、守護獣であることには、……あれ？

考えている途中でふと疑問が湧き、首を傾げる。

「そういえば、３００年前のこの辺りは、ナーヴ王国の領土ではなかったわよね？」

……私はこれでも、前世は王女だったのだ。

そのため、今とは領土の範囲が異なっている当時の地図は、諸外国まで含めてきっちりと頭に入っている。

そして、そんな私の記憶によると、３００年前のこの地は王国領ではなかったはずだ。

つまり、どこかの時代でこの地が王国のものになって、……と、そこまで考えたところで、ぴんと閃く。

「分かったわ！　王国は、霊峰黒嶽を含めたガザード地域を領土にしたことが嬉しくて、その記念のつもりで、黒嶽に棲んでいた黒竜を国の守護獣にしたのじゃないかしら？」

口にすると当たっているような気がして、得意気にグリーンを見上げたけれど、否定するかのように首を横に振られる。

「いや、順番的には王国が黒竜を守護獣と定めた方が先だ。それに、この地はアルテアガ帝国の一部を無償で割譲されたものだ。戦で勝ち取った訳でもない土地を、わざわざ記念にはしないだろう」

まあ、さすがに帝国民だけあって、帝国の歴史をよく知っているわね、とは思ったものの、別のことに気を取られる。

「えっ、この地はアルテアガ帝国の一部だったの？」

頭の中にある地図と一致しない。

３００年前のナーヴ王国は、現在と同じく大陸の最西部に位置していたけれど、現在ほど大きな領土は持っていなかった。

この地を含めた現王国の北部地域は、３００年前には他国の領土だったし、その他国とは帝国ではなかった。

なぜなら、アルテアガ帝国は大陸の最東部に位置していたからだ。

３００年前の大陸において、ナーヴ王国は最西部に、アルテアガ帝国は最東部に位置しており、間には幾つもの国が挟まっていた……

だというのに、現在のアルテアガ帝国は、大陸の北側中央部に位置している。

かつて帝国領土だった東部には他の国々が台頭しており、帝国は王国との間にたった一つの小国を挟んだ形で隣り合っているのだ。

つまり、大陸の西側から見ると、ナーヴ王国（大国）、ディタール聖国（小国）、アルテアガ帝国（大国）、の並びだ。

けれど、グリーンの言葉通り、今いるこの地が帝国から割譲されたというのならば、かつての帝国は、現在のディタール聖国をはじめ、ナーヴ王国の一部までをも帝国領としていたということだ。

ええと、どういうことなのかしら、と首を傾げていると、カーティス団長が説明してくれた。

「約３００年前、……大聖女様が亡くなられて10年ほど後に、アルテアガ帝国は大陸北部を全て領土としました。東の端から西の端までの大陸北部は全て、……つまり、大陸の半分はアルテアガ帝国だったのです」

「はい!?　た、大陸の半分??!」

思わず、素っ頓狂な声が零れる。

大陸の半分ですって?　そんなことがあり得るのかしら!?

この広大な大陸の半分を支配する国なんて、これまで聞いたこともなかった。

確かに３００年前の大陸の勢力図は、帝国一強ではあったけれど、その領土はせいぜい大陸の最東端から北側中央部までだった。

だというのに、北側中央部から西部までの土地も支配したということは、帝国はたった10年で領土を倍に広げたということだ。

「まあ、３００年前の帝国皇帝はよっぽど戦上手だったのね！」

素直な感想を口にすると、ブルーがしみじみと頷いた。

「そうだね、黒皇帝は帝国史を見渡しても、最強の戦上手だったよ」

「黒皇帝？」

あらあら、またも聞きなれない呼称が登場したわよ。

３００年前に私が知っていた帝国皇帝は別の呼称を持っていたから、きっと異なる人物ね。

ということは、前世の私が死んだ後、帝国皇帝が代替わりをしたということだけれど……

黒竜、黒騎士、黒皇帝……。黒ずくめだわね！

そう考えながら、不思議に思って口を開く。

「その黒皇帝とやらは豪気ね。帝国の一部を王国領土として無償で割譲してくれるなんて」

私は小首を傾げると、疑問のまま尋ねたけれど、答えを聞く前に、ふと新たな選択肢を思い付く。

「……あら、領土を拡大させた黒皇帝自身が割譲してくれた、とは限らないわよね。もしかしたら、帝国領土を分けてくれたのは別の皇帝なのかしら？」

けれど、カーティス団長が静かな口調で、私の最初の考えを肯定する。

「いいえ、わが国にガザード地域を割譲してくれたのは、間違いなく『黒皇帝』です。同様に、我が国の隣に『ディタール聖国』を作られたのも、『黒皇帝』です」

「まあ」

ということは、現在のナーヴ王国や周辺国家の基礎を作ったのは黒皇帝ということだ。

よっぽど力のある皇帝だったのねと考えていると、肯定するかのようにグリーンが言葉を続けた。

「黒皇帝は帝国最強の騎士であったと同時に、破竹の勢いで大陸の半分を掌中に収めた類を見ないほどの戦上手だった。だからこそ、他国に無条件で土地の一部を割譲したり、別の国を興したりする自由があった。……そもそも、黒皇帝はナーヴ王国の生まれだったから、思うところがあって、領土の一部を王国に供与したのだろう」

「ナーヴ王国の生まれ……」

そう聞いた瞬間、どきりと心臓が高鳴った。

……そうだ、なぜ気付かなかったのだろう。

帝国皇帝の椅子に座れる可能性があった人物を、３００年前の私は知っていたではないか。

図らずも、頭の中には無意識のうちに、前世の近衛騎士団長の姿が浮かび上がる。

「……そ、……く、黒皇帝の呼称は、どこから付いたのかしら？」

彼の名前の通り、夜空に輝く星のように美しい銀髪白銀眼の騎士を思い浮かべながら、何気ない風を装って質問する。

けれど、落ち着こうとする気持ちとは裏腹に、心臓はどきどきと早鐘のように打っていた。

高鳴る鼓動をうるさく思いながら、瞬きもせずに答えを待っていると、私の緊張状態を知らないグリーンはあっさりと、私の想定を裏切る言葉を口にした。

「ああ、黒皇帝の呼称はその見た目から付けられた。黒髪黒瞳の外見のうえ、常に黒い着衣を身にまとっていたらしい」

「へ？　えっ！　黒髪黒瞳……!?」

違う色を答えられるものだと思い込んでいたため、一瞬、言われた意味が分からず、同じ言葉を繰り返す。

黒髪黒瞳……

そのことが意味する内容を理解した途端、ふーっと大きく溜息を吐いた。

私の頭の中には、前世の近衛騎士団長だったシリウスが現れ、黒皇帝はシリウスだと勝手に思い込んでいた私に向かって、呆れたように片方の眉を上げていた。

そ、そうよね！

思えばシリウスは王国で生まれたばかりか、王国でずっと育っていたから、帝国に呼ばれたはずはないわよね。

シリウス本人もずっと王国で暮らすと言っていたし、彼は自分の望みを叶えることができる人物だから、心配することはなかったのだわ。

まあ、いやだわ。冷静になってみると、私はどうして勘違いしたのかしらと不思議になる。

……ああ、黒皇帝が最強の騎士だったと聞いたからだわ。

３００年前の最強騎士は間違いなくシリウスだったから、勘違いしてしまったけれど。

でも、皇帝ともあろう者ならば、事実がどうであれ、『最強だった』と後世に言い伝えられることはよくあることじゃあないの。

私はそう思ってほっと胸をなでおろすとともに、興味本位に尋ねてしまったことを反省した。

だめよ。生まれ変わりなんて、本来はあり得ないことなのだから。

そうして、私が死んだ後のシリウスを知っても、今さらどうにもできないのだし、正確に伝わっているかどうかもわからない事実だけを基に、勝手な思いを抱くことは失礼だわ。

だから、過去を掘り起こしてはいけないのよ。

過去を尋ねる時は、あくまで歴史を尋ねるかのように、一般的な話をしないと。

私は両手を握りしめると、改めてそう決心したのだった。

そして、その時の私はただただ強く自分に言い聞かせていたため、……カーティス団長が物言いたげな様子で見つめていた視線に、気付くことはなかった。

◇　◇　◇

「まあ、素敵！　ザビリアが棲んでいる霊峰黒嶽は、とっても素晴らしい山なのね！」

ザビリアの背中から黒嶽を見下ろした私は、そう感想を漏らした。

ザビリアの提案通り、そして、カーティス団長の要望通り、彼と私はザビリアの背中に乗って、一路頂上まで飛行中だ。

空から見下ろす霊峰黒嶽は壮麗で美しく、空気は澄んでいて、ザビリアがこの山を棲み処にと選んだ理由が分かった気がする。

やがて頂上付近に近付くと、地上に色とりどりの固まりが見え始めた。

あら、もしかして、あれらは全て魔物なのかしら？

そう思って目を凝らしていると、近付くほどに、魔物どころか全てが竜であることに気付く。

まあ、１００頭もの竜なんて！

Sランクの魔物がこれほど大量に集まっているところなんて初めて見たけれど、空恐ろしい光景ね。

そう驚いて目を丸くしている間に、ザビリアはゆっくりと降下していった。

興味深いことに、ザビリアが上空に現れた途端、全ての竜はぴしりと背筋を伸ばして直立すると、顔を上げ一心に見つめてきた。

その光景を見て、あら、私の可愛らしいザビリアは大人気のようね、と嬉しくなる。

ザビリアは竜たちから少し離れた場所に私たちを降ろすと、もの問いたげに見つめてきた。

どうやら私の心の中が読めるザビリアは、私が頭の中で色々と考えるのを止めて、落ち着くのを待ってくれていたようだ。

そう気付いた私は、竜たちに視線を合わせたまま、感謝の気持ちでザビリアの体に片手をあてる。

前世に従魔という仕組みがなかったせいか、対峙する相手が従魔だろうが、ザビリアの仲間だろうが、魔物を見た途端に戦力を頭の中で計算してしまうところが私にはある。

『今いるこちらの戦力で、対峙する魔物に勝てるのか』と、無意識に計算してしまうのだ。

そんな私の目の前にいるのは、およそ１００頭の竜だ。

対するこちらの戦力は、カーティス団長、グリーン、ブルー、ザビリア、そして、聖女としての私で……

「……うん、それで勝てると結論を出せるフィーアは凄いよね」

いつの間にか私の考えを共有していたザビリアが、感心したように呟いた。

「フィーアは本当に、戦闘に関しては物凄いよね。『勝てる』と結論が出た後も、更に最善の手はないかと、頭の中で幾つも幾つもパターンを組み立てているなんてね。……前々から思っていたんだけど、従魔の契約って、魔物側の利益が大きいよね。フィーアの戦闘思考を共有できるって、すごいことだもの」

一通りの結論が出たこともあり、ザビリアの言葉でふっと集中が途切れた私は、ザビリアを仰ぎ見る。

「ええ、そうかしら？　前世で私と一緒に戦った騎士たちは、勿論、私と戦いに関する考え方を共有していたけれど、そんなに大したものとも思われていなかったわよ？」

隣で大きく溜息を吐いたカーティス団長をちらりと見たザビリアが、「……違う意見もあるようだけれど」と思わせぶりに呟いたけれど、いやいや、本人の発言を信用してちょうだい。

そもそもカーティス団長は私贔屓が酷いので、事実以上に私を評価してしまうところがあるのだから、この場合、本人以上に信用できるコメントはありませんよ！

そう考えていると、ザビリアが可愛らしく首を傾げて私を見つめてきた。

「まあ、いいや。僕がお願いしたいのは一つだけだよ。フィーアは従魔の契約を簡単に考えすぎているきらいがあるけれど、これは結構大変なものだからね。むやみに契約を結んではだめだよ」

「へ？　私は既にザビリアと契約しているじゃない」

突然何を言い出すのかしらと、ザビリアの意図を測りかねてぱちりと瞬きする。

すると、ザビリアは説明するかのように言葉を続けた。

「うん、だけど、契約する魔物を1頭に限る必要はないから。フィーアくらいの能力があったら、自分を守るために何頭もの魔物と契約できるはずだけれど、……僕が何頭分もの力になるから、できるだけ僕以外とは契約しないでね」

そう言って一心に私を見つめてくるザビリアは、巨大な体躯にもかかわらず、物凄く可愛かった。

まあ、ザビリアったら！

『王になる』と立派なことを言って離れて行った割には、まだまだ甘えん坊じゃないの。

そう思った私は、ぎゅっとザビリアに抱き着いた。

「もちろんよ、ザビリア！　私の従魔はザビリアだけでいいわ！」

後ろでは、カーティス団長が再び、呆れたように溜息を吐いていた。

「事柄の是非は抜きにしても、フィー様は簡単に約束をしすぎる……」

ええ、その通りかもしれないけれど。

でも、私にはザビリア以外の従魔は必要ないもの。

そう考え、嬉しそうに破顔したザビリアに、私も笑い返したのだった。

◇　◇　◇

そうこうしているうちに、ゾイルに乗ったグリーンとブルーが到着したので、全員で色とりどりの竜たちに近付いて行った。

火口付近に棲む赤竜、水辺を好む青竜、砂漠地帯にいるはずの黄竜と、生活圏が異なる竜たちが一堂に会している光景を目にするのは不思議な気分だった。

一時的だとしても、これらの竜を集結させることは並大抵ではないはずで、それを実現させたザビリアの凄さを、改めて目の当たりにした気持ちにさせられる。

……ああ、ザビリアは真に王になろうとしているのだわ。

そのことが現実の重みを伴って、胸に落ちてくる。

竜は仲間とともにいることを心地よく感じるという。もしかしたらザビリアは、このまま仲間たちとこの山に棲みついてしまうのかもしれない。

そう考えて一抹の寂しさを覚えていると、「いや、ないから」とザビリア自身から明確に否定された。

「僕が竜王になろうと思ったのは、フィーアを守るために数の強さを手に入れるためだから。僕の目的はあくまでもフィーアの守護で、そのためにはフィーアの隣にいることが最善だからね」

当然のような口調で話をするザビリアを見て嬉しくなった私は、ばふんとそのお腹に抱き着いた。

「ザビリア！」

けれど、その瞬間、驚いたようなざわめきが立ち並ぶ竜たちの間に広がる。

「えっ？」

あ、あれ、もしかして竜は皆の前で抱き着いたりしないのかしら？

私の行動は竜の礼儀的に外れている？

そう思って慌てて離れると、ザビリアからおかしそうな表情で見つめられた。

「フィーアは好きなように行動したらいいんじゃないかな。竜たちは初めて僕の名を呼ぶ存在が現れたことに戸惑っているだけだから、すぐに慣れるよ」

「そ、そういうことね！」

従魔が契約主以外から名前を呼ばれるのを嫌がるように、魔物同士でも名前を呼ぶのは同等の者までとのルールがあるのかもしれない。

どの魔物もザビリアの名前を呼ばないのは、そういうことだろう。

ザビリアの答えに納得すると、私はザビリアの仲間たちにいい印象を与えようと、頭に着けていたリボンの曲がりをちょいちょいと手で直した。

ガザード領に入ってからこっち、ずっとグリフォンの羽根付きのリボンを使用している。

そして、ザビリアと共に上空から降りてきたので、風に乱されていないかしらと触ってみたところ、案の定リボンが曲がっていたのだけれど、……ちょうど竜たちの視線が、リボンの曲がりを直そうとしている私の手元に集まったのを見て、『しめた！』と思う。

私が花でも宝石でもなく、魔物の羽根を使う魔物好きだと認定してもらい、受け入れてもらえるといいのだけれど。

そう考えながら、できるだけにこやかな笑顔を作り、居並ぶ竜たちに挨拶をする。

「初めまして、フィーア・ルードです。今日はお友達のザビリアに会いに来ました。皆さんの邪魔はしないので、少しこの場所を見せてくださいね」

やはり人（竜）付き合いの基本は笑顔のようで、私の邪気のない笑顔が功を奏したのか、竜たちから不満の声は上がらなかった。

あるいは、私の斜め後ろに位置したザビリアの存在が、不満の声を封じたのかもしれないけれど。

その後、ザビリアの案内のもと、皆で竜たちの生活地帯を見て回った。

赤竜のために火口に似せた大きな窪《くぼ》みを作り、常に火を焚いているところとか、青竜のためにため池を作っているところとか、黄竜のためにサラサラの砂を撒いた一帯を用意しているところとかを見て、すごいなと感心する。

どうやら、ここでは異なる種類の竜たちが心地よく暮らせるよう、色々と工夫がしてあるようだ。

それらの全てに驚かされながら、棲んでいる竜たちの快適そうな様子を見て回る。

すると、嬉しいことに、すれ違う竜たちの全頭が健康で楽しそうだったため、自然と私も笑顔になった。

うん、ザビリアは善い竜ね！　とっても立派な王になるんじゃないかしら。

そう考えながら、ザビリアがねぐらにしている洞窟に入る。

そこは天井が高く、入り口が幾つもある、風によどみがない気持ちのいい場所だった。

ザビリアが普段から寝場所にしている一角に案内されると、広くてひんやりとした素敵な空間が現れる。

「まあ、素敵ね、ザビリア！」

思わずザビリアを振り仰ぐと、ザビリアの後ろに広がる天井部分がきらきらと光っていることに気が付いた。

何かしら、と思って首を傾げていると、私の視線に気付いたザビリアが首を伸ばし、天井の一部をそぎ落としてくれる。

ザビリアから差し出されたのは、黒く光る石だった。

一見魔石のように見えるけれど、魔物の体内から出たわけではないから魔石であるはずもないし……、と考えていると、食事ができたと赤竜が呼びに来てくれた。

その夜は、赤竜お気に入りの疑似火口に大きな火を焚き、その周りを囲むようにして食事をした。

竜たちが取ってきてくれた高級魔物のお肉を、冒険者の慣れた手つきでグリーンとブルーが焼いてくれる。

「美味しい、美味しい！」

それ以外の言葉を忘れてしまったかのように呟きながら、一心にお肉に齧りつく私を見て、皆が次々に新しいお肉を差し出してくれた。

「い、いや、ありがたいけれど、私のお腹にはそんなにたくさんの食べ物は入らないから！」

恐らく、全員が自分を基準にしているのだろうけれど、大男たちの胃袋や竜の胃袋と、乙女の胃袋の間には、明らかに容量に差があるからね！

そう考えながらも、美味しいに負けてしまい、限界を超えて食べてしまったことは、乙女として失敗だったと反省せざるを得ない……

そして、お腹が落ち着いた、……あるいは、食べ過ぎで苦しくなった私は、ぱちぱちと爆《は》ぜる火を見ながらゆったりと隣のザビリアにもたれかかった。

はふりと満足の溜息を吐く。

「ザビリアに会えてよかったわ。それから、竜たちとの生活を覗けて安心したわ。というか……、今日は朝から山を登ってきたし、美味しいご飯を食べてお腹がいっぱいだし、火は暖かいし、すごく気持ちがいいわね。もうほとんど眠ってしまいそうなくらいよ」

「だったら、眠っちゃう？」

全てに満足して、ゆったりとしている私に対し、ザビリアがちらりと流し目を送りながら、誘惑するように囁いてきた。

まあまあ、とっても魅力的なお誘いではあるのだけれど、私は私の可愛いザビリアに久しぶりに会えたところだからね！

「もちろんこのまま眠ったら、とっても気持ちがいいのでしょうけれど、それよりもザビリアの話が聞きたいわ。この山でどんなことをしているのかをね。あるいは、グリーンやブルーの話もいいわね。グリーンたちがこの半年間何をしていたのかは、ほとんど聞けてないもの。ああ、いえ、それを言うなら、カーティスのこれまでの話なんて全く知らないから、聞いてみたいわよね」

けれど、私の言葉を聞いた3人と1頭は、訝し気な表情で顔を見合わせた。

「オレらの話なんて、全く面白くねぇぞ」

皆の答えを代弁したかのようにグリーンが答えたけれど、……まあ、何を言っているのかしら！

そもそもグリーンなんて、初対面の時から「顔面流血」という奇天烈な存在だったじゃあないの。

にもかかわらず、だらだらと血を流しながら、当たり前の顔をして行動していたのだから、きっとグリーンにとって顔面流血は普通のことなのだわ。

そんな感覚のグリーンの「面白くない」が、実際に面白くないわけないじゃないの！

そう考えた私は、にまにましながら提案する。

「いいことを考えたわ！　だったら一人ずつ、とっておきの話をするってのはどうかしら？　どんな話でもいいけれど、前の人を超えるようなとっておきの話をするの」

私は素晴らしいアイデアだわとばかりに手を打ち合わせたけれど、3人と1頭は微妙な表情をした。

「とっておきというのは、感覚に頼り過ぎた基準だな」

そうグリーンが呟けば、ブルーも困ったように口を開く。

「もちろんフィーアが望むなら何だって話をするけれど、私の話なんかよりも、フィーアの話を聞いた方が有用だと思うけれど」

「有・用！　どうして食後の楽しい時間に、有用だとか、有用じゃないとか、小難しいことを考えなければいけないのかしら？　それを言うなら、楽しいか、楽しくないかでしょう！」

ブルーは兄弟の中で一番丁寧で、賢そうなのだけれど、時々、難しいことを言い出すのが玉に瑕よね。

そう考えながら、呆れたように主張すると、カーティス団長が賛同するような表情で頷いた。

「フィー様、ごもっともです。では、私から始めてもよろしいでしょうか？」

すかさずカーティス団長の横から、「あ、汚っ！」「おま、自分ばっかりいい格好をしやがって！」などと聞こえたけれど、私は完全に無視すると、満面の笑みでカーティス団長を見つめた。

「もちろんよ、カーティス！」

まあまあ、私がさり気なく『前の人を超えるようなとっておきの話をする』との条件を付けたから、早めに話をする方が正解だと見抜いての行動ね、さすがだわ！

そう感心する私の目の前で、カーティス団長は口を開いたのだった。

◇　◇　◇

「――――ということで、淑女のあるべき姿を学ばせていただくという貴重な体験をいたしました。その教えによると、淑女は決して、初対面の男性と冒険に出掛けません。それから、従魔の契約は双方に権利と義務が発生することを十二分に理解しているので、出会ってすぐに契約を結ぶことはありません。さらに、……」

長々と話を続けるカーティス団長を前に、私は死んだ魚のような目をして無言を貫いていた。

……どうしよう、カーティスの話が物凄くつまらないのだけれど。

とっておきの話をお願いしたのに、どうしてこんなに面白くないのかしら。

というよりも、お題目を「とっておきの話」とふんわり設定にしたため、題目通りの話をしているように見せかけて、実際は私にお小言を言っているように思われるのは気のせいかしら？

カーティス団長の真意を確かめようと、じとりと疑いの目で見つめてみたけれど、団長は意に介した様子もなく話を続ける。

「フィー様はもちろん、そのままでも十分ご立派ですが、誰もが感動するほどの威厳を身に付ける、新たなる段階にきているのではないかと思われます。そのためには……」

熱心に話を続けるカーティス団長を見つめるグリーン、ブルー、ザビリアの生温かい目を見て、あ、これは私の勘違いではないわね、カーティス団長はこれ幸いと、私に言いたいことを言っているようだわと確信する。

……確信したけれど、これがカーティス団長のとっておきの話ならば、聞き続けるしかないわね、と気付いて私は項垂れた。

ああああ、失敗したわ！　こんなつまらない話を聞くくらいならば、ザビリアの提案通りさっさと眠ってしまえばよかったわ。

あるいは、『とっておきというのは、感覚に頼り過ぎた基準だ』というグリーンの助言を受け入れ、なんらかの基準を設けるべきだったわ。

そう考えている間に、不思議なことが起こった。

胡乱《うろん》気にカーティス団長を見つめていたはずのグリーンとブルーが、いつの間にか真剣な表情で話を聞き始め、さらには熱心に頷き出したのだ。

「……へ？」

2人の突然の変化に、何が起こったのかしらと観察してみるけれど、原因が分からない。

分からないけれど、2人とも異常なほどにカーティス団長に同意している。

「なるほど、さすがはフィーアと同じ騎士団に所属するだけのことはあるな！　フィーアの凄まじさを表現する最適な手法を考え尽くしている」

グリーンが腕を組んだまま、感心したような声を上げた。

おやおや、今度はグリーンが意味不明なことを言い出したわよ、と呆れたように彼を見つめる。

けれど、グリーンに注意するより早く、彼の隣に座っていたブルーまでもが、きらきらと瞳を輝かせながら口を開いた。

「ああ、カーティスの言う通りだね！　世界中の人間がフィーアを敬い、讃《たた》え始めればいいのに」

……ブルーは何を言っているのかしら？

お酒が入っている訳でもないのに、酔っぱらったようなことを言う2人を見て、……いや、元々はカーティスが原因だから、3人と表現するのが正解なのかしら、……皆を順に睨みつける。

けれど、自分たちが多数派になったために強気になったのか、あるいは、元から私の感情など気にしていないのか、カーティス団長はその後も全く面白くない話を延々と続け、残りの2人は従順なる賛同者と化し、頷き続けたのだった……。

そうして、虚無の心境にて、何とかカーティス団長の小言と説教と教戒に満ちた時間をやり過ごした私は、やっと団長の話が終了したことに、やれやれと心の中で溜息を吐いた。

けれど、言いたいことを言い終え、すっきりとした表情のカーティス団長に、何かを求めるかのような眼差しで見つめられたため、『えええ！』と心の中で叫ぶ。

カーティス団長の希望は何となく分かる。

けれど、ねぇ……、と不本意な気持ちでいっぱいだったけれど、相手は忠義者のカーティス団長だ、仕方がないわねと、引きつり気味の笑顔で口を開く。

「ええと、少し、ほんのすこーしだけだけど、試してみようかと思う話が交じっていたわ」

私の言葉を聞いたカーティス団長は、ぱあっと花が開いたような満面の笑みになった。

その表情を見て、何て単純なのかしらと思いながらも、後ろを向いて、はあ、と溜息を吐く。

……ダメだわ、カーティス団長は。

前世で掲げていた『私を最上の淑女にする』という目標を、今世でも掲げ始めたように思われるわよ。

前世では志半ばで終了してしまったから、『今度こそは』という気持ちも分からなくはないけれど、そもそも今の私は王女ではなく騎士だからね。

高位貴族に嫁ぐ可能性はないし、カーティス団長の高潔な志は、私に必要ないわよ。さて、どうしたものかしら？

困った思いで、眉をへにょりと下げていると、雰囲気を変えるかのように、「では、次にオレが」とグリーンが口を開いた。

私ははっとして振り返ると、疑いの眼差しでグリーンを見つめる。

グリーンの話は大丈夫かしら？　先ほどからグリーンの言動にもおかしなところがあったし、もしかしてカーティス団長の流れを引き継いで、面白くない話をする気じゃないでしょうね？

そう用心しながら、グリーンの言葉を待っていると、彼は邪気のなさそうな様子で話し始めた。

「オレは世界に一人しかいないような珍しい娘の話をしようと思う。つまり、『冒険者に付いて行って、聖女の役目を全うしなければ行き遅れる』という、意味不明な呪いに侵されていた娘の話だ。面白いだろう、本人は聖女でもないのに、呪術師の力で呪いとともに聖女の力を、……聖女の力と言い張る、見たこともねぇほど強力な力を得たと言っていた。オレは思ったさ。こんな力を得られるとしたら、それは『呪術』ではなく『祝福』だとな」

「……………」

あれあれ、この話に出てくる娘さんとやらは、私のように思われるわよ。

私がグリーンたちに出会った時の話じゃあないかしら？

そう考えながら、こてりと首を傾げたけれど、グリーンは気にした様子もなく話を続ける。

「ああ、まさに彼女は祝福された存在だった！　……恐らく、３００年前に君臨した黒皇帝も、『創生の女神』に出会われた際、このような気持ちで崇め奉られたのだろう！　つまり……」

興奮したように話し続けるグリーンを横目で見ながら、私は気になった単語をぽつりと繰り返した。

「創生の女神……」

グリーンはアルテアガ帝国の出身で、帝国は女神崇拝の国だから、ついつい女神の話を持ち出したくなるのかもしれないけれど……

「グリーン、アルテアガ帝国に伝えられている『創生の女神』とは、あらゆる恵みの種を帝国中に蒔いた、始まりの女神のことでしょう？」

前世の記憶を引っ張り出しながら、グリーンに質問する。

私の記憶では、『創生の女神』とは、帝国を形作った女神のことを指していたと思う。

帝国の創成期に、女神が帝国全土に作物や果実の種をたくさん蒔いたおかげで、帝国が豊かになったという話が伝えられていたはずだ。

だから、グリーンが言っている、『黒皇帝が創生の女神に会った』というのは、……黒皇帝の時代に領土が倍増したから、新たなる領土にも種を蒔かれて豊かな土地になったとか、そういう意味なのかしら？

私の言葉を聞いたグリーンは、驚いたように目を見張った。

「フィーア、お前はすげえな！　そこまで帝国の歴史を学んでいるなんて、本気で感心したぞ！ああ、そうだ、元々は帝国全土に様々な種類の種を蒔き、豊穣をもたらしてくれた女神様のことを指していたのだが、黒皇帝の時代に解釈が改められてな。今では誰もが、『癒しの力で人々を救う女神様』という意味で使用している」

「……え？」

それはまた、黒皇帝は大胆な解釈変更を行ったものね。

元々は、帝国の始まりを意味する神話的な話だったはずなのに、現行の解釈はまるで……

「まるで、……聖女様のことのようね」

ぽつりと呟くと、グリーンから用心深そうな表情で見つめられた。

「……フィーア、以前、妹が赤い髪だという話をしたことを覚えているか？」

「え？　ええ、そうね。ブルーから妹さんと私は同じ髪色だと言われたことがあったわね」

突然の話題の転換にとまどいながらも、記憶を辿りながら返事をする。

そういえば、以前一緒に冒険をした際、私の髪色が彼らの妹と一緒だから、妹といるような気持ちになると言われたことがあった。

つまり、グリーンたちの妹は赤い髪ということよね？

私の返事を聞いたグリーンは、肯定するかのように頷いた。

「そうだ、そして、帝国では赤い髪の女性が尊ばれる。だからこそ、妹は『生まれついての尊い存在』であることを邪魔に思われ、生まれた瞬間から眠りの呪いをかけられた。なぜなら、……帝国で最も崇拝されている創生の女神が、赤い髪だったと伝えられているからだ」

「え？」

驚いたような声を上げた私を正面から見つめると、グリーンは言葉を続けた。

「元々、女神様のお姿についての記述は存在しなかった。しかし、黒皇帝の時代に、より具現化されたのだ。『癒しの力を持った赤い髪の女性』――それが、『創生の女神』だとな」

「…………」

◇　◇　◇

はっきりと形にはならないけれど、もやっとしたものを感じた私は、きゅっと唇を噛み締めた。

黒皇帝は３００年前の皇帝だった。

その皇帝が、帝国の始まりから崇拝されていた『創生の女神』を、「癒しの力を持った赤髪の女性」と定め直したという。

３００年前の赤髪の聖女といえば、前世の私のことじゃないかしら……と考えるのは、ちょっと図々しいだろうか？

自意識過剰のような気もしたけれど、気になって思わず口にする。

「……300年前の赤髪の聖女様と言えば……」

けれど、やっぱりそんな訳はないわと途中で思い直し、言葉に詰まった私に代わって、ブルーが話を続けた。

「そうだね。黒皇帝は決して明言しなかったけれど、大聖女セラフィーナ様を女神と見做されていたように思われるよね」

「………………!!」

や、やっぱり！　と思いながらも、でも、どうして？　と疑問が湧く。

黒皇帝はどうして、前世の私にそれほど拘《こだわ》ったのかしら？

「く、黒皇帝はナーヴ王国出身という話だったわよね？　も、もしかして、どこかで大聖女様を目にしたことがあって、彼女の美しくて、優雅で、気高い姿に心臓を鷲掴みにされたのかもしれないわね!?」

はっと閃いて口にすると、一瞬にしてしんとした静寂に包まれた。

え、な、何かおかしなことを言ったかしらと思って押し黙ると、静寂を破るかのようにカーティス団長が口を開く。

「正におっしゃる通りですね！　黒皇帝は大聖女様を目にされたことがあって、その美しさと優雅さと気高さに、心の臓を鷲掴まれたのでしょう!!　ええ、間違いありません」

「ああ……！」

カーティス団長の言葉を聞いた途端、私は恥ずかしくなって両手で顔を覆った。

自分で発言した時は間違いないと思ったのだけれど、他人の口から聞くと、絶対にあり得ないように思われてくる。

そ、そうよね！

帝国の女神として、将来にわたって祭り上げようなんて、よっぽどの話だ。

前世の私を見て感銘を受けたから、なんて単純な理由であるはずがないわよね。

複雑な政治的駆け引きだとか、様々な裏事情とかがあって、黒皇帝は創生の女神の解釈を変更したに違いない。

そして、その真実の理由は、代々帝国皇家に伝わっているくらいで、私たちが与り知ることなんて決してないはずだ。

そう思って、両手で顔を覆ったまま俯いていると、ブルーが困ったような声で取りなしてきた。

「フィーア、大丈夫だよ。確かに君は大聖女様もかくやという程の、……つまり、創生の女神もかくやという程の赤い髪をしているけれど、……でも、先ほどの心臓鷲摑みの話は、君が自分のことを念頭に置いて話をしたなんて誰も思っていないから」

「ああ……!!」

ブルーの言葉を聞いた私は、呻くような声を上げた。

……いや、思っていました！　思っていたんです。

前世の自分を思い浮かべて話をしていました。ええ、私は非常に図々しかったと思います。

そう考えながら、顔を覆っていた指を少し広げ、指の間からちらりとブルーを覗き見る。

「本当に大変な勘違いをして失礼したわ。……そもそも私は、黒皇帝のことを全く知らないのだから、その考えが分かるはずはないわよね。帝国の英雄像を歪めるような話をしてしまったのだとしたらごめんなさい。そうよね、大陸の北部統一を成し遂げたような英雄様には色々と政治的な駆け引きがあるはずだから、深い考えのもとに大聖女様を創生の女神に据えたのでしょうね」

失言を取り返そうと、思い付いたことを次々に口にすると、そのことが真実のように思われてくる。

そうよね！　黒皇帝は帝国史上における最大領土を獲得した英雄のはずだもの。

そんなひとかどの人物が、会ったこともない前世の私に心を奪われるなんて荒唐無稽な話を、どうして一瞬でも考えてしまったのかしら？

300年前も今も、政治的な話にはとんと疎いことを自覚して、気を付けて発言しないと！

そう反省する私を慰めるかのように、グリーンが言葉を継いだ。

「勿論、黒皇帝が亡くなられた今となっては、彼の皇帝の真意を測れるはずもねえが、……オレもカーティスの言うように、黒皇帝は大聖女様に心の臓を捧げられていたのだと思うぞ」

「え？」

　グリーンの言葉を聞いた私は、顔から手を外すと、驚いて彼を見やった。

　私贔屓がひどいカーティス団長の発言と、帝国出身であるグリーンの発言は、同じ内容でも重みが違うと感じたからだ。

「黒皇帝は恐ろしい勢いで領土を増やしていったが、……そして、黒皇帝以外も含めた一般的に皇帝と呼ばれる者の思考は、その領土の全てを自分の血を引く継嗣に継がせる方向に向かうはずだが、彼の皇帝は一切そんな思考がなかったからな。黒皇帝は生涯独身だった——恐らく、焦がれ続けるどなたかが、そのお心にいたのだろうよ」

「へ？」

　皇帝の立場にある者が生涯独身だなんて、そんなことが許されるものかしら？

　そう驚く私に対して、ブルーも兄の発言を補強する。

「そうだね。皇城の者に頼み込んで、黒皇帝の寝所に忍び込んだ上位貴族のご令嬢を不審の者と見咎め、自ら手討ちにしたという逸話まで残っているくらいだからね。『英雄色を好む』と言うけれど、黒皇帝には全く当てはまらなかったみたいだよ」

「まあ」

「だから、先ほどのフィーアの発言は、あながち外れてはいないと思う。勿論、外交にも戦争にも優れていた黒皇帝のことだから、様々な思惑があったことは間違いないだろうけれど、根幹には大聖女様への深い憧憬があったんじゃないのかな」

ブルーの発言を肯定するかのように、グリーンも言葉を続ける。

「そうだな。黒皇帝は元々ナーヴ王国出身だからな。王国で瀕死の重傷を負った際、大聖女様に救われたんじゃないのか、というのが最近の歴史家の見解だ」

「な、なるほど」

あれれ、話が想像とは違ってきたわよ。

黒皇帝が大聖女に治癒されたのだとしたら、私が知っている人だということよね？

そう考えた私はちらりとカーティス団長を見たけれど、一切の感情を表さない無表情で見つめ返されただけだった。

……ああ、そうだったわ。

元王女付きの護衛騎士で、現在進行形で王国の騎士団長なのだから、カーティス団長がその気になったら全く感情を読ませてくれないのよね。

けれど、感情を読ませたくないと思う程、何かを警戒しているのかしらと不思議に思う。

そうして、————制止がかからないのをいいことに、私は好奇心に負けて質問を口にした。

「その……、ところで、黒皇帝の名前は何と言うのかしら？」

私の言葉を聞いたブルーは、何でもないことのように口を開いた。

「ああ、それは……」

けれど、その名前を聞いた私は、「えっ！」と驚きの言葉を零してしまう。

なぜなら、――――それは、前世の私にかかわりがあった名前のように思われたからだ。

◇　◇　◇

黒皇帝の名前は――――『カストル』だよ。

さらりと告げられた名前を聞いて、私はぱちぱちと瞬きを繰り返した。

「へ？　カ、……カストルですって？」

思ってもみなかった名前の登場に、驚いて声を上げる。

なぜならそれは、……前世のお姉様の子どもの名前だったからだ。


――――前世の私には、兄3人と姉一人がいた。

姉というのは元第一王女であり、降嫁して、バルビゼ公爵夫人となったシャウラお姉様だ。

そのお姉様だけど、最後に見た姿はご懐妊されていて、お腹が可愛らしく膨らんでいた。

そんなお姉様のたっての希望で、生まれてくる子どもには、私が名前を付けさせてもらうことになっていたのだけれど……

『男の子だったらカストル、女の子だったらアダーラという名前はどうかしら？』

笑いながらお姉様に話をしていた姿が思い出される。

結局、私は魔王城で命を落としてしまい、生まれたお姉様の子どもを見ることはできなかったのだけれど、義理堅いお姉様のことだから、私が遺していった名前を自分の子どもに付けてくれたんじゃないかと思う。

そして、カストルというのは、お姉様の子どもが男の子だった場合に用意していた名前だ。

「え？　お姉さ……い、いえ、その、大聖女様が遺した（ってのは、言ってもよいのかしら）……『カストル』の名前を付けられた者が、帝国の皇帝になったの!?」

驚いて、思わずカーティス団長に尋ねる。

けれど、答えを聞く前に、あり得ない話ではないわねと頭の中で結論付けた。

前世の父であるナーヴ王国国王には弟が一人いた。

シリウスの父親であるユリシーズ公爵だ。

そして、ユリシーズ公爵夫人は――――シリウスのお母様は、帝国の公爵家出身だった。

前世の記憶によると、帝国皇帝は壮年で、多くのお妃様とご愛妾様がいたけれど、子どもは一人もいなかった。

だから、帝国とつながりがあるナーヴ王国から高位貴族の子どもを養子とすることは、それほどおかしな話ではないはずだ。

むしろ帝国内から養子をとるよりも、色々な家の利権が絡まない分、やりやすい面もあるだろう。

そう考える私の質問を肯定するかのように、カーティス団長は私をしっかりと見つめたまま返事をした。

「ええ、その通りです。大聖女セラフィーナ様が遺された『カストル』の名前を引き継いだ者が、『黒皇帝』になられました」

「まあ、本当にそうなのね！」

私はやっぱりという思いで声を上げた。同時に、流れた時間の長さを改めて感じる。

……お姉様に赤ちゃんが生まれて、そして、その子が立派に成人して、帝国の皇帝にまでなっただなんて。

そうよね、前世で死んでから３００年も経つのだもの、色々なことが起こっているはずよね。

あれ？　でも、黒皇帝は黒髪黒瞳って話だったわよね？

お姉様（赤髪）とバルビゼ公爵（茶髪）を混ぜたら、黒髪になるのかしら？

「フィーア、髪の色はそういう混ざり方はしないよ。親のどちらか一方の色を受け継ぐんだ。あるいは、それ以前の祖先の誰かの色をね」

私の心を読んだザビリアから、さらりと指摘される。

「え、ええ、そうだったわね！　もちろん分かっていたわ」

さすがザビリア、物知りだわと思いながらこくこくと頷いたけれど、ザビリアはすぐにカーティス団長に視線を移した。

それから、探るようにカーティス団長を見つめていたけれど、カーティス団長はザビリアを見返すだけで、一言も言葉を発しなかった。

暫く、しんとした沈黙が落ちる。

何も答えようとしないカーティス団長から答えを読み取ったのか、ザビリアは考えるかのように呟いた。

「……ふうん。元側近だというのに、主に隠し事をするなんてね。もちろん、全ては主のためになると考えての行動だろうけれど、……それは、主のためになるとあんたが想定しているだけで、事実としてためになるかどうかは分からないよね？」

ザビリアの言葉を聞いたカーティス団長は、苦し気に顔を歪めると、かすれた声で呟いた。

「黒竜、君の言うことは正しいが、……だが、体験したことがない者に、あの喪失感は分からない……」

「カーティス……」

カーティス団長が両手で顔を覆って俯いてしまったので、思わず声を掛ける。

私に、あるいは、グリーンやブルーに知られたくない話なのか、カーティス団長の話は、わざと主語をぼかしていたと思う。

だとしたら、カーティス団長の意思を尊重して、色々と尋ねない方がいいのかしら、と思いながらも気になって、座っている団長の前にしゃがみ込むと顔を覗き込んだ。

すると、カーティス団長は少しだけ顔を上げ、弱々しい声で続けた。

「フィー様、私は昔から一番近くであなた様を見てきました。そのため、あなた様がご自分では気付いていないお心の動きも把握しているつもりです」

突然、思ってもみないことを告げられ、どぎまぎとして思わず声が裏返る。

「そ、それはありがとうございます？」

「そんな私が心の底からお願いしたいことは、……あなた様はもっと、ご自分を大事にするべきです」

「えっ、結構大事にしていると思うけれど!?」

私は驚いて声を上げた。

どっ、どうして突然、そんな話になったのかしら？　でも、心配されなくても、私は十分自分を大事にしているわよ。だって……

「食べたいものを食べているし、眠りたいだけ眠っているし、今だって、ザビリアに会うために霊峰黒嶽に来ているし、やりたいことをやっているわ！」

けれど、具体例をあげて丁寧に説明したというのに、カーティス団長は私の言葉に全く理解を示さなかった。それどころか、縋るように両手を握りしめてきた。

「では、騎士たちを犠牲にしてでも、ご自分が助かる道を選んでくれますか？」

「へ？　い、いや、それはさすがに……」

カーティス団長の話は極端すぎるわね、と思いながら私は次の言葉に詰まる。

困った思いで団長を見つめたけれど、彼に妥協するつもりはないようで、さらに言葉を重ねてきた。

「フィー様、昔から申し上げていることですが、誰もが同じことができる訳ではありませんし、人によって戦場での価値は異なります。あなた様を説得しやすい言葉に置き換えるならば、……あなた様の力が多くの騎士を救います。騎士たちを未来にわたって救うために、あなた様はご自身の安全を優先してください」

「な、なるほど……」

カーティス団長の言いたいことが分かったため、そして、護衛騎士だった時分は私を守ることを最優先にしていたため、その思いがまだ強く残っているのだろうなと思いながら、同意の言葉を呟く。

すると、私が理解を示したことで安心したのか、カーティス団長は「では一つだけ」と言葉を続けた。

「私の言葉をご理解いただけたのであれば、一つだけお約束ください。せめて、あなた様のために、騎士たちが危険に身を投じることを受け入れてください」

「そ、それは、もちろんよ！」

カーティス団長の一つだけのお願いが受け入れやすいものだったので、私は勢い込んで同意した。

私だって聖女として、騎士たちのために危険に身を投じるし、逆だってあり得ることは、十分理解しているわ！

私はしっかりとカーティス団長を見つめると、こくこくと何度も頷いた。

団長はそんな私をほっとしたように見返したけれど、一方では、まだどこか心配そうな表情をしていた。

……本当に、私の元護衛騎士は心配性だわ。

カーティス団長の表情を見た私は、心の中でそう苦笑する。

もちろん、私のことを思ってくれての心配だろうから、非常にありがたくはあるのだけれど、と思いながら立ち上がると、安心させるかのようにカーティス団長に笑いかけた。

「カーティス、私にだって用心深くて慎重な一面があるのだから、安心してちょうだい！　これでも日々、成長しているんだから」

「そう、ですかね？　いえ、……そうなのでしょうね」

団長は反射的に疑問を呈したものの、自分に言い聞かせるように呟くと、考え込むかのように口を閉じた。

私の発言内容が良かったのか、時間の経過が落ち着かせる時間を与えたのか、カーティス団長は次第にいつも通りの表情に戻っていった。

その様子を敏感に感じ取ったグリーンが、雰囲気を変えるかのように話を再開したため、皆で再び話に聞き入る。

私は落ち着いた様子のカーティス団長に安心して、皆と同じように耳を傾けていたのだけれど、先ほど聞いた黒皇帝の情報が気になり、思考はいつしかそちらに移っていった。

……お姉様の子どもが、アルテアガ帝国の皇帝になっていただなんて……

驚いたわ、と素直に思う。

しかも、そのカストル皇帝が帝国の領土を最大の広さにまで拡大したなんて、とても立派に成長したのね……と、そこまで考えたところで、あれ、と疑問が湧いた。

カーティス団長の話では、大聖女が亡くなって10年ほど後に、黒皇帝が大陸の半分を統一したということだった。

けれど、それでは年齢が合わないことに気付いたからだ。

なぜなら、カストル皇帝がお姉様の子どもなら、大聖女の死後に生まれたはずで、わずか10歳程度で大陸北部の統一を成し遂げたことになってしまう。

不思議に思い、しばらく考えてみた結果、……カーティス団長が勘違いをしたのねと結論付けた。

元々広大だった帝国領土を、たった10年で倍の大きさにすることなんて、そもそもできるはずがないから、カーティス団長は10年と口にしたけれど、実際は30年だとか40年だとかに違いない。

団長にしては珍しい間違いだわね、と首を傾げながら、お姉様の子どもが帝国史上最強と謳われていたことを、生まれ変わって300年後に耳にするなんて不思議だわと考える。

……お姉様の子どもなら、頑張り屋で才能に溢れていたはずだ。

だからこそ、誰もが成し遂げられなかった大陸北部の統一なんて偉業をやってのけたのでしょうけれど……、でも、為政者というのは時に孤独で大変な役回りだから。

カストル皇帝がその人生を心穏やかに、幸せに過ごせたのだとしたら嬉しいわ。

私はそう、一度も会ったことのない３００年前の帝国皇帝に、思いを馳せたのだった……

【SIDE】黒皇帝（300年前）

『オレは何のために生きているのか』

そう自問した際、返せる答えは常に一つだった。

『贖罪のため』

あの美しく輝く深紅の髪を、意志のみなぎる鮮やかな金の瞳を、慈愛を生み出す白い腕を、……この世界から失わせた罪に対する贖罪。

そのためならば、どれほどの犠牲でも、代償でも、苦しみでも、払うつもりでいたのだけれど、

――あの日、あの時、あの場所で、オレの心は壊れてしまった。

もはや、何があったとしても、痛む心は残っていない……。

◇　◇　◇

「我がアルテアガ帝国における新たなる皇帝の誕生を、臣下一同、心より歓迎いたします！」

そんな帝国宰相の声が響いたのは、アルテアガ帝国の皇城にある玉座の間だった。

玉座に座ったオレを囲む形で、広い部屋を埋め尽くすほどに多くの者たちが揃っている。

ずらりと並んだ帝国の貴族や騎士たちが、最上の敬意を表すために片膝を突いて跪《ひざまず》き、頭を膝の位置まで垂れていた。

居並ぶのは誰もが大陸中に名の通った貴族や騎士たちで、大陸一の強国といわれるアルテアガ帝国の現状を正しく表すような光景だった。

少しばかりでも権力欲や名誉欲がある者ならば、嬉しさで奮い立つような場面であると思われたけれど、――――その光景を眺める心はいつものように凪いでいて、興奮も感動も呼び起こさなかった。

……ああ、このような状況でも心が欠片も動かないとは、オレは本当に壊れてしまったのだな。

冷静に心の中でそう独り言ちると、ゆっくりと周りを見回す。

誰もかれもが首《こうべ》を垂れて、オレの発言を待っていた。

傍らでは、前皇帝がそんな様子を満足気に眺めている。

オレは行儀悪くも片方の足首をもう一方の膝の上に乗せる形で脚を組むと、玉座に頬杖を突いて、跪く家臣たちを見回した。

「皇帝カストルだ。今後はよくオレに仕えよ」

オレの言葉を聞いた幾人かの肩が、驚いたようにびくりと跳ねる。

想定していた名前と皇帝の名前が異なったので、動揺したのだろう。

だが、生まれ持った名前は、あれの死とともに捨て去り、二度と名乗る気はなかった。

あれの傍らにいて守り続けることこそが、人生の役割だと信じていたのだから、――あれの死とともに役割は終わったのだと、名前とその名前に付随していた人生を捨ててしまったのだ。

……大聖女とともにあった、光り輝くような日々は過去のものとなった。

その傍らにいたがために光り輝き、名誉に満ちていた名前を名乗り続けることなど、できるはずもない。

しかし、居並ぶ者たちは、捨て去った名前であるにもかかわらず、その名に付随する功績を大なり小なり聞いているようで、オレの即位に誰一人として異論を差し挟むことはなかった。

そのため、耳に痛いほどの沈黙でもって、オレの即位は帝国の重臣たちに受け入れられたのだ。

――他方、帝国の民の間で、オレの姿は恐ろしいモノとして映っていたようだった。

それを証するように、即位後すぐから、オレは『黒皇帝』と陰で呼ばれるようになった。

元々、『黒騎士』と呼ばれていた身であるからでも、黒髪黒瞳の見た目からでもなく、ただただ皇帝の苛烈さを指して、そう呼ばれていたのだ。

人の身を「黒」と称する場合、多くの者は『魔人』を連想する。

つまり、――魔人と仄めかされるほど、恐怖の対象と見做されていたということだ。

……けれど、その見方はあながち間違ってはいなかった。

なぜならオレは、己の望みを叶えるために皇帝となったのだから。

オレが望むのは、近隣諸国を含めた多くの土地の併合だ――その達成のために、今後、ありとあらゆる場所で戦火を生むことになるだろう。

可能な限り広大な土地を治め、それらの土地をくまなく探索する。

大陸中のあらゆる土地を切り開き、踏み入り、たった一人の魔人を探す――それが、オレの真の望みだった。

――世界から美しい希望を奪い去った、狡猾で、残忍で、邪悪なる魔人を探し出すことが……もはやそれだけがオレの望みで、贖罪を完遂する唯一の方法だった。

……それから何年が経過したのか。

日付が変わろうという時刻に一人で戸外に立ち、満ちた月を眺めていたところ、唐突に声を掛けられた。

「暗闇の中にお一人とは物騒ですね、『黒皇帝』」

まるで夜の静寂を切り裂くように、耳に心地よい声が響く。

振り返るまでもなく、声を発した人物を特定できたため、オレは月を眺め続けた。

――それは月の美しい夜で、全てを塗りつぶす漆黒の闇の中、しかし、明るく輝く月の光が、暗闇の中に立つオレの姿を、はっきりと浮かび上がらせていた。

場所は皇城の庭園で、……オレが一人で月を眺めている時は、誰一人話しかけないことがこの城の暗黙のルールになっていたのだが、……声を掛けた人物は、気にする風もなく近付いてきた。

「……カノープスか。こんな遠地にまで嫌味を言いに来たのか？」

オレは月から目を逸らすことなく、ぽつりと呟いた。

対するカノープスは、オレの横に並ぶと小さく首を振る。

「お戯れを。私が陛下に嫌味を言うことなどあり得ません。このような時分に到着したのは非常識でしたが、王国からの定期報告に参りました」

けれど、非常識な時間に王国から報告に来たと告げたカノープスは、その内容をすぐに披露することなく、並んで月を眺め始めたため、急ぐ案件ではないようだと結論付ける。

カノープスは月を見上げたまま、感情が読めない声を出した。

「……本当に、今宵は月が美しいですね。美しい月を見ると、どういう訳か、私の主を思い出します。あの方は殊更、夜闇を照らす月を好まれていましたから」

「………」

「そのことが知れ渡って以降、夜の王城の巡回業務は、騎士たちの間で争奪戦になりました。誰もが夜の巡回業務をやりたがり、運よく殿下に出会えた騎士たちは、『月がきれいですね』と声を掛けるんです」

……覚えている。

有名な文豪が、「愛の言葉」を「月を賛美する言葉」に置き換えたことを真似て、あれに懸想する多くの騎士たちが、せめてもと月の美しさを伝える振りをして想いを吐露していたことを。

「……そうだな。あれは全く気付かずに、『確かに月がきれいだ』と同じように騎士たちに返していたな。それから、オレのところに来て、『月の美しさに着目するなんて、騎士はロマンチストだ』などと、見当外れなことを言っていた。……最後まで、自分の魅力を理解していなかったな」

今となっては、あれのことについて共に語れるのはカノープスだけになってしまった。

白騎士はオレに寄り付きもしなくなったのだから。

そう考えながら、ちらりと視線を上げると、心配気な表情のカノープスと目が合った。

……あの時から、この男は物凄くオレを心配している。

恐らく、オレが月を眺めながら何を考えていたかなどお見通しで、敢えてそれを言葉にさせようとしているのだ。心の中にあるものを吐き出させることで、少しでもオレの心を軽くするために。

分かってはいたが、まだあれについての深い話をする気にはなれず、話をそらそうと試みる。

「どうした、オレの顔など見つめて。眺めて面白い顔でもあるまい」

オレの心情を理解したカノープスは、一瞬悲し気な表情をしたけれど、気を取り直すように瞬きを繰り返した。

「……そうですね。私が女性であれば、驚くほど端整な陛下の顔を眺めているだけで楽しかったのかもしれませんが、生憎私は男ですから。眺めていても、そう楽しくはありませんね」

そう言うと、カノープスは小さく息を吐き出した。

「ただ、件《くだん》のご令嬢はどのようなお気持ちだったのかと、尋ねてみたいところですが……。聞きましたよ。あなたを慕って寝所に忍び込んだ公爵令嬢を手討ちにしたそうですね？」

つい数日前の話なのに、早耳だなと思いながら、僅かに目を眇める。

この情報収集能力の高さならば、結論も既に知っているはずだと思いはしたものの、オレ自身が否定することに意味があるのかもしれないと考えて口を開く。

「噂話は得てして大きくなるものだ。すんでのところで、控えていた騎士たちに止められた」

「つまり、止められなければ、切り殺すつもりだったのでしょう？　ほとんど同じことですよ」

カノープスは呆れたように首を振ると、天を仰いだ。

「しかし、ご令嬢も無駄なことをするものですね。今さら陛下に、動く心など残っていないでしょうに……」

カノープスの言葉に、オレは小さく頷いた。

「ああ、その通りだ。あの日、あの時、あの場所で、オレの心は壊れた。二度と、動くことはない」

――――あれが、生き返りでもしなければ。

呑み込んだ言葉は、しかし、正確にカノープスに届いたようだった。

それを証するように、カノープスが口を開く。

「……セラフィーナ様は志の高い方でした。『魔王を封じる』という目標を掲げられていましたから、それを完遂するために、いつの日か戻って来てくださるのではないかと、私はまだ夢を見ているのです」

オレはちらりとカノープスの体に視線を走らせると、軽く肩を竦めた。

「その際に、再び護衛騎士になろうと体を鍛えているのか？　祈りの世界では、体を鍛える必要などなかろうに」

……だが、皮肉交じりに発した言葉とは裏腹に、心の中ではカノープスの発言の正しさを認めていた。

その通りだ、生きていくには希望が必要だと。

祈りに似た希望が、明日を生き抜く力を与えてくれるのだと。

――――オレの罪は深く、贖罪のための生だと言い聞かせなければ、立っていることも難しいけれど。

いつの日か、あれの仇を見つけ出し、この手で封じるという希望を持ち続けることで、この世界に留まることができている。

本当は、……今夜のように月を見上げ、あれを想う度に、壊れたはずの心が痛むように思われたけれど、――心がないオレが痛みを覚えるはずもないと、弱い心を切って捨てた。

【挿話】魔王の右腕

「フィー様はお休みになったのか？」

つい先ほど、フィーアを寝所に案内しに行ったザビリアが、ほんのわずかな時間で戻ってきたのを目にしたカーティス団長は訝し気な表情で尋ねた。

長い時間を掛けて行われた全員のとっておきの話が終了したのは、ほんの少し前だ。

夕食とともに開催された交流の時間がお開きとなったため、それぞれに用意された寝所に案内されたのだけれど、フィーアは当然のように黒竜の寝所に連れていかれた。

一方、カーティス団長は少し離れた寝所に案内されたのだが、そのまま休むことなく取って返すと、遠くからでも彼の存在を確認できる開けた場所でザビリアを待っていた。

先ほどの思わせぶりなザビリアの発言から、カーティス団長に何か聞きたいことがあるのだろうと推察されたためだ。

実際、ザビリアはカーティス団長に2人きりで話したいことがあると気付かせるため、敢えて思わせぶりな発言をしたのだけれど、そのことを正しく読み取られたことを嬉しく思ったようだった。

その証拠に、ザビリアは顔をほころばせると頷いた。

「うん、フィーアは寝つきがいいからね。僕が小さくなってフィーアのお腹の上に乗ったら、いつだってすぐに眠ってしまうんだよ」

誰からも恐れられる伝説の魔獣は、さらりと抱き枕代わりにされていることを告白した。

「……そう、なのか」

ザビリアの返事を聞いたカーティス団長は、複雑そうな表情で押し黙った。

ぬいぐるみ遊びの年齢は終わりましたといさめるべきか、最強の従魔に眠りの時間まで守護されていると安心するべきか、逡巡しているようであった。

ザビリアはそんな様子のカーティス団長を考えるような表情で見つめると、不思議そうな声を上げた。

「そうやっていると、ただただ主に従順な姿に見えるんだけどな。……けれど、あんたは一番やっかいなタイプだよね。考える部下なんて」

そう言うと、ザビリアは威嚇するかのように大きな翼を広げてみせた。

カーティス団長は月明りに美しく輝く黒竜の全身をじっと見つめた後、地面に視線を落とす。

「黒竜殿、脅してみせなくとも、私にはフィー様に背信する気など一切ない。私は心から、フィー様がお幸せになられることだけを望んでいる」

それから、カーティス団長は視線を落としたまま、両手をぎゅっと握りしめた。

「先ほどの発言は申し訳なかった。『体験したことがない者に、あの喪失感は分からない』というのは、特定の体験をしなければ反論できない論調だった」

自分の発言を後悔し、謝罪するカーティス団長に対し、ザビリアはあっさりと答えた。

「いや、いいんじゃない。正直、僕にとってフィーア以外どうでもいいから、フィーア以外の者について、『この者の真意は何だろう』なんて思考することは一切ないから。だから、僕に伝えたいことがあるなら、はっきり言ってもらわないと僕も理解できないし」

ザビリアの言葉を聞いたカーティス団長は、俯いていた顔を上げると、ザビリアと視線を合わせた。

「理解いただき感謝する。それから、先ほどの黒竜殿の発言は正論だ。……フィー様の正義はまっすぐで歪みがなく、全ての決断を任せるべきで、何事かを意図的に隠したり、思考を誘導したりすべきではないというのは……正しい考えだ」

そう発言しながらも、カーティス団長の表情は、自分の発言に納得しているようには見えなかった。

むしろ、どんどんと苦し気に顔が歪められていく。

「しかし、……しかしだ、黒竜殿！　フィー様の決断は300年前も常に正しかったけれど、……結果として、不本意な最期を迎えられた。……『他人を盾にしてでも、生き抜かなければならない』という強い思いが、生き残るためには必要だと私は考える。そうでなければ、あの立場の方は生きながらえない。３００年前に、結果としてそう出たのだから」

訴えるかのように一気にたたみかけるカーティス団長に対し、ザビリアは用心深い表現で返事をした。

「……確かに、フィーアの前の生は不本意な終わり方だったね」

それから、ザビリアは表情を変えないままに口を開く。

「ねえ、質問があるんだけど」

「……分かっている」

だからこそ、ここで待っていた……

続けられなかった言葉を正確に読み取ったザビリアは、「うん、待っていてくれてありがと」と言うと、威嚇のために広げていた翼をしまい、カーティス団長の前に腰を下ろした。

カーティス団長は気持ちを落ち着けるかのように大きく息を吐くと、胸の前で両手を組み、口を開いた。

その声は先ほどと異なり、平坦なものになっていた。

「取り乱して悪かった。黒竜殿を待つ間、月を見上げていたのだが、……このように月が美しい夜には思い出すものがあって、心が乱れるようだ。大変失礼した」

それから、カーティス団長は穏やかな口調で続ける。

「フィー様の思考を共有できるという黒竜殿ならば、色々と疑問があって当然だ。私で答えられることならば何でも答えよう」

「あんたは本当に理解が早いね。さすが大聖女の護衛騎士だっただけのことはある」

ザビリアはさらりとフィーアとカーティス団長の前世の関係を口に出し、３００年前の関係を知っていることを仄めかした。

カーティス団長は僅かに目を見開くと、「そこまで知っているのか」と小さく呟く。

それから、一瞬の逡巡の後、ザビリアの言葉に同意した。

「……ああ、そうだな。私はフィー様の護衛騎士だった。そのことを常に誇りに思っていたし、全力で役目を果たそうと尽力していた。その気持ちに今でも変わりはない」

カーティス団長はザビリアの仄めかしを正面から受け止め、誤魔化すことなく、真摯な態度で返すことに決めたようだった。

その様子を確認したザビリアは、思うところがあったのか、納得したように独り言ちる。

「なるほど、決断が早い。僕を味方として受け入れることを、一瞬で決めるとはね。そしてまた、誠実な騎士だ。前世の銀の近衛騎士団長も、安心して護衛騎士を任せたはずだな」

その言葉が聞こえたはずのカーティス団長は、動揺する様子もなく、まっすぐにザビリアを見つめてきた。

それどころか、ザビリアの独り言を拾い上げ、質問として返してくる――――何事も隠し立てをしないという、表れのように。

「それで、黒竜殿は何を知りたい？　その銀の近衛騎士団長の行く末か？　それとも、……」

「ああ、その辺りはいいや。フィーアの感情がまだ整理されていないようだし、そんな状況で他方からの話を聞いても、真実がより分からなくなりそうだからね。僕が聞きたいことは一つだけだよ」

ザビリアは尻尾をぶるんと振ると、正面からカーティス団長を見つめ返した。

「僕が知りたいのは、あんたがフィーアから何を隠そうとしているのか、ということだ。……フィーアに『生き抜きたい』という強い思いがなければ、フィーアを救えないとあんたは信じているんだよね？」

カーティス団長は瞳を伏せると、感情の見えない声を出した。

「ああ、そうだ。私には、……圧倒的な力はない。フィー様が手を伸ばしてくれなければ、お救いすることは難しいだろう」

「ふうん。まあ、たとえば崖から落ちかけていた場合、落ちていく者が手を伸ばすかどうかで救出の難易度は変わってくるだろうけれど。でも、あんたは３００年前のフィーアの兄より強いよね？　その上、魔王は既に封じられているんだよね？　それでも、ぎりぎりのところでしか救えないと言うんだ？　……一体、何に対して？」

探るよう尋ねるザビリアに対し、カーティス団長はぐっと唇を噛み締めると無言を貫いた。

ザビリアは暫く返事を待っていたけれど、返ってこないようだと気付くと首を傾ける。

「いいかい、僕の質問は一つだけだ。魔王が封じられた今、あんたはなにを恐れているんだ？」

「………………」

それでも返事をしないカーティス団長に対して、ザビリアははっきりとした爆弾を落とした。

「じゃあ、言い方を変えようか。『魔王の右腕』って、……アレは何？」

◇　◇　◇

ザビリアの質問はカーティス団長にとって全く予想外のものだったようで、団長は驚いたように目を見開くと絶句した。

けれど、ザビリアはそんな様子の団長に構うことなく、言葉を続ける。

「僕はフィーアとつながっているから、彼女が前世を回想した際に『右腕』が見えたんだけど、アレは一体何？　殺されるというのは物凄い恐怖だから、その恐怖心が悪く作用して、事実よりも誇張された記憶が残っているのかなとも思ったけど、……『紋』の数をフィーアが見間違えるかな？」

「貴殿には、そこまで見えたのか……」

カーティス団長はさらに大きく目を見開くと、あえぐような声を上げた。

それから、彼は何か言葉を続けようとしたけれど、声にならなかったようで、ひゅっと喉を鳴らした。

ザビリアは冷静にその様子を見つめていたけれど、何かを見極めようとするように目を細めると、疑うような声を上げた。

「……へえ、事実、なんだ。僕はずっと不思議だった。どうして魔王を封じたフィーアが、その部下を恐れるのだろうって。魔力がゼロになっていた前世ならともかく、今なら精霊こそいないものの、フィーアの能力は前世と変わらないし、それなりの騎士や僕が揃っているから。だから、たとえ『右腕』が現れても、前世とは異なる結果になるはずだから、恐れる理由なんてないと思っていた」

「…………」

カーティス団長は否定も肯定もすることなく、目を見開いたまま、ただごくりと唾を飲み込んだ。

そんな団長を、ザビリアは少しずつ追い込んでいく。

「殺されるというのは強烈な体験だから、そのせいでフィーアが必要以上にアレを恐れているのかなって、でも、それは仕方がないことだから、フィーアが思うままにさせておこうと初めのうちは思っていたんだよ。でも、ある日、疑問が湧いた。……フィーアって、戦闘に関しては冷静だよね。相手の力量を測り損ねるところを見たことがない」

「……その、通りだ。フィー様の聖女としての力は完璧だ」

とぎれとぎれの声で、カーティス団長がフィーアの能力を肯定する。

カーティス団長の発言内容に意味があるものはなかったけれど、その態度から、答えられるものにはできる限り答えようとしている誠実さが見えたように思われ、ザビリアはふっと微笑んだ。

「だよね、フィーアが相手の力量を見誤るはずはないよね。だとしたら、『右腕』はフィーアが敵わないと思う程の相手だということだ」

「………………」

この質問にも、やはり返事ができない様子のカーティス団長を見て、ザビリアは納得したように頷いた。

「なるほど。沈黙という、消極的肯定だね」

ザビリアの言葉に顔を歪めるカーティス団長を見て、ザビリアは最悪の予想が当たっちゃったな、と心の中で呟いた。

けれど、口から出たのは、冷静な確認の言葉だった。

「……そうか、フィーアの『右腕』の記憶は正しいのか。だとしたら、アレは……、魔王よりも何倍も強いね？」

「………………」

声こそ出さなかったものの、とうとうカーティス団長は、観念したように小さく頷いた。

ザビリアは困ったなという風に翼を広げると、尻尾をぷるんと振った。

「そっか。ここから先は、本来ならば『はじまりの書』とかを持ち出さないといけないような小難しい話になるんだろうけれど、面倒くさいから単純な話にしてみると、……通常、魔人は他の魔物と同じく紋を持たないよね。けれど、時々、強力な魔人が現れることがあって、その体には例外なく紋があることから、『紋持ちの魔人』と呼ばれているよね」

ザビリアの言葉に同意するかのように、カーティス団長がゆっくりと頷く。

「……その通りだ。体に紋が刻まれている魔人はレアで強力だから、それ以外の魔人と区別され、特別な呼称が付いている」

「うん、そうだね。そして、魔人はその体に刻まれる紋の数に比例した強さを持つんだよね。フィーアが封じた魔王は、『十三紋の魔王』と呼ばれていたのだっけ？」

「その通りだ。たとえ一紋であっても、体に紋が刻まれている魔人は人々から恐怖される存在なのだが、それが十三紋もあったがため、世界中から畏怖され、『十三紋の魔王』という呼称を与えられていた。だからこそ、大聖女セラフィーナ様が封じた時には、誰もが歓喜したものだけれど……」

カーティス団長が言い差した言葉を、ザビリアが引き取る。

「そうだね、通常はそこでめでたしとなるはずなのだけれど、なぜかその部下が現れたんだよね。そして、どういうわけか、その魔王の部下には、……20なのか、30なのか、体中に紋が刻まれていた。……おかしな話だよね？　魔王よりも紋の数が多い魔人なんて」

「……っ」

ぎりりと、カーティス団長は血がにじむほどに唇を噛み締める。

そんなカーティス団長に対して、ザビリアははっきりと言い切った。

「つまり……、アレが『魔王』だろう?」

【SIDE】第五騎士団長クラリッサ「フィーアと愉快な仲間たち」

私はクラリッサ・アバネシー。王都警備を担当している第五騎士団の団長だ。

最近、不思議に思うのは、驚くほどに周りの者たちを変容させていく新人騎士、――――第一騎士団のフィーアちゃんとその人間関係についてだ。

フィーアちゃんの周りには、いつだってとびっきりの人物が集まっている。

そして、彼らはフィーアちゃんの影響を受けることで激しく壊れる。つまり、本人らしからぬ行動を取り始める。

一体何が起こっているのかしら?

――――畏れ多い話だけれど、一番初めに気付いたのは、サヴィス総長に起こった変化だ。

元々、総長は恐ろしいまでに凍てついた雰囲気を纏わせる方だった。

完璧な騎士団総長ではあったけれど、完璧さが極められ過ぎていて、おいそれと口をきくことができない雰囲気があった。

騎士団を統率するカリスマとしては見た目も能力も完璧だったけれど、他人を寄せ付けない高い壁をそびえ立たせていたのだ。

それが、フィーアちゃんが相手だと、初めから勝手が違った。

なぜだか茶目っ気をのぞかせ、自らかかわろうとされるのだ。

そもそもの始まりは、騎士団入団式の模範試合で、新人騎士であるフィーアちゃんと総長が手合わせをされたことだけれど、あれだって異例の出来事だ。

通常であれば、新人騎士の相手を務めるのは数年先に入団した先輩騎士で、総長が相手をすることなんてあり得ないのだけれど、どういうわけか総長自ら手合わせを希望された。

そして、あの日を境に、サヴィス総長は目に見えて雰囲気が柔らかくなられたのだ。

一体何が起こっているのかしら、と首を傾げている間に、第四魔物騎士団長のクェンティンがおかしくなった。

魔物にしか興味がないはずの騎士が、「フィーア様、フィーア様」と、大きな体で縋りつかんばかりにフィーアちゃんに付きまとい始めたのだ。

え、何これ、気持ち悪い、と思っていると、総長ご臨席の騎士団長会議の場で、第一騎士団長のシリルを相手にフィーアちゃんの争奪を始めた。

迎え撃つシリルを見て、あれ、シリルは博愛主義で、誰かに執着するようなタイプではなかったのに……、とこれまた不可思議に思っていると、それをおかしそうに見つめる総長の姿が目に入った。

ええぇ、総長がフィーアちゃんの言動に興味を持っているわ、どうしてこんなに特別なのかしら、と驚いている間に、シリルがフィーアちゃんを自分の領地に連れて行き、騎士の誓いを行ってしまった。

筆頭騎士団長が、新人騎士に騎士の誓いを行ったですって!?

もう全く訳が分からなくなって、フィーアちゃんに話を聞こうと待っていたら、どういうわけかサザランドから第十三騎士団長のカーティスが付いてきた。え、何のオマケなのかしら？

そのうえ、カーティスはまるで護衛騎士であるかのようにぴたりとフィーアちゃんにはりつき始めた。一体何がどうなっているのかしらね？


――――そうして、迎えた今日だ。

フィーアちゃんが「グリーン」、「ブルー」と呼んだ、明らかに出自のよい2人を前にして、私は困惑していた。

街中でトラブルが発生したので間に入ろうとしたら、見知らぬ男性が現れ、とぼけた様子であっという間に騒動を収束させてしまったのだ。

その男性は、偶然にもフィーアちゃんの知り合いのようだったけれど、どう見ても只者ではなかった。

身に着けている着衣こそ一般的なものだけれど、洗練された立ち居振る舞いを見ただけで、一般人ではないとすぐに分かる。

しかも、すぐには気付けないほど気配を消すことに長けた騎士が、100人単位で護衛をしていた。

私が顔を知らないことから、国外の要人に違いない。

彼らは一体何者なのかしらと思いながら、にこやかに挨拶をしてみたけれど、2人からは感情を消した表情で、不愛想な挨拶を返されただけだった。

……あ、こっちが素だわ。

フィーアちゃんを相手にした時は、赤面したり大声を上げたりと感情豊かだったので、賑やかなタイプなのかと思ったけれど、そちらの対応が特別なのね。

しかも、かまをかけると、2人はどうやらフィーアちゃんに会うためにこの国へ来たらしい。

まあ、たったそれだけの理由で王国まで来るなんて、フィーアちゃんとの間に何があったのかしら？

そう疑問が湧くままに、彼らの正体を確かめようと観察すればするほど、身軽に動けるような軽い立場ではないことが確信される。

私は王都を守護する騎士団長だ。

国王陛下やサヴィス総長と間近で接する機会が多々あり、支配者特有の雰囲気はどのようなものかを自然と感じ取れるようになったのだけれど、……困ったことに、目の前の2人から同様の雰囲気を感じてしまう。

……他国の王族なのかしらね？　だとしたら、遠くの小国がいいのだけれど。

そう希望的観測を抱きながら、どう対応したものかしらと考えていると、フィーアちゃんの忠実なる騎士であるカーティスが駆けつけてきた。

まあ、ものすごい察知能力だわ！

というよりも、カーティスは何を察知してきたのかしら？　傍から見たら、フィーアちゃんは男性2人と話をしているだけだわ。

たまたま警戒しなければならないほどの高位者だったけれど、一見しただけでは身分の高さは分からない。話をしただけで見咎められるならば、フィーアちゃんは恋愛なんて絶対にできないわよ！

そんな私の心配をよそに、カーティスはフィーアちゃんを背中に隠すと、完全なる対立姿勢で2人に向き直った。

まあ、カーティスったら思った以上に過保護なのね！　恋人どころか新しいお友達すら作らせないつもりかしら。

そうハラハラしながら見守っていると、カーティスは2人に対して初対面らしい様子を見せながらも、迷いなくアルテアガ帝国の者だと言い切った。

えっ、アルテアガ帝国といったら、ナーヴ王国と並び立つほどの大国じゃない。

そこの支配者階級？　やだわ、帝国の皇族ってこと？　遠くの小国の王族であってちょうだいという私の願いはどこに行ったのかしら。

けれど、帝国の皇族だなんて、そんな超高位者が非公式に我が王国を訪問なんてするかしら。

そもそも相手が何者かを分かっている様子のカーティスなのに、２人に対する態度は酷いものだ。

帝国皇族にこんな対応をするはずないだろうから、せいぜい帝国公爵とか帝国侯爵くらいじゃないかしら。

などと考えながら、面白くなってきたわねと成り行きを見守っていると、部下の一人が呼びに来た。

「クラリッサ団長！　中央地区のレストランでガッター子爵のご子息が暴れております。我々では手が付けられませんので、ご対応いただいてもよろしいでしょうか！」

何てこと、こんなタイミングで時間切れなんて！　と、心の中で不満の声を上げたけれど、背に腹は替えられない。

「まあ、丁度面白くなってきたところだったのに！　……仕方がないわね、お給金をもらっている以上は働かないと。はあ、またね、フィーアちゃん。それから、カーティス、後はよろしく」

そうして、私は一番面白そうなシーンを見損ねたわ、と心底悔しい思いを抱いて、呼びに来た騎士とともに中央地区に向かったのだった。

事件発生中だというレストランに到着すると、ガッター子爵家の子息が椅子を振り上げて怒鳴っていた。

子息はひとしきり暴れたようで、部屋のあちこちでテーブルや椅子が引っ繰り返され、食器や料理が飛び散っていた。

他のお客は逃げたのか、部屋の中にいたのは従業員らしき者たちのみで、部屋の隅に張り付くようにして遠巻きに眺めていた。

周りの者に怪我をさせる心配はないわね、と安心してすたすたと近付いていくと、子息は私に気付いた途端、はっとしたように顔を赤らめ、慌てた様子で摑んでいた椅子を床に置いた。

「ク、クラリッサ様〜」

「お久しぶりね、今日は一体何をしているのかしら？」

定期的に問題を起こす顔なじみの子息が相手だったため、きつめの口調で詰問すると、相手はくねくねと腰を揺らしながら言い訳をしてきた。

「それがですね、クラリッサ様〜、僕が何度も嫌いだって言っているのに、このレストランったら酸っぱい味付けの料理を出してきたんですよ〜。僕は一日に5回しか食事をしないのに、そのうちの1回がこれかと思うと、腹が立っちゃって〜」

「あんたが悪いわ！」

子息の言い訳を聞き終わると、どすんと重めの手刀を頭の中心に落とす。

「……いがっ！　いだいいいぃぃぃ」

子息は両手で頭頂を押さえたまま床にしゃがみ込み、涙目になって見上げてきたけれど、楽し気なショーを見逃した私の気持ちは収まらなかった。

「ああ、もう、せっかくフィーアちゃんに愉快な仲間が追加されたというのに、あんたが問題を起こすから、見逃しちゃったじゃないの！」

「ゆ、愉快な仲間？」

私の悔し気な表情と『愉快な仲間』という単語が結びつかないようで、子息は目を白黒させていたけれど、周りにいた騎士たちは納得したように呟いた。

「愉快な仲間か……。騎士団長たちに対して不敬な物言いになるかもしれないが、……的確だな」

「ああ、間違いなく愉快な仲間だ」

思い思いの感想をぼそぼそと漏らす騎士たちの声を聞きながら、私は心の中で、残念、想定範囲が狭すぎるわね、と言葉を返した。

騎士たちは王都勤務の騎士団長を思い浮かべ、私の表現に同意しているようだけれど、……接する機会が少ないから変化に気付かないだけで、サヴィス総長もとっくに変容しているのよね。

それから、これまでの経験にのっとって考えると、特別休暇の後にフィーアちゃんが対面する国王陛下だって、どうなるか分からないわよ。

さらに、先ほど出逢った2人組みが、帝国の皇族、もしくは貴族である可能性が大きいし。騎士たちが気付いていないだけで、フィーアちゃんの『愉快な仲間』の範囲は、絶賛拡大中なのよね！

そう考えながら、多くの上位者に取り巻かれていることに全く気付いていない様子で、『本命はぶっちぎりでサヴィス総長です!!』と言い切ったフィーアちゃんを思い出す。

「……ふふ、あんな調子じゃあ、ひと騒動起こることは必至よね。なんて大変そうな未来なの」

そう口にしながらも、……一方では、大変さ以上に楽しそうで賑やかそうな未来が思い浮かび、——フィーアちゃんにぴったりね、と私は微笑んだのだった。

【SIDE】長女オリア「私の小さな妹」

私はオリア・ルード。ルード騎士家の第二子にして長女だ。

現在は騎士として、王国最北端で警備の任についているのだけれど、そんな遠地に妹から手紙が届いた。

妹は休暇を利用して、王都からはるばる訪ねて来るという。どうやら私は、久しぶりに妹に会えるようだ。

嬉しく思いながら手紙を読み進めると、フィーアはただ遊びにくるのではなく、カーティス第十三騎士団長の随行として、半分は騎士の用務で訪問するとのことだった。

フィーアが騎士か……。時の流れの速さに感慨深いものを感じながら、小さかったフィーアを思い出す。

「姉さん、姉さん、見て！　剣を持てるようになったのよ！」

長男のアルディオが使用していた子ども用の剣を使用できるようになった日、満面の笑みで笑っていたフィーア。

あの時のフィーアは既に6歳で、他の兄姉と比較すると3年遅れで剣を振れるようになったのだけれど、そのことには頓着せず、ただただ嬉しそうに笑っていた。

「ふうぅぅぅぅん」

7歳になった時、1か月前に入ってきた同い年の騎士希望者に手合わせで負け、館の裏で一人泣いていたフィーア。

あの時はどうしたものかと対応を躊躇したが、声を掛けることをためらっているうちにフィーアは泣き止み、ごしごしと目元を乱暴にこすると、すたすたとこちらに向かって歩いてきた。

咄嗟に隠れることもできず、館の角を曲がってきたフィーアにぶつかってしまったが、フィーアは覗かれていたことには気付いていないようで、にかりと真っ赤にした目元で笑ってきた。

あれは泣いていることを気付かれまいとした子どもらしい行動だったのだろうけれど、笑ったフィーアの前歯が生え代わりの時期で抜けていて、その間抜けながらも愛らしい表情に、声を出して笑ったものだ。


――――あの子は可愛い。

兄妹の中で一人だけ母親を知らず、幼い頃に寂しい思いをした不憫な子だというのに、父と兄弟は剣の腕前でしか相手を測らない騎士馬鹿だ。

フィーアの剣の腕が、ちょっとばかり我が家のレベルから落ちるというだけで興味を失い、フィーアにかかわることを止めている。

注意すると、父親のドルフだけは申し訳なさそうな表情をして、フィーアに声を掛け始めるが、3分もすると自分が何をしていたかを忘れるようで、フィーアへの関心を失ってしまう。

父が忙しいのは分かる。

騎士団の副団長を拝命しているので、勤務地である西方地域からなかなか離れられないのも理解できるが、それでもたまに領地に戻った時くらいは、フィーアに声を掛けてもよいじゃあないかと思う。

騎士団副団長であると同時に父親なのだ。

フィーアに対して義務と責任が発生する立場だというのに、今のところ全く果たされていない。

だが、そんな父も、最近は少しだけフィーアと会話をしたと聞いた。

何でも父が『成人の儀』をクリアした祝いにとフィーアに贈った剣が、見たこともないような付与がついた魔剣だったらしい。

剣自体は王国に献上したが、元々が館の武器庫に入っていたものだったので、他にそのような逸品が混じっていないかと調査が行われたとのことだ。

なぜ我が家にそのような魔剣が？　と不思議でならないが、父のずさんさを見る限り、玉石気付かずに入手した武器を、無造作に武器庫に放り込んでいたのだろう。

そんな父がフィーアに剣について尋ね、その際食事を共にしたというのだから、親子関係としては前進したのじゃあないだろうか。

一番の問題は、長男のアルディオだ。

兄の騎士としの能力は申し分なく、剣の腕は冴えわたっているけれど、なまじっか才能に恵まれたばかりに、その才を追求することに全精力を傾けてしまっている。

おかげで、剣の道から最も遠い場所にいるフィーアを、見えないのかというくらい全く相手にしない。

次男のレオンも同様にフィーアに関心がないけれど、こちらはアルディオの行動を模倣するところがあるので、アルディオが改められれば自然と直るだろう。

いずれにせよ、皆の悪い予想を裏切ってフィーアは騎士になったのだ。

それどころか、騎士として最上の栄誉である、サヴィス総長と剣を合わせる機会を与えられたのだ。

アルディオもレオンも、フィーアを認め、受け入れる時期にきているのではないだろうか。

手紙を手にそう考えてから数日後、――――私は妹と再会した。

最後に会ったのは『成人の儀』に妹が挑戦した時で、フィーアはまだ騎士にもなっていなかった。

そのため、随分と久しぶりな気持ちがする。

妹は初めて見る騎士服姿で、頭には可愛らしい羽根飾りを付けていた。

ああ、青い騎士服がよく似合う、立派な騎士になったものだ、と感心する。

いつの間にか妹が成長したことを嬉しくも誇らしく思いながら周りを見回すと、カーティス団長とは別に立派な騎士が2人、妹の側に寄り添っていた。

その2人の騎士は、私のことを「ご令姉様」と呼び、明らかにフィーアを基準にして私を見ていた。

「こんなに体格がいい騎士に興味を持たれるなんて、大したものだわ！　フィーアは小さいから、お相手は体格がいい者がいいなあと常々思っていたのよ」

嬉しくなって心の内を零すと、グリーンとブルーは面映ゆそうな表情をした。

その表情から、2人がフィーアのことを大事にしているように思われて嬉しくなる。

「この子をよろしくお願いするわね。派手なところはないけれど、できないことがあっても諦めず、何度も何度も挑戦する努力家なのよ。いい子だわ。そんなフィーアに着目するなんて、地に足のついた方々なのね。フィーアのよさに気付いてもらえて嬉しいわ」

2人に向かってそう言うと、2人ともに真剣な表情で、私の言葉を受け入れるかのように頷いたので、自然と笑みが零れた。

ああ、私の小さな妹は、いつの間にか成長して、立派な仲間を見つけてきたのね。

そう嬉しく思いながら、窓越しにそびえ立つ黒々とした霊峰黒嶽に視線をやる。

それから、山の主である黒竜について思いを馳せた。

フィーアがこの地に来た理由は、私に会いたかったことに加え、従魔の様子を見たかったのだろう。

伝説級の魔物である黒竜も、フィーアにしたら大事な友達で、様子を見に来るほど心配な存在なのだ。

恐らく、このフィーアの優しさが、黒竜よりも圧倒的に力が弱いフィーアと黒竜を結びつけたのだろう。

元々は怪我をしていた黒竜の傷を、フィーアが回復薬で治癒したことが始まりらしいけれど、その際に黒竜はフィーアの優しさを感じ取ったのじゃないだろうか。

フィーアの優しさが色々な相手と繋がっていくのだわ、と私は誇らしく思った。


――――その夜は、フィーアと同じベッドで眠った。

昼間にガイ団長を怖がった名残なのか、妹はぴたりと身を寄せてくる。

黒竜を従魔にするという、前例のないほど凄いことをやってみせる一方で、魔人という単語に怯えるなんて、と幼い様子を見て安心する。

急いで大人になる必要はないのだからね、と言い聞かせながら、妹の小さい頃の話をする。

「フィーアはすぐに迷子になるから、それはもう大変な思いをして、皆で捜し回ったものだったわ。

フィーアからしたら迷子になっているつもりなんてなく、理由があって色々な場所にいるのだろうけれど、……5歳の時、2時間もフィーアが見つからなかった時なんて、ジャガイモを入れる籠の中で眠っていたんだから！」

ひとしきり2人で笑い合ったり、話をし合ったりした後、ふとフィーアが身動きしていないことに気付く。

いつの間にか眠りに落ちていたようで、フィーアの目はしっかりと閉じられていた。

様子を確認するために見下ろすと、フィーアの口が小さく動いた。

「……シリウス、ぴかぴか過ぎて眩しいわ」

ぽつりと零れ落ちた寝言は、星の話だった。

「ふふ、フィーアの小さい頃の話をしていたはずなのに、フィーアの中では星の話になってしまったようね」

フィーアの身体にブランケットをかけ直すと、私も隣で横になる。

見るともなしに妹を眺めていると、フィーアは嬉しそうににっこりと笑った。

あら、楽しい夢を見ているのかしら、と微笑ましく思っていると、フィーアは返事をするかのように口を開いた。けれど、またもや紡ぎ出されたのは星の名前だった。

「カノープス、……お願いだから、少しは融通を利かせてちょうだい。ベガ、カペラ、……、……それはさすがに、根性が曲がり過ぎていましてよ」

星の名前の後にちょこちょことおかしな感想が混じるのが面白かったけれど、夢というのは辻褄が合わないものだしね。

そして、星の名前とおかしな感想は一見無関係に思えるけれど、フィーアの中では筋道が通っているのかもしれない。

……私の可愛いフィーア。

騎士として一人前になったけれど、私はずっとフィーアの姉で、そのことは変わらないから。

だから、必要がある時には、思いきり私を頼るのよ。

そう思いながら、ぷにんとした頬を指でつつく。

「困ったことがあったり、疲れたりしたら、必ず私のもとに帰ってくるのよ？」

そうおかしな寝言を呟く妹に語り掛けると……

「ええ、もちろん、お星さまが夜道をぴかぴかに照らしてくれるから帰ってくるわ。……姉さんが大好きだから……」

と可愛らしい言葉が返ってきた。

思わず声を上げて笑うと、温かなフィーアにぴたりとくっつき、私もすぐに眠りに落ちたのだった。

【SIDE】第四魔物騎士団長クェンティン「ザビリアの角が賄賂罪に当たるか審議される」

そもそも「フィーア担当団長」とは何なのだ!?

同じ騎士団長でありながら、自分だけズルいじゃないか。そんな役割があるのならば、オレがやる!!

そう心の中で叫ぶと、オレは執務室に置いてある宝箱の中から、フィーア様から特別に贈られた黒竜王様の鱗を取り出した。鱗を抱きかかえた状態で、ソファに腰を下ろす。

いつ見ても美しく輝く鱗を膝の上に載せると、心が落ち着いてくるのを感じたけれど、『いやいや、それにしてもあいつは』、と収まり切れない感情のまま、同僚のカーティスを恨めしく思った。


――元々、カーティスは顔なじみの騎士だった。

3年前まで第一騎士団の騎士として王都に勤務していたため、業務で一緒になることもあったからだ。

人当たりが良く、控えめな文官のような態度のカーティスのことを、少々ひ弱ではあるものの、自分の職分はきっちりと果たす責任感の強い騎士だと思っていた。

だからこそ、第一騎士団長のシリルがサザランド警備の騎士団長としてカーティスを推薦した時、賛同の意を表したものだったが……

けれど、――――サザランドから戻ってきたカーティスは、別人のように変わっていた。

物腰は変わらず丁寧でありながら、誰が見ても分かるほどに静かな自信と落ち着きを身に付けていた。

一見したエネルギーの多寡は以前と変わらないのに、剣の腕前が格段に上がったかと錯覚させる不思議な雰囲気を身に付けていたのだ。

けれど、カーティスの最大の変化は、第一騎士団のフィーア様の信奉者と化したことだろう。

第十三騎士団長という役割を投げ出してまで、サザランドからフィーア様に付いてきてしまったのだから。

騎士団長がその職責を放棄し、一介の騎士に付いてくるなんて、と初めに話を聞いた時には、デズモンドやザカリーを含めた騎士団長全員で驚愕したものだけれど、カーティスの態度は直るどころか酷くなる一方で、とうとう「フィーア担当団長」などと呼ばれ始めた。

(クラリッサ第五騎士団長だけは「恋ね」としたり顔だったけれど、彼女の予想が外れていたことは、今では誰の目にも明らかだ)

その日以降、フィーア様を見かける度に、その後ろにくっついているカーティスまで、必ず目にするようになってしまった。

……フィーア様の素晴らしさに気付いたのは、オレの方が先だったというのに、自分ばかりが側にいるなんて、ズルいじゃないか！

そう面白くない気持ちになったものの、『まあいい、黒竜王様は霊峰黒嶽へ戻ってしまわれたことだしな』、と自分に言い聞かせて心を落ち着かせていたところ、その黒嶽をフィーア様とともに訪問するという話を耳にした。

どういうことだ、とすぐさまシリルのもとに駆け付ける。

シリルは執務室でザカリーと向かい合わせに座り、打ち合わせを行っている最中だったが、突然飛び込んできたオレの姿を見て、訝し気に片方の眉を上げた。

「どうしました、クェンティン？　あなたが私を訪れるとは珍しいですね」

オレはずかずかとシリルの前まで歩を進めると、言いたいことだけを口にした。

「なぜカーティスがフィーア様とともに霊峰黒嶽を訪れるんだ？　ズルいじゃないか!!　勿論フィーア様はみんなのものだが、オレは魔物騎士団長だ！　オレが一番魔物に詳しいから、黒竜王様を訪問するならば、オレを連れて行くのが筋じゃないか!!」

「……フィーアが訪問するのは、王国北部を警護している姉ですよ」

シリルは勢い込んで話をするオレを見て、驚いたように目を見張ったけれど、すぐにいつもの穏やかな表情に戻ると、取りなすように言葉を続けた。

けれど、それくらいでオレは騙されなかった。

「じゃあ、フィーア様は黒竜王様に会わないのか？　もし会ったら、今度はオレと一緒に霊峰黒嶽へ行くと約束するか⁉　なに、できないだと！　それは、10割の確率で黒竜王様に会うと分かっているからだろうが!!　オレだって、他ならぬ黒竜王様にフィーア様を守護するように頼まれたんだ！　オレも一緒に行くぞ!!」

「クェンティン、落ち着いてください。あなたにまで長期間抜けられては、王都の守護が成り立たなくなります」

シリルが余所行きの表情を少しだけ崩し、困ったような声を上げた。

けれど、これが落ち着けるものか、と言葉を続ける。

「何を言っている！　王都には、お前もデズモンドもザカリーもいるから、戦力は十分だろう!!　そんなことを言うなんて、オレがどれだけ黒竜王様に会いたがっているか、お前は全然分かっていないんだ！　最後に黒竜王様にお会いしてから、どれほどの時間が経ったと思っている。オレは……」

けれど、話をしている途中で重大なことに気付く。

「ああっ！　しまった！　というか、オレは絶対にフィーア様に同行しなければいけないんだった!!　もしも黒竜王様を訪問したフィーア様の側にオレがいないことを気付かれたら、役割を果たしていないと、対価を取り上げられてしまうじゃないか!!」

「対価？　フィーアを守る対価とは何ですか？」

オレの言葉を聞いたシリルが、戸惑ったように尋ねてくる。

オレはよくぞ聞いてくれたと思いながら、自慢気な表情でシリルを見下ろした。

「ふははは、聞いて驚け！　お前もこの前目にした、恐ろしいまでに立派で美しい黒竜王様の角だ!!　フィーア様を守護する代わりに、黒竜王様からその角を譲り受けたのだ!!」

「それ、賄賂でしょう！」

シリルががたりと音を立てて、驚愕した様子で椅子から立ち上がった。

「騎士団長が仲間を、あるいは、部下を守ることは当然の職務の範囲です。それなのに、報酬欲しさに特定の騎士を優先して守護するのは規律違反ですよ！」

「ははははは、馬鹿を言え！　正当な対価だ。オレは黒竜王様から直々にフィーア様を守るようにと申し付かり、報酬として王の角を渡されたんだ！　フィーア様を守護することは、王の角と同等の価値があるとの判断が下ったところに、その報酬を突き返すなんて失礼なことができるか！」

「仲間を守ることは尊い行為ですが、それは報酬なしで行うものです！　あなたはただ黒竜の角が欲しいだけでしょう！」

さすがシリル、正確にオレの心情を理解しているな。だが、それを認めないのが交渉術だ。

「シリル、オレの行為に問題があるとするならば、お前も同罪だ！　お前だって領民からの信頼を損なわないために、フィーア様の護衛騎士となることを承諾したのだろうが。『領民からの信頼』

と『黒竜王様の角』、どちらも等しく特別な対価だ!!」

自信満々に発言すると、シリルがぐっと唇を噛み締めた。

すると、それまで黙っていたザカリーが割って入る。

「やるな、クェンティン! 『黒竜王の角』(物理的に最上級に価値がある物体)と、『サザランドの民の信頼』(形ない誉)を同等に扱うなんて、それはシリルが唯一反論できない論調だ」

それから、ザカリーは面白がっている表情で言葉を続ける。

「だがな、クェンティン、黒竜王の言葉を正確に表現するならば、王はオレとお前の2人にあの角をくれたつもりだと思うがな。ああ、勿論オレもフィーアを守るぞ」

くっ、ザカリーめ! 黒竜王様の角が賄賂には当たらないとの雰囲気になった途端、所有権を主張し始めるなんて、何て汚い奴なんだ!

「ザカリー! お前の得物は大剣じゃないか! 黒竜王様の角からお前の剣を作ったら、オレの分がほとんど残らないぞ!!」

オレが心からの声を漏らすと、シリルがじとりとねめつけてくる。

「……クェンティン、やはりあなた、ただ黒竜の角が欲しいだけでしょう」

三者三様に思い思いの発言をし、睨み合っていたところ、こんこんと規則的なノックの音が響いた。

誰だと視線を巡らせると、フィーア様がひょっこりと戸口から顔を出した。

「シリル団長、お忙しいところ失礼します。クェンティン団長を捜しているのですが……、あれ、こちらにいましたね」

「フィーア様！　オレを捜していたのですか!?　光栄です!!」

「いいえ、お忙しいところすみません。実は、クェンティン団長にお願いがあるのですが」

「フィーア様！　が、オレにお願い!!　勿論、何でもします！　フィーア様の部屋の前で寝ずの番だろうが、女子寮の前庭の草むしりだろうが」

勢い込んでそう言うと、フィーア様は笑顔のまま、制止するかのように片腕を前に突き出してきた。

「いえ、そういうのは間に合っています。そうではなくて、クェンティン団長の従魔の羽根を何枚かいただけますか？　明日から霊峰黒嶽へ行くので、グリフォンの羽根とリボンで外出用の髪飾りを作ろうと思ってですね」

「黒竜王様に会う際に着用する、とっておきの礼装がオレのグリフォンの羽根!!　ひー、光栄過ぎて死ねそうです」

「いや、そんな簡単に死なないでください」

フィーア様から「死ぬな」との有難い言葉をいただいたオレは、いそいそと部屋を出た。

背後でシリルとザカリーの呆れたような溜息が聞こえたが、もはや2人には何の用事もないため、振り返りもせずに扉を閉める。

「フィーア様、明日からカーティスと霊峰黒嶽へ行くと聞きました。オレもご一緒させてください！」

その後、並んで歩きながら直接要望すると、驚いたようにぱちぱちと瞬きをされた。

「えっ、でも、そんなことをしたら従魔舎にいるたくさんの従魔たちが寂しがりますよ。それに、クェンティン団長まで一緒だったら、何事かしらと姉さんに不審に思われるだろうし。……うーん、クェンティン団長には特別なお土産《みやげ》を持って帰ろうと思っていたんだけどな……」

困ったような最後の言葉が聞こえた瞬間、オレは大きな声を出した。

「訂正します！　オレは王城で留守番をしています!!」

「え？　あ、ええ、そうですか？」

戸惑ったような様子で目を瞬かせるフィーア様を前に、オレは勿論ですと大きく頷いた。

そうだ。土産というのは、残された者だけが貰えるものなのだ。

更に今、フィーア様はオレに特別なお土産を持って帰ると口にされた……

これはもう、待っているしかないな。

オレはそう考えると、フィーア様に同行しないことに、心の底から同意したのだった。

――――同時刻、第一騎士団長室では、部屋の主と第六騎士団長が揃って溜息を吐いていた。

「あれは完全に賄賂でしょう」

「そう言うな。確かにクェンティンの態度は酷かったが、欲しかった玩具を手に入れた子どもだと思えば、可愛いらしく見えてこないか？　オレの剣も作ることになっているから、見逃してくれ」

「ザカリー、風紀を司る第一騎士団長の私に、不正の見逃しを正面から申し入れるなんて、豪胆にも程がありますよ」

「クェンティンはああ言っていたが、２人分の剣を作ってもまだ余りが出るはずだ。その場合は、お前の……と、そういうのにお前は釣られないんだったな。あー、では、総長用の短剣を幾つか作る、というのでどうだ？」

「………いいでしょう。私は何も聞きませんでした」

敬愛する騎士団総長の名前を出された第一騎士団長は、その場で簡単に攻略された。

そして、賄賂罪に当たるかどうかを審議される前に――話自体がなかったことにされたのだった。

大聖女、騎士に扮して騎士団長会議に参加する（300年前）

そもそもは、カノープスが騎士団長会議に出席すると言い出したことが発端だった。

「え？　騎士団長会議？」

私、――セラフィーナ・ナーヴは目をぱちくりとさせると、聞いたばかりの単語を繰り返す。

そんな私を見つめたまま、カノープスは生真面目な表情で首を縦に振った。

「はい、セラフィーナ様。誠に申し訳ございませんが、本日午後から開催される騎士団長会議で意見を求められております。そちらに参加するため、数刻ほどお側を離れさせていただきたいのですが、よろしいでしょうか？」

真摯な表情で答えを待つ護衛騎士を前に、私は純粋な疑問で首を傾げた。

なぜならカノープスが所属する赤盾近衛騎士団は騎士団本体から独立しており、本体の騎士団が開催する会議への出席義務はないからだ。

「もちろん問題ないけれど、……騎士団長会議というと、ウェズン騎士団総長の名のもとに、王都にいる騎士団長が集まって行われる会議よね？　騎士団本体ではない、近衛騎士団の騎士であるカノープスがどうして呼ばれたのかしら？」

「何でも騎士団長会議の場で、王国最高会議からバルビゼ公領への大聖女の出動についての説明があるとのことです。そのため、大聖女の護衛騎士である私に、同席の要望がありました」

「王国最高会議！　と、大聖女の出動!!」

聞いた単語に思い当たることがあったため、座っていた椅子から思わず立ち上がる。

……まずい、まずいわ！　もしかしなくても、私が原因の事案よね!?

私はさああっと顔色が変わっていくのを感じながら、問題事案について必死に頭を働かせた。

そもそもは『大聖女の出動』として予定されていた用務を、私が独断でキャンセルし、サザランドの地に向かったことが原因だ。

病に苦しんでいる人々を救うための行動だったけれど、元々予定されていたバルビゼ公領での魔物討伐をすっぽかしたことには間違いない。

そのため、王国最高会議の代表であるベガ兄様から、スケジュールを個人の判断で変更した行為は問題だと、延々と説教をされた。

その場面に闖入してきたのがシリウスだ。

彼は私を守護する近衛騎士団の団長という立場のため、どのような場面でも無条件に私を守護しようとする癖がある。

ベガ兄様（王国の第一王子）が説教をしている場面でも、……正確に表現するならば、ベガ兄様は私が誰だか分からない振りをして、「薄汚れた下女」と揶揄したり、病治癒のためにサザランドを訪問したことを知りながら、「騎士たちを侍《はべ》らせて海水浴を楽しんでいた」と声高に馬鹿にしたりしていたので、褒められた態度ではなかったのだけれど、……シリウスは我慢ならないとばかりに、正面から嚙みついた。

つまり、ベガ兄様の知らない状況証拠を並べ立て、私が自己判断でスケジュールを変更したことは正しかった、と逆転の主張をしたのだ。

さらに、大聖女出動に関する最高会議の決定こそが誤りだったと詰め寄り、責任の所在を明らかにした上で大聖女に謝罪しろと、一部事実ではない話を捏造《ねつぞう》してまで、強気にも正当性を高唱した。

――――それらのシーンを一気に思い浮かべた私は、はっとして息を飲んだ。

午後から予定されている「王国最高会議から大聖女の出動についての説明」が、シリウスの主張への返事に違いない、と気付いたからだ。

私は少し考えた後、素敵なアイディアを思い付いて、ぱちんと手を打ち鳴らした。

「いいことを思い付いたわ！　カノープスは私とともにサザランドを訪問したから、あの地で何が起こったかを十分理解しているだろうけれど、でも、本人である私以上に大聖女の行動や心理を把握してはいないわよね？」

「……そう、かもしれませんね」

話の筋が見えないカノープスが、用心するような表情で相槌を打つ。

「だからね、私もその会議に参加するわ！　シリウスがベガ兄様に最高会議の誤りを指摘したことで大きな問題になったけれど、そもそもは私がバルビゼ公領の魔物討伐をすっぽかしたことが原因だもの。だから、私が矢面に立たないと！」

勢い込んで発言する私とは対照的に、カノープスは冷静な様子で口を開くと、私の言葉を押し返してきた。

「……それは素晴らしい考えですが、会議は本日の午後からです。大聖女様の出席を申請して裁可されるには時間が不足しています。今回は、見送られるべきでしょう」

すらすらと話を続けるカノープスを見て、あ、これは確信犯ねと思い当たる。

そもそも、普段であれば何週間も前に自分のスケジュールを調整しているカノープスが、今日の午後の会議に限って直前に申し出てくるなんて、珍しいこともあるものね、と訝しく感じていたのだ。

もしかしたらカノープスは、話を聞いた私が出席すると言い出す可能性を考えて、時間的な余裕がないことを理由に却下できるギリギリのタイミングまで待ったうえで、報告してきたのじゃあないかしら。

なるほどね！　そっちがそのつもりなら……

私は邪気のない笑顔でカノープスを見上げると、さらりと新しいアイディアを披露した。

「それなら、大聖女として出席することは止めるわ。私は騎士に変装して、カノープスに随行しましょう」

「……はい？」

「まあ、もうこんな時間！　急いで支度をしないといけないわね！」

わざとらしく驚いてみせると、部屋に控えていた侍女たちに、女性用の騎士服と変装用のウィッグを持ってくるよう指示する。

「いえ、あの、セ、セラフィーナ様……」

「ごめんなさいね、カノープス。着替えるから出て行ってもらえる？　準備ができたら呼ぶからね」

「そ、それはあんまり……、セ、セラフィーナ様……！」

取りすがろうとするカノープスを追い出すと、侍女たちにばたんと扉を閉めさせた。

ふっふっふ、カノープスったら。私を仲間外れにして、自分だけで処理しようだなんて、そうは問屋が卸しませんよ！

その後、私は侍女が持ってきた騎士服に身を包み、肩まである銀髪のウィッグを頭に被った。

あらあら、銀髪金瞳だなんてエキゾチックなこと。というか、どこからどう見ても女性騎士にしか見えないわね。完璧な変装だわ！

鏡を覗き込みながら満足して頷くと、廊下で待っていたカノープスと合流する。

私を見て驚いたように目をむくカノープスを見て、どうやら変装は上出来のようねとにんまりする。

「驚いた、カノープス？　どこからどう見ても、騎士でしょう！　誰もが大聖女は赤髪だと思っているから、髪色を変えただけで全く分からなくなるわね！」

「はい？　髪色と服装を変えただけで、どうして誰もが気付かないと思うのですか？　顔立ちも瞳の色も元のままですから、誰だってセラフィーナ様だと気が付きますよ！　なぜ、たったそれだけで自信満々でいられるのか、私は不思議でなりません」

あらあら、いつだって私に同行しているカノープスならそうかもしれないけれど、それ以外の騎士に分かるものですか。

カノープスったら大袈裟なんだから、と思いながら、随行者らしくカノープスの少し後ろを歩いていく。

けれど、歩きながら、カノープスの言うことにも一理あるかもしれないわ、と考えを改めた。

確かに騎士の中には顔見知りがいるのだから、用心するに越したことはないわと、俯いて前髪で瞳を隠すように工夫すると、窓ガラスに映る姿から大聖女の面影は一切なくなっていた。

……まあ、秀逸！　これで完璧だった変装が、より完璧になったわ。

そう考え、にまにましていると、私の前を歩くことに違和感があるカノープスが、ちらちらと後ろを振り返りながら廊下を進んでいることに気が付いた。

『青騎士』であるカノープスから気にされることで、私に注目が集まってしまうように思われたため、慌てて小声で注意する。

「カノープス殿、そんな風にちらちらと振り返られると、私の存在が目立ってしまうから、前を向いてくださいな」

「カ、カノープス殿!?」

生真面目な護衛騎士は、私の一言一言が気になるようで、ぎょっとした様子で上ずった声を出した。

「そうですよ、カノープス殿。ここまできたら諦めて、いかに私の正体がバレないようにするかに専心すべきです。さあ、前を向いて歩いてくださいな」

そう注意をすると、カノープスは言われた通りに正面を向いて歩きながら、情けなさそうな声を上げた。

「お言葉ですが、今のこの状況に対して、私は何一つ同意しておりませんよ。そもそも私はあなた様のご決定に否やを唱えられる立場にはありませんので、不賛同ながら付き従っているだけです。お願いですから、決して事を荒立てないでくださいね」

どういう訳か、カノープスの発言は、私の正体がバレることが前提になっていた。

何て心配性なのかしら、と思いながらもそのことには触れず、要望されたことに返事をする。

「まあ、もちろんだわ。私は平和主義者ですからね、安心してちょうだいな」

私の言葉を聞いたカノープスは、なぜだか全く信用していない様子でごくりと唾を飲み込んだ。

大人しくするという私の言葉を信じていない態度はどうかと思うけれど、私が同行することを認めてくれたようでよかったわ、と前向きに考えることにする。

いつだってシリウスに守られてばかりの私だけれど、自分のことは自分でやって、シリウスに迷惑をかけないようにしないとね!

私はそう意気込むと、俯きながらカノープスの後に続いたのだった。

会議場に到着すると、騎士たちはまだ参集途中のようで、部屋の中の人影はまばらだった。

部屋の中央には磨き抜かれた大きな円卓が置かれ、その周りに20脚ほどの椅子が並べてあるけれど、席に着いていていたのは4人だけだ。

そういえば、まだ幼い頃、シリウスにくっついて騎士団長会議に参加したことがあったわね、と懐かしく思い出していると、できるだけ目立ちたくない様子のカノープスは、いそいそと4人から離れた席に近付き、その一つに素早く座った。

けれど、カノープスの希望とは裏腹に、離れた席に座ったことを見咎められたようで、一人の騎士が立ち上がると近付いてきた。

「久しぶりだな、カノープス」

気軽な様子で、腰に手を当てたままゆっくりと歩いてきた騎士に見覚えがなかったため、何者かしらと全身に目を走らせると、鍛え抜かれた体と隙のない雰囲気が見て取れた。

まあ、間違いなく手練《てだ》れの騎士ね。着席していたことから騎士団長の職位にあるはずだし、強いことは間違いないはずだわと考えていると、にやにやとした表情でカノープスに話しかけていたその騎士と目が合った。

「いいか、カノープス、お前程つれない奴はいねぇぞ！　大聖女様の護衛騎士だなんて、そりゃあ身命を賭《と》してお仕えすべき方に巡り合えた幸運は理解できるが、そして、正直言ってすっげぇ羨ましいが、だからこそ、もう少し付き合いって…………ひぎゃあ!!」

どういう訳か、その騎士団長は私と目が合った途端、金色の髪を逆立てると、驚いたように高く飛び上がった。

「……な、……な、カ、カカカカ、カノープス、お前何やっているんだ!?　あ、も、もも、もしかしてこれはご褒美か？　オレがこの前、Sランクの魔物を討伐したことに対するご褒美なのか??　うっわ、まじあり得ないほどの至近距離！　尊すぎて死ねるわ！　そして、オ、オレらと同じ騎士服を着用していただけるとは、ま、まじ昇天寸前だな!!」

「細い目を見開いてよく見ろ、ハダル。着用されているのは、赤色の近衛騎士団の騎士服だ。お前たちと同じ青い騎士服ではない」

興奮したような様子でべらべらと意味不明なことを話し始めたハダルと呼ばれた騎士団長に対し、カノープスは冷静に言葉を返していた。

それから、カノープスはさり気ない様子で立ち上がると、ハダル団長から私を隠すような位置に立つ。

ハダル団長はそんなカノープスの肩をがしりと摑むと、見て分かるほどにぎりりと力を込めた。

「カノープス、お前、いい加減にしろよ！　オレがどれだけそのお姿を目にしたがっていたか、十分分かっているだろう!?　そ・こ・を・ど・け！　そして、天上の国はここにあったのだと、オレに実感させろ!!」

何だかよく分からない言い合いを始めた2人を見て、あれ、もしかしてカノープスはこういうものを見せたくなかったのかしら、と思う。

そういえば、前々からカノープスは、騎士たちには閉鎖的で独特なところがありますから、赤盾近衛騎士団以外には近寄りませんようにと言っていたなと思い出す。

閉鎖的とは思わないけれど、騎士特有の言い回しを使用しているのか、会話の内容が理解できない。

こういう会話を聞いて疎外感を味わわないように、とのカノープスの気遣いだったのかしら、と小首を傾げていると、ハダル団長が騒いでいることを訝しく思った騎士団長たちが連れ立って席を立ち、近付いてきた。

「おいおい、何を興奮しているんだ、ハダル？」

「いつだって大聖女様べったりのカノープスが、珍しく女性騎士を随行させているからって、からかうのは止めておけ」

「おや〜、だが、珍しいのを見つけてきたな。銀髪の女性騎士だなんて。いやはや、銀髪は最強最悪の近衛騎士団長様がいらっしゃるから、どうもその印象が……」

がやがやと好き勝手なことを口にしながら近付いてきた騎士団長たちだったけれど、なぜだか近くに来た途端、ぴたりと会話が止む。

そうして、全員が無言で私を凝視している様子だったので、このまま黙っているのは失礼よね、一介の騎士役としては騎士団長に挨拶をするべきだわと、俯いていた顔を上げて視線を合わせ、軽く頭を下げる。

「はじめまして、カノープス殿の随行を務めさせていただきますセラ……、セラフィーです」

数瞬の沈黙の後、ハダル団長を含めた騎士団長全員が一斉に奇声を上げた。

「なああああああ!? カ、カ、カカカカノープス!!」

「はあああ、お、お言葉をいただきました! 昇天できます! 本当にありがとうございました!!」

「おい、嘘だろ? オレは魔物討伐からそのまま来たぞ! あああ、なぜオレは騎士服を着替えてこなかったんだ!! オ、オレは汗臭くはないよな!? 肯定されたら軽く死ねるぞ」

「き、騎士服姿! ナニコレ尊い! 全財産より尊い!! もう大聖女様しか勝たねぇだろ!!」

一瞬で異常な興奮状態に陥った騎士団長たちの着火剤が何だったのか分からない。

ぽかんとして4人の団長を見つめている隣で、カノープスは迷惑そうな表情を作ると、追い払うような仕草をした。

「構わないでくれ。私は本日の会議に参考人として招集されただけで、こちらの騎士は……助言役として私に付いてきてくれただけだからな」

カノープスの言葉を聞いた騎士団長たちは、はっとしたように目を見開いた。

「騎士、騎士だと？　そ、そうか、今日は王国最高会議から出席があるんだったな！　カノープス、お前の言わんとすることは理解したぞ。た、確かに、お気軽にご出席できる身分ではないからな」

「助言って、……すげえな。オレはそのお考えを、お言葉を間近で聞けるのか」

「き、今日は記念すべき日だな!?　オレは既に、この出逢いを心のページに刻んだぞ!!」

「オレだって、2年近く騎士団長をしているが、こんな栄誉は初めてだ！　気のせいか、空気が旨くなった気がするな」

それから、騎士団長たちは我先にと円卓から椅子を引き出すと、カノープスが座っていた椅子の後ろに並べた。

「セ、セラフィーさん、随行者は椅子に座るしきたりになっておりますので、こちらにどうぞ」

「そ、そうですよ、セラフィーさん、こちらの椅子にもどうぞ」

「セ、セラフィーさん、……すっげ、オレ、名前呼んじゃいました。こ、ここにも椅子があります」

「セ、セラフィーさん、今日は空気が美味しいです」

騎士団長たちの真剣な様子を見て、とても断れる雰囲気ではないわねと理解した私は、「ご親切にありがとうございます」とお礼を言いながら、恐る恐る椅子の一つに腰を下ろす。

すると、騎士団長たちは先ほどまで座っていた席を放棄して、カノープスの隣に座ってきた。

「お前たち、離れろ！　それからどさくさに紛れて、愛称のように思われる名前をここぞとばかりに口にするな!!」

彼らの様子を見たカノープスが、不愉快そうな表情で拒否したけれど、誰一人気にする様子もなく椅子と椅子の間隔を詰めてくる。

「「「冗談じゃない！　こんな機会は二度とないんだ、せめて近くに座らせろ!!」」」

騎士団長たちの誰もが真剣で、興奮したように頰を紅潮させている。

けれど、私にはその理由がさっぱり分からなかった。

私はもう一度カノープスの言葉を思い出すと、やっぱり閉鎖的とは思わないけれど、騎士特有の文化があるようねと納得したのだった。


会議の時刻となり、部屋に案内されてきたウェズン騎士団総長は、歩きながら部屋の中を見回すと、驚いたように眉を上げた。

「……なぜ、今日は誰もが末席に座っているのだ？　それも、隙間もないほど椅子を並べて」

――呆れた口調で、騎士団総長が口にした通りだった。

あの後も騎士団長たちが幾人も入室してきたけれど、そして、初めは『何をやっているんだ』とばかりにからかうような表情で近付いてきたのだけれど、――――私と目が合った途端、はっとしたように息を飲み、「オ、オレも近くに座らせろ!!」と全員が椅子を近付ける形で座ってきたのだ。

おかげで、入り口付近に全ての騎士団長がぎゅうぎゅうに椅子を寄せ合って座っており、上席には誰一人座っていなかった。

一体何の文化なのかしらね、と小首を傾げていた私だったけれど、ウェズン総長の後ろに立つ人物を見た途端、びくりとして下を向いた。

……えっ、ど、どうしてシリウスがいるのかしら!?

間違いない。視界に入ったのは一瞬だったけれど、私が彼を見間違えるはずがないもの。

ウェズン総長とシリウスは真下を向いた私の後ろを通っていくと、一番離れた上席に座った。

距離はあるものの、対面と言えるような位置に座られたため、顔を上げられず俯いたままでいる。

そんな私を見た騎士団長たちは、「あ、なるほど。お忍びなのですね。お任せください！」と心得たかのように頷き、座ったまま胸を張った。

私の前にびっしりと座った巨体の騎士団長たちが姿勢を正すと、肉の壁とでも呼ぶべきものが出来上がり、一切シリウスが見えなくなる。

まあ、さすが鍛え上げられた騎士団長ね、目隠し代わりになる壁ができたおかげで助かったわ……、と胸を撫で下ろしている間に会議が始められた。

初めは身を隠すようにうつむいていたけれど、議事が進行していくにつれて、だんだんとシリウスに見つからないような気持ちになってくる。

そのため、こっそりと騎士団長たちの陰から覗き見ると、シリウスは慣れた様子で意見を述べていた。

周りの騎士団長の対応からも、どうやら私が知らなかっただけで、シリウスは頻繁に騎士団長会議に出席していたようだと気付かされる。

予算や今月のスケジュールといった一通りの議題が終了すると、「最後の議題です」との言葉とともに最高会議の使者が呼び込まれた。

入場してきたのは、３番目の兄であるリゲル兄様だった。

上席に座っていた総長、シリウスの２人から席を一つ空けた場所に、リゲル兄様の席が用意される。

関係人招致の時間だと、カノープスが総長の側近くに呼ばれたため、カノープスの後ろにぴたりと張り付くようにして、私も付いて行った。

すると、どういうわけか、近くに座っていた騎士団長たちが全員立ち上がり、私を庇うように周りを取り囲んで付いてきた。さらにその周りには、彼らに随行していた騎士たちが続くので、全部で30人ほどの団体になってしまう。

その様子を見たシリウスが、冷めた表情で軽口をたたいた。

「……ほう、カノープス。精鋭の騎士団長たち全員から守護されるとは、まるで大聖女のような厚遇だな」

……まあ、シリウスったら、どきりとする冗談ね。

騎士団長たちに囲まれて、シリウスの視界から隠れていなければ、私がここにいると分かったうえでの嫌味かと勘繰ってしまうところだわ。

そうひやりとする私とは異なり、リゲル兄様は集団で近付いてくるカノープスをぎょっとしたように見つめると、彼の数歩手前で止まった姿を見て、引きつったように口元を歪めた。

「ふん、ここぞとばかりに肉体を見せびらかす服を着て、集団で近寄ってくるとは、……私を威圧するつもりか?」

「規定通りの騎士服を着用しているだけです。近付かせていただいたのは、離れた席に座っていましたので、殿下のお言葉がよく聞ける場所に移動しただけですよ」

騎士団長の一人が、感情を覗かせない声で答える。

そんな騎士団長たちを高慢そうな表情で見回すと、リゲル兄様――王国の第三王子は、吐き捨てるような口調で言葉を発した。

「赤盾近衛騎士団長であるシリウス殿から疑義を唱えられた『バルビゼ公領への大聖女の出動の必要性』について、王国最高会議より回答する!」

ウェズン総長が無言のまま頷くと、兄様は言葉を続ける。

「疑義の内容は、バルビゼ公領への大聖女の出動が必要だったか否かというものだ。ご存じの通り、大聖女の出動条件は『大聖女以外に代わりがない』という1点のみだ。そのため、バルビゼ公爵夫人が聖女の役割を果たし、無事に魔物が討伐された本事案に対する大聖女出動の決定自体が誤りではなかったのか、との疑問が提示されていた」

私の周りにいる騎士団長たちが、わざとらしい様子で「なるほどー」「そりゃあ、決定自体が間違いだな」などと聞こえよがしに呟く。

兄様はぎりりと唇を噛み締めると、より大きな声を張り上げた。

「結論から言うと、出動は妥当であった！　なぜなら、バルビゼ公領での魔物討伐に、シリウス殿が参加されたからだ。シリウス殿が参加するならば、大聖女がいようがいまいが青竜を討伐するなど容易《たやす》い！　よって、シリウス殿が参加した討伐において、大聖女が不要であったと言い切ることはできない！　以上が、最高会議の結論だ」

兄様が口を閉じると、不本意ながらも納得したかのような沈黙が落ちた。

周りの騎士団長たちも小声で、「あー、それなー」「シリウス団長はマジ、つええもんなぁ」「切り札を出し過ぎたな」と最高会議の結論を受け入れるような言葉を呟いている。

カノープスは複雑な表情で、……私がバルビゼ公領に必要だったという結論に納得はいかないものの、シリウスの腕前が評価されることは嬉しい、と思われるような表情で、沈黙を守っていた。

そんな微妙な雰囲気の中、沈黙を破ったのは、やはりシリウスだった。

「そうであるならば、最高会議はオレを派遣するよう命じるべきだったな。お忙しい大聖女の手を煩わせる必要などあるまい」

無表情のまま言い捨てるシリウスを前に、リゲル兄様は驚いたように目を見開くと、言いにくそうに言葉を続けた。

「へ？　い、いや、だが、シリウス殿、あ、あなたは大聖女以上にお忙しくて……」

けれど、面と向かって最後まで言い切ることはできなかったようで、途中で言い濁す。

兄様ははっきり言えなかったようだが、シリウスが他の騎士団や様々な団体からの出動要請を全て断っているのは有名な話だった。

『大聖女の近衛騎士団長の職務で手一杯だ』との一言の下に、全ての依頼を拒否しているのだ。

――――そして、実際にシリウスは忙しかった。

近衛騎士団長としての役割を完璧に果たすと同時に、それ以外の多くの業務をこなしているのだから。……たとえば、本日の騎士団長会議への出席のように。

自分のことだから、その忙しさも、全ての要請を断っている現状も十分に把握しているだろうに、シリウスは素知らぬ様子で口を開いた。

「オレが大聖女よりも忙しいということはあるまい。次回から、オレで代わりがきくものは、オレに依頼するがいい」

「…………………………あ、ああ。…………そ、そうさせてもらおう」

物凄く嫌そうな表情で、リゲル兄様が不本意な言葉を言わされている。

なぜならシリウスの言葉に誠意はなく、口先だけの発言をしていることに、リゲル兄様も気付いていたからだ。

『オレで代わりがきくものは、オレに依頼するがいい』、などと殊勝な言葉を口にしておきながら、実際に依頼された場合、シリウスが受諾することは一度もないだろう。

そのことを、発言した本人は勿論、発言された兄様、耳にした騎士たちの全員が理解していた。

だからこそ、全員の表情が渋くなるというものだ。

……全く、シリウスったら。

そう心の中で呆れていると、シリウスは何気ない様子で口を開いた。

「ところで、カノープス、関係人招致としてこんな場所まで足労願ったのだ。言いたいことがあれば、口にするがいい。……あるいは、お前が随行させた銀の髪の騎士でもいいが」

「ふぇっ!?」

突然、シリウスに指摘され、おかしな声が漏れる。

あ、あれ、私の姿はほとんどシリウスの視界に入っていないはずなのに、いつの間に随行者なんて地味な存在の私に気付いたのかしら。あっ、もしかして会議室に入室してきた時かしらね。

「銀の髪といえば、オレと同じだな。……選んでもらうとは、光栄だ」

シリウスはそう続けると、騎士団長たちに囲まれて見えないはずの私の位置を正確に把握しているかのように顔を向けてきた。

その迫力に押されたのか、自然と私の前に立ち塞がっていた騎士団長たちが割れ、隙間から私が覗き見える形になる。

ちらりと視線を上げると、……シリウスとばちりと視線が合った。

シリウスは全くの無表情だったけれど、そして、何の根拠もないけれど、私が騎士に変装していることを看破されているなと確信できてしまう。そのため、諦めて口を開いた。

「ええと、それでは、僭越ながら意見を述べさせていただきます」

シリウスの要望に真正面から対応しようとする態度を好ましく思われたのか、騎士団長たちは体ごと私に向き直ると、きらきらした瞳で見つめてきた。

私は彼らの視線に居心地の悪さを感じながら、恐る恐る言葉を続ける。

「その、大聖女……様は、独断でスケジュールを変更したことを反省していると思います。ただ、大聖女様は多くの人々を救いたいと思っているので、今後はより望みが叶う形でスケジュールを調整してもらえると、ありがたいと感じるのではないでしょうか」

できるだけ下手に出た発言だったというのに、シリウスにやり込められた形のリゲル兄様は、一般騎士の服装をした私から反論めいた言葉を口にされたことが腹に据えかねたようだった。

私の言葉を聞くと、ぴしりと額に青筋を浮き上がらせ、激高した様子で声を上げた。

「はっ、セラフィーナの志がそんなに高いものか！　あいつはシリウス殿が一所懸命に魔物と戦っていた同じ時間、サザランドで若い騎士たちを侍らせ、海水浴を楽しんでいたんだからな!!」

「かっ、海水浴!?」

完全に事実無根だ。

第一王子であるベガ兄様も、当てずっぽうで同じ単語を口にしていたけれど、どうやら噂が独り歩きして、まるで事実のように語られ始めているようだ。

「や、ち、違うわよ！　私……大聖女様は、そんなことしていませんから!!」

慌ててリゲル兄様の言葉を打ち消そうとすると、周りにいた騎士団長たちが、兄様に対して殺気を放った。

「リゲル殿下、ご発言にはお気を付けいただきますよう！　騎士によっては、大聖女様を愚弄されたと剣を抜いてもおかしくない発言です」

「大聖女様がサザランドで行ったのは、未曽有の人助けです！　眠る間もないほどの強行軍だったというのに、言うに事欠いて海水浴とは!!　怒りで体中の血が沸騰しそうですな!?」

「……えっ!?」

騎士団長たちの言葉を聞いた私は、ぽかんとしながら彼らを見回した。

……あ、あれ？　私がサザランドを訪問したことは隠密行動のはずなのに、どうしてこれほど詳細に内容が知れ渡っているのかしら？

公式の予定をぶっちぎってサザランド行きを強硬したので、『バルビゼ公領に出動できなかったのは病気のため』と広められているはずなのに、この場にいる騎士団長たちは、正確に事実を把握しているわよ。機密情報のはずが、だだ洩れしている??

驚きのあまり、ぱちぱちと瞬きをしていると、騎士団長たちの怒りがおかしな方向に向かい始めた。

「そもそも、なぜ大聖女様が侍らせるのは若い騎士限定なのか？ ぜっっったいに年を重ねた騎士の肉体の方が見応えがあるというのに!!」

「ああ、間違いないな！ オレ以上に腹筋が割れた騎士は、他にいねぇぞ!! 大聖女様はオレを隣に侍らせるべきだ!!」

思い思いのことを口にする騎士団長たちを前に、カノープスが冷静に私に注意をしてきた。

「完全なる騎士団長たちの戯言《ざれごと》です。筋肉を鍛えすぎて、脳までが筋肉と化しているようです。発言内容は一切お気になさいませんよう」

――――結局、荒れに荒れて収拾が付かなくなった議場を収めたのは、ウェズン総長だった。

「それでは、皆の意見が出揃ったということでよいかな？」

有無を言わせぬ迫力で全員を見回すと、質問の形式を取りながらも結論を押し付けてくる。

「今後、王国最高会議は、より大聖女様のご希望に沿うような形で、大聖女様の出動を依頼するよう心掛けること。その際、シリウスに代われるものがあれば、彼に依頼する。……どうだ？」

明らかに後半部分は、何の実効性もない方針であることは誰の目にも明らかであったけれど、――否やを唱えられる雰囲気ではもはやなく、誰もが了承する形で『大聖女の出動』議案は終了したのだった。

閉会の言葉の後、ウェズン総長がシリウスに文句を言う声が聞こえてきた。

「シリウス、毎回毎回、都合がいい時だけオレに役割を押し付けるのは止めろ！　オレは既に50代だからな!!　そろそろ引退させてくれ」

……そういえば、退任しようとしていたウェズン騎士団長をシリウスが引き留めてから、10年近くが経つのだわ。

そして、私とシリウスが出逢ってちょうど10年ね、と、時の経過を速く感じながら、……シリウスがウェズン総長に気を取られている隙に、私はこっそりと会議場を抜け出したのだった。


――その日の夜、私はぐったりとした様子で、部屋のソファに体を預けていた。

騎士団長会議の終了からこっち、シリウスを避けることに成功したけれど、そのために全神経を研ぎ澄ませ続けたことで、疲れ果ててしまったのだ。

……ああ、間違いなくシリウスは銀髪の女性騎士が私の変装だと気付いていたわよ。

顔を合わせたら、間違いなく小言を言われるわ！

そう思って逃げ回っていたのだけれど、自室に戻りソファに座ったことで、いかに自分が疲労していたかを自覚してしまう。

ぐったりとしたまま、窓から差し込む月の光に照らされていると、少しずつ体が癒されているような気持ちになった。

まあ、弦月だわ。風情があって美しいこと。

窓越しに半分に欠けた月を眺めていると、夜闇に浮かぶ月の姿が殊更美しく思われ、外に出て直接見てみたくなる。

私はこっそりと部屋を出ると、――といっても、扉の外に控えていたカノープスが無言で付いてきたので、自分で思うほど密やかな行動ではなかったようだけれど、城の中庭に足を踏み入れた。

靴を通して感じるさくさくとした草の感触を楽しみながら、ゆっくりと月を見上げる。

闇の中、それ自体が発光して照らしてくれる月は、とても幻想的だった。

やっぱり直接目にした方が美しさが伝わるわね、としみじみとした気持ちでいると、私に気付いた騎士から声を掛けられた。

「セラフィーナ様、このような夜更けにいかがなさいました？　暗闇で足元が見分けにくくなっておりますので、危ないですよ」

「ありがとう。ちょっと月を見たくなって、外に誘い出されてしまったの」

「え!?　あ、そ、そ、そうですね！　つ、月がきれいですものね!!」

「ええ、きれいね」

騎士の軽口に答えると、なぜだか顔を真っ赤にして黙られた。

その後もしばらく月を眺めていると、通り過ぎる騎士たちから、挨拶代わりのような気安さで夜空の月の美しさを賛美された。

「セ、セラフィーナ様、月がきれいですね」

「セラフィーナ様、今宵の月は本当にきれいですね」

――よく見ると、彼らの中に、昼間、会議で一緒だった騎士団長たちの姿が混じっている。

「「「セ、セラフィーナ様、月がきれいですね!!」」」

まるで初対面のような丁寧な言葉遣いで話しかけられた私は、嬉しさのあまり、にっこりと微笑んだ。

……ほらね、カノープス。騎士団長たちの言動をみると、どうやら銀髪の騎士が大聖女だったことに、誰一人気付いていないみたいよ。

私はできるだけ何気ない表情を作ると、さり気ない様子で言葉を返した。

「ありがとう、騎士団長の皆さん。ええ、月がきれいね」

私の言葉を聞いた騎士団長たちは、一瞬絶句したけれど――――次の瞬間には、雄叫《おたけ》びのような奇声を上げた。

「ああああ、聞いたか!? 天上の国は確かにここにあったぞ!! オレが誰だか認識してもらったなんて!!」

「聞いた！　このオレが大聖女様に認識してもらった瞬間を!!　ありがとうございます、大聖女様。拝ませてください」

「生きていて良かった！　今度こそ、服を着替えてきて良かった!!　これでオレは、自分の臭いを気にすることなく大聖女様に近付けるぞ」

「ああ、大聖女様、空気が美味しいです！」

……どうしよう。会議とは異なり、大聖女という身分を明らかにして会話をしているというのに、彼らが何に興奮しているのか分からない。

カノープスの言う通り、騎士というのは閉鎖的で独特なところがあるから、理解するのは時間が掛かるかもしれないわね。……と言われた言葉にやっと納得していると、後ろに控えていたカノープスが、騎士団長たちに対して虫でも追い払うような仕草をした。

「光に集まる虫にしても数が多過ぎる。お忙しい騎士団長様たちだ、仕事に戻られるがよかろう」

私はぎょっとして、カノープスを見つめた。

いくら『青騎士』といえど、騎士団長に対して失礼だ。

カノープスの不敬ともいえる態度に、誰もが怒りだすと思ったのだけれど……

「「「マジか！　大聖女様の護衛騎士に『悪い虫』扱いをされたぞ!!　はははは、警戒すべき者だと認識されるとは何たる栄誉だ!!」」」

4人の騎士団長たちは、揃って朗らかに笑い始めてしまった。

私はきょとんとして上機嫌な騎士団長たちを見つめ、……常日頃から赤盾近衛騎士団の騎士たちと一緒にいるのに、団が異なる騎士団長というだけで言動が理解できないわ、私もまだまだね、としょんぼりした。

けれど、すぐに気を取り直し、『もっと騎士たちを理解するよう努めるわ！』と、考えを改めたのだった。

私の後ろでは、「全てが誤解の下に成り立っています。これ以上の混乱を招くご決断はお止めください……」と、カノープスが困ったように独り言を呟く声が聞こえた。

――翌日、シリウスと顔を合わせた際、どういうわけか、小言も説教も一切降ってこなかった。

そして、そのことが私を警戒させた。

私が騎士に変装して、こっそりと会議に侵入していたことに気付いていたはずなのに、無罪放免で見逃してくれるなんてことがあるかしら？

シリウスの明晰な頭脳は何一つ忘れないから、ここぞという場面まで取っておいて、最も効果的に説教をするつもりじゃないかしら、と思い至った私は、いたたまれなくなって、シリウスの前で項垂《うなだ》れる。

「どうした、セラフィーナ？」

絶対に私の気持ちが分かっているはずなのに、とぼけてくるシリウスを前に、私は項垂れたまま口を開いた。

「シリウス、昨日の騎士団長会議について、言いたいことがあるのでしょう？　焦らすのは止めて、一思いに小言でも説教でも言ってちょうだい」

シリウスはおかしそうにふっと口元を歪めた。

「お前は交渉が下手だな。そんな発言をすれば、お前が騎士団長会議で何事かをやらかしたことが確定してしまうというのに。だが、オレは機嫌がいいからな。昨日のことは不問にしよう」

「えっ!?　ど、どうして？」

シリウスが注意すべき私の言動を見逃すなんて、初めてじゃあないかしら？　と、驚いて見つめると、彼は楽しそうに微笑んだ。

「昨日オレが見たのは、未来の幻かもしれないと思ってな。現実ではなかった存在に対し、説教をするのもおかしな話だろう」

「……未来の幻？」

シリウスの言いたいことが理解できず、顔をしかめる。

「ああ、オレは昨日、お前にそっくりな顔立ちをした、銀髪金瞳の女性騎士を目にした。お前に娘ができたら、あのような色合いをしているのかもしれないな」

がしゃん、がしゃんと、周りに控えていた侍女たちが、手に持っていた花瓶やグラスなどを一斉に落とした。

「えっ!?　だ、大丈夫?」と、侍女たちに声を掛けると、全員が顔を赤らめ、視線を床に落としている。

まあ、普段は冷静沈着な侍女たちがこれほど動揺するなんて、シリウスの発言にはどんな意味があったのかしら?

そう思ったけれど、珍しくシリウスの発言内容を理解できなかったため、もしかしたら『騎士団独特の言い回し』を使われたのかもしれないと思い至る。

「ふふん、なるほどね。そっちがそのつもりなら……」

私は迎え撃つ気満々で、シリウスを挑むように見つめた。

そして、心の中で『侍女たちが理解できたのだから、私だって自分で気付けるはずよ!』と決心し、しばらくの間、シリウスの言葉の意味を考え続けたのだった。

そして、その間ずっと、シリウスは上機嫌だった。

【SIDE】アルテアガ帝国皇帝レッド＝ルビー「女神の足跡発見、だと!?」　～Side Arteaga Empire～

「何だと？　フィーアが見つかっただと!?」

オレは戸外の開けた場所で、手渡されたばかりの書簡に目を走らせながら、独り言とはいえないほどの大声を上げた。

同時に、信じられないな、信じられないぞ、信じられないだろ、と心の中で繰り返す。

『フィーア』……それは、半年前に出逢った女神の名前だった。

――彼女と出逢ったナーヴ王国風に言うならば、伝説の大聖女様を彷彿とさせる赤髪金瞳を。

――我がアルテアガ帝国風に言うならば、創生の女神を彷彿とさせる赤髪金瞳を。

そんな象徴的な姿をした、オレたち兄弟を救ってくれた至高の存在。それがフィーアだった。

フィーアは卓越した御業で魔物を倒すと、生涯背負っていくものだと覚悟していた呪いを解き、帝国の未来を預けてくれた。

今ここに、皇帝として立てているのは彼女のおかげだ。

だからこそ、彼女にもう一度逢い、国を司る立場に立てたことへの礼を言いたいと切望していたのだけれど、……侍従長は言った。

『帝国の皇統にかかわる重要な時期だからこそ、一度だけと女神が顕現され、力をお貸しくださったのです。二度とお逢いすることは叶いません』

至極もっともな話だと思いながらも諦めることができず、騎士団総長と弟をナーヴ王国に送り込めば、ほどなくしてフィーアの足跡が見つかったとの報告が入った。

思いがけない知らせを聞いて、我慢できずに飛び出していったもう一人の弟から届いたのが、手元の書簡だ。

『フィーアが見つかった。これからともに王国北部のガザード地域へ向かう』

「え、何それ。オレも行きたい……」

素直な心情を漏らすと、後ろに控えていた騎士団副総長がびくりと巨体を揺らした。

そうして、がしりと大きな手でオレの腕を摑んでくる。

「ダメですよ！　陛下まで出奔されたら、オレの首が飛びますからね!!」

顔を強張らせて警告してくる副総長を見て、ああ、確かに、皇位継承権第一位と第二位の弟たちに加えて、オレまで国を飛び出したら帝国は混乱するだろうなと、副総長の言の正しさを認める。

が、しかしだ……

「お前の言葉が正しいことと、オレがやりたいことをやれないことは違うよな！　何でオレは今、こんな奇天烈な格好をして森の入り口にいるんだ!?　宝石がゴテゴテ付いた動きにくい格好で森に踏み入ろうなんて、服装と場所が合っていないこと甚だしい!!　全くもって正気じゃないだろう!!」

苦情を言いながら指し示した先には、鬱蒼とした森が鎮座していた。

そして、オレ自身は皇城でも滅多にしないような煌びやかな衣装に身を包み、王冠まで被らされて、森の入り口に立っている。

さらに、オレの周りには、随行してきた多くの重臣や騎士たちが佇んでいた。

不機嫌極まりないオレの表情を見た副総長は、一転して取りなすような作り笑いを浮かべた。

「陛下、儀式ですよ。最も格式の高い『精霊の森』で、至尊の皇帝陛下が『感謝の祈り』を捧げる重要な儀式です。そのための式典用のご衣装でして、どの道、森の奥深くまでは入れませんから」

分かっている。それくらいは分かっている。

この森は、その昔、多くの精霊が棲まわれていた大切な場所で、だからこそ、年に2度行われる祈りの儀式は、皇帝自らが取り仕切る重要行事に位置づけられていることは。

そのことを分かりやすく示すため、最高位に格式の高い衣装を身にまとい、オレ自らが儀式に臨んでいることは。

加えて、随行者の中にかつて精霊と最も近い関係にあったという聖女たちが参加していることは、古《いにしえ》の精霊へ敬意を示すための演出だということも、全部分かっている。

「確かに、この森には不可思議な力が働いており、何人たりとも奥深くまで入れはしない。だから、どれほど森林探索に不釣り合いな格好をしていようと問題はないな」

オレは諦めとともに、ぽつりと呟いた。

――実際に、この森には解明できていない力が働いていた。

誰も、決して、森の奥深くに入ることができないのだ。

森に踏み入ると、ほんの数歩で方向が分からなくなる。

長い時間を歩き続けても、何度も同じ道を通っているだけで、最終的には森の入り口に帰される。

結局は、入り口付近を延々と歩かせ続けられているだけなのだ。

精霊が不在となって久しいと言われている森だけれど、まだ何がしかの力が残っているのだろう。

そう考えながら、オレは古の精霊たちに敬意を払うため、伝統にのっとって粛々と儀式を進めていった。

途中、『精霊へのご挨拶』だとして森の中に入らされたが、足が痛くなるまで歩いた末に辿り着いたのは、皆が待っている森の入り口だった。

……やはりな。分かってはいたが、どうやらオレも精霊に選ばれなかったようだ。

言い伝えでは、『精霊の愛し子』であれば森の奥深くに招き入れられるとのことだが、……実際は、誰一人として奥深くまで踏み入れた者はいないので、ただのおとぎ話に違いない。

伝統にのっとった儀式というのは、実質的利益がないものが多い。これもその一つなのだろう。

そう自分に言い聞かせながら、粛々と儀式をこなしていく。

そうして、やっと終盤に差し掛かった頃、大きな宝石が幾つも付いた儀式用の短剣を恭しく渡された。

無言のまま受け取ると、くるりと刃を自分に向け、薄く指先を傷付ける。

そうして、傷が付いた方の腕をまっすぐに伸ばすと、その指の先からぽたりぽたりと血が滴り落ちて地面に吸い込まれていった。

「アルテアガ帝国皇帝レッド＝ルビー・アルテアガの血をこの地に捧げる。古よりこの地を守る精霊たちに、久遠の感謝を祈り奉る」

数拍の間の後、手順通り数人の聖女が前に進み出てきて、オレの傷口に手をかざした。

「聖女の治癒の業を、精霊に捧げます」

それから、全員で同じ呪文を呟く。

「『至尊の皇帝の傷よ、精霊の名の下に跡形もなく消え去り給え』」

すると、傷ついた部分がうっすらと白く光り、指先の傷はみるみるうちに治っていった。

「……おお、ほんの数秒で傷が治ってしまうとは！」

「奇跡の御業だ!!」

随行していた貴族の間からどよめきが聞こえたけれど、……表面だけの浅い傷だからなと、心の中で冷めた感想を漏らす。

けれど、すぐに自分の役どころを思い出し、聖女たちに向き直ると、「素晴らしい御力《みちから》だ」と称賛の言葉を掛けた。

……もしもフィーアに出逢わなければ、祈りだけで怪我を治すとは凄い力だと、この聖女たちに感服していただろう、と思いながら。

しかし、もはやオレの心から、聖女の御業を敬う心は失われてしまった。

そのため、凪《な》いだ心のままにぼんやりと傷が消えた指先を眺める。

……聖女たちの業とフィーアの業は、あまりにも違い過ぎる、とそう考えながら……

「陛下、お願いですからもう少し感動したような表情をしてもらえませんかね。ここは、帝国皇帝が聖女様方の御力に敬服する場面のはずですよ」

副総長がぼそぼそと小声で注意をしてくる。……けれど。

オレは表情を消したまま副総長に視線をやると、ぼそりと呟いた。

「……もし、オレの右腕は欠損したことがあると言ったら、お前は信じるか？」

「はい？」

「オレは右肘から下を魔物に喰われたことがある。それを、聖女が瞬きほどの時間で治したとしたら、……それこそが、聖女の御力だと言ったら？」

副総長は一瞬、オレが目を見開いたまま寝ぼけているのだろうかと疑うような表情を見せたけれど、……オレの不愉快そうな表情から、正常に目を覚ましていることを理解したようで、緩く首を振ると考えるような表情をした。

「陛下がおっしゃられているのは、半年前に皇弟殿下方とナーヴ王国まで出掛けられた『呪詛解呪の討伐の儀』での出来事でしょうか?」

「そうだ」

「通常であれば、『欠損を治すなど、絶対にあり得ません』とお答えするところですが、……実際に、ご出生時より背負われていた『流血の呪い』を解呪された奇跡を、我々は目の当たりにしておりますからな。……何とまあ、創生の女神は欠損まで治癒できるのですか」

「その通りだ。だが、きれいさっぱり治され過ぎて、傷跡一つ残っていない。おかげで、オレ自身ですら、あれは夢ではなかったのかと、半信半疑になる時がある」

わざと疑うような言葉を口にすると、副総長はしかつめらしい表情で、たしなめるような言葉を口にした。

「陛下が出逢われたのは紛うことなき『創生の女神』ですよ。女神の御業を、あるいは聖女の御力を疑うものではありません」

その通りだ。フィーアは紛うことなき女神で、そのことを疑うものではない。

「全くお前の言う通りだな」

オレは感心するような口調で、心から副総長に同意した。

あれほどの力を目の前で示されたのだ。フィーアが創生の女神でないはずはないし、夢であったはずもないのだ。

オレはついと空を見上げると、この空が続く先にいるはずのフィーアを思った。

人の身としてはありうべからざる御力をその身に秘めた、心優しき王国に住まう女神を。

――――しかし、現状の彼女に思いを馳せると、はたと我に返り、居ても立っても居られないほど心が騒ぎ出す。

なぜなら、現状の彼女は人の身体を借りているのだ。窮することも、惑うこともあるだろう。

だからこそ、側近くに控え、手伝い、助けることが、救われたオレの役割だというのに……

「くそっ!」

オレは低く毒づくと、自由に行動することができない皇帝の立場を、改めて不自由に思った。

それから、羨ましい気持ちとともに、フィーアの側にいるであろう弟2人に思いを託す。

『オレが自らの手で助力できないのならば、代わりにお前たちがフィーアを補助してくれ』、と。

勿論、オレに頼まれるまでもなく、あの2人はフィーアの望みを叶えることに専心するに決まっているが。

そう考え、『ああ、皇帝とは何と不自由な立場なのだ!』と心の中で100回繰り返した後、

――――せめてもの慰めにと、フィーアと再会した時に交わす会話を想像する。

明るくて元気な慈愛の女神は、オレと出会った際に何と言うだろうか?

そして、オレは何と返すのだろうか?

……そう、何度も何度も想像する。

オレの頭の中に浮かぶのは、「レッド、お久しぶりですね」と驚くフィーアや、「レッド、お元気でしたか?」と微笑むフィーアで……しょせん、現実は想像を何倍も超えてくるのだ、と気付くのはしばらく後の話。

大陸でも一、二の大国を誇るアルテアガ帝国の皇帝が、『創生の女神』ならぬ一介の騎士と再会するには、もう暫くの月日を待たなければならない……

あとがき

こんにちは、本巻をお手に取っていただきありがとうございます！


おかげさまで、本シリーズも5巻目となりました。

1巻発売からほぼ2年が経過しましたが、本作品内での時間の経過は半年くらいでしょうか。

家族の庇護下にいたフィーアが騎士になり、仲間が増え、どんどんと世界が広がっています。

今回は、姉とザビリアに会いに、王国最北端のガザード領を訪問しました。

王国最南端のサザランドは訪問済みなので、これで王国の南北を踏破したことになりますね。

フィーアは王国内をうろうろしているため、地図を載せてもらえる本書は、分かりやすくて助かっています。


そして、今巻でフィーアはやっと、グリーンとブルーに再会することができました。

よかったねという思いを込めて、帝国兄弟を表紙に描いてもらいました。

長男とは再会していないので、一緒に表紙に載せる訳にもいかず、でも、仲間外れは寂しいので、モノクロ挿絵で登場です。

カラーもモノクロもどちらも素敵ですね。chibiさん、今回も素晴らしいイラストをありがとうございました！


さて、表紙裏のコメントで書きましたが、今巻発売記念として、キャンペーン企画を実施していただきました。

PVを作成いただいたのですが、キャラクター毎に台詞を選ぶのが大変でした。思っていた以上にキャラの台詞が数多くあることに加え、イケメン台詞とふざけた台詞など、異なるものを比べるのが大変だったのです。

たとえば猫とスマホはどっちが好きか、と問われるようなものです。おかげさまで、悩み多き日々を過ごしました。

結果、どんな台詞に決まったのか、……担当編集者の方とうんうん言いながらセレクトしましたので、見ていただけると嬉しいです。

加えて、出版社ホームページにおいて、令和3年5月までキャラクター人気投票を実施中です。

後日、1位になったキャラのショートストーリーを、当該ホームページにて無料公開予定ですので、好きなキャラがいる方はもちろん、なんとなく投票してみようかなという方も含めて、左記ページにて投票いただければ幸いです。

本作品はキャラ出現の自由度が高いので、人気キャラは今後も登場してもらい、皆さまと一緒に楽しめればと思いますので、ぜひよろしくお願いいたします。

https://www.es-novel.jp/special/daiseijo/

ところで、5月刊の本書ですので、あとがきを書いている今は少し早い時期になります。

5月の前は4月で、エイプリルフールがありました。まんまと騙されました。

当日朝に電話が掛かってきて、「泳ぎに行く約束をしていたのに、なぜ来ない。忘れているのではないか。さっさと水着に着替えて来い！」と文句を言われたのです。

寝耳に水の話に一瞬ぽかんとしたものの、必死で言い返します。

「いやいや、4月だから！　こんな時期に泳ごうだなんて、私が思う訳がないから！　そんな約束はしていない!!」

すると、「ははは、真剣だな。エイプリルフールだよ！」と笑われました。

「へぇっ!? エ、エイプリルフール？ ～～よくもこんな雑な嘘で騙そうと思ったな!!」

言い返してはみたものの、……ええ、そんな雑な嘘で騙されたのは私です。

発言の種類としては、負け犬の遠吠えに分類されるでしょう。

発言した途端にそのことに気付き、『来年こそは、騙す側になってやる!!』……と、誓った瞬間、去年の同じ日に、同じことを誓ったなと思い出しました。ええ、去年も同じ目に遭っていたのですね。

どれほど立派な誓いを立てたとしても、忘れていては意味がありません。

来年は、記憶力を磨きたいと思います。

最後になりましたが、ここまで読んでいただいてありがとうございます。

本作品が形になることにご尽力いただきました皆さま、読んでいただいた皆さま、どうもありがとうございます。

おかげさまで、書籍化作業は今巻も楽しかったです。

ようこそ異
反逆のソウルイーター
～弱者は不要といわれて
剣聖（父）に追放
されました～
転生した大聖女は、
聖女であることをひた隠す
冒険者になりたいと
都に出て行った娘が
Sランクになってた
即死チートが
最強すぎて、
異世界のやつらがまるで
相手にならないんですが。
俺は全てを【パリイ】する
～逆勘違いの世界最強は
冒険者になりたい～
アース・スターノベル
EARTH STAR NOVEL

EARTH STAR NOVEL

転生した大聖女は、
聖女であることをひた隠す 5

発行 ―――― 2021年5月15日 初版第1刷発行
2023年5月29日 第3刷発行

著者 ―――― 十夜

イラストレーター ―――― chibi

装丁デザイン ―――― 関善之＋村田慧太朗（VOLARE inc.）

発行者 ―――― 幕内和博

編集 ―――― 今井辰実

発行所 ―――― 株式会社アース・スター エンターテイメント
〒141-0021 東京都品川区上大崎 3-1-1
目黒セントラルスクエア 7F
TEL：03-5561-7630
FAX：03-5561-7632
https://www.es-novel.jp/

印刷・製本 ―――― 図書印刷株式会社

ISBN 978-4-8030-1522-5